# 10号舱的女人

## THE WOMAN IN CABIN 10

［英］露丝·韦尔（Ruth Ware）/ 著

刘勇军 / 译

天 地 出 版 社 | TIANDI PRESS

图书在版编目（CIP）数据

10号舱的女人 /（英）露丝·韦尔著；刘勇军译. —成都：
天地出版社，2018.3
ISBN 978-7-5455-3279-1

Ⅰ.①10… Ⅱ.①露… ②刘… Ⅲ.①长篇小说—英
国—现代 Ⅳ.①I561.45

中国版本图书馆CIP数据核字（2017）第254679号

Copyright © Ruth Ware 2016
First published as The Woman in Cabin 10 by Harvill Secker, an imprint of Vintage. Vintage
is a part of the Penguin Random House group of companies.
Ruth Ware has asserted her right to be identified as the author of this Work in accordance
of the copyright, Designs and Patents Act 1988

著作权登记号 图字：21-2017-120

# 10号舱的女人

| | |
|---|---|
| 出 品 人 | 杨 政 |
| 著 者 | [英] 露丝·韦尔 |
| 译 者 | 刘勇军 |
| 责任编辑 | 杨永龙　袁静梅 |
| 封面设计 | 思想工社 |
| 电脑制作 | 尚上文化 |
| 责任印制 | 葛红梅 |

| | |
|---|---|
| 出版发行 | 天地出版社 |
| | （成都市槐树街2号　邮政编码：610014） |
| 网 址 | http://www.tiandiph.com |
| | http://www.天地出版社.com |
| 电子邮箱 | tiandicbs@vip.163.com |
| 经 销 | 新华文轩出版传媒股份有限公司 |
| 印 刷 | 河北鹏润印刷有限公司 |
| 版 次 | 2018年3月第1版 |
| 印 次 | 2018年3月第1次印刷 |
| 成品尺寸 | 145mm×210mm　1/32 |
| 印 张 | 10.75 |
| 字 数 | 268千字 |
| 定 价 | 36.00元 |
| 书 号 | ISBN 978-7-5455-3279-1 |

谨以此书献给我亲爱的埃莉诺

# 序　幕

在我的梦里，北海波涛汹涌，海鸥不住地鸣叫，那个女人在很深很深的海里漂浮着，海水冰冷刺骨，连一丝阳光都没有。在咸咸的海水中泡得久了，她那双笑意盈盈的眼睛都已发白肿胀，她苍白的皮肤起了皱纹，她的衣服被参差嶙峋的岩石挂破，成了一条条破布。

只有她那头黑发依然如故，她的发丝在水中漂浮，犹如深色的海藻，缠结着贝壳和渔网，一绺绺的头发如同磨断了的绳子漂到岸边，软塌塌地散布在沙滩上，狂暴的海浪冲刷鹅卵石的声音充斥我的耳畔。

我醒了过来，心里满是恐惧。过了一会儿，我才想起自己身在何处，又过了一会儿，我才意识到，在我的耳畔隆隆作响的咆哮声不是梦，而是真的。

房间里黑咕隆咚，与梦中一样，像是笼罩在湿漉漉的雾气中，我坐起来，感觉到一股凉风拂过我的脸颊。听起来那声音是从卫生间里传出来的。

我从床上下来，微微有些颤抖。卫生间的门关着，我走过去，能听到那个声音越来越响，我的心也随之扑通扑通狂跳。我鼓起勇气，伸出两只手拉开门。淋浴器的声音响彻整个小房间，我伸手摸索开关。随着灯光亮起，我看到了一丝异样。

布满蒸汽的镜子上写着一句话，每个字母都有六英寸高：不要再追查下去。

| 第一部分 |

9 月 18 日星期五

# 第一章


我迷迷糊糊地在黑暗中醒来，感觉很不对劲，随即就发现猫咪正用爪子抓我的脸。我昨晚肯定忘记关厨房门了。活该，谁叫我喝得醉醺醺的回家呢。

"走开。"我呻吟着说。黛丽拉喵喵叫了一声，用脑袋顶顶我。我把脸埋在枕头里，可它不停地蹭我的耳朵，最后，我一个翻身，狠心把它推到床下。

它扑通一声摔到地板上，愤愤不平地轻叫一声，我拉过羽绒被，盖在头上。可就算是盖着被子，我还是能听到它拼命抓着门板底部，把门弄得哐啷哐啷直响。

房门是关着的。

我猛地坐起来，一颗心突然狂跳起来。黛丽拉高兴地喵喵叫，跳到我的床上。我一把把它搂到怀里，一面安抚它，一面竖起耳朵听着。

我或许忘了关厨房门，也可能只是随手把厨房门一带，并未关紧。但我的卧室门是向外开的——我的这栋公寓的布局就是这么怪。所以，黛丽拉是不可能把自己关在屋里的。肯定是有人把门关上了。

我僵硬地坐在床上，把呼哧呼哧喘气的黛丽拉搂在胸前，感受它的体温，同时注意听外面的动静。

什么都没有。

这时候，我突然想到一个可能，提着的心总算放了下来。它八成是藏在我的床下，我回家以后，就把它和我一起关在屋里了。我不记得曾关过卧室门，但我进屋的时候，说不定下意识地把门关上了。老实说，对于进了地铁站以后的事，我的印象很模糊。在回家的路上，我头疼得厉害，这会儿，恐慌感逐渐消退，我能感觉到我的脑袋深处又疼了起来。看来，我以后不能再喝得酩酊大醉了。二十来岁时倒也无所谓，但现在我可没法像从前那样，轻轻松松就甩掉宿醉感了。

黛丽拉开始在我怀里不安地扭动，爪子深深嵌入我的前臂，我只好松开它，够到晨衣穿好，把腰带系上。然后，我一把抱起黛丽拉，要把它赶进厨房。

我打开卧室门，就见一个男人站在外面。

用不着好奇他的长相，这么做一点意义也没有，相信我，我都和警察大概描述了二十五遍他的样子了。"他的手腕上就没露出一点皮肤？"他们总会这么问。没有，没有，真的没有。他身穿连帽衫，用一块大手帕遮住了鼻子和嘴，其余的一切都笼罩在黑影中。除了他的手。

他戴着一双橡胶手套。就是这一点细节，把我吓得魂儿都没了。那双手套像是在说，我很清楚我在干什么。它们说，我是有备而来。它们说，我不光是劫财这么简单。

我们就这么面对面站了一会儿，他那双亮晶晶的眼睛紧紧锁住我的眼睛。

无数念头在我的脑海里闪过：我的手机哪儿去了？我昨晚喝这么多干什么？如果我是清醒的，肯定能听到他进来。老天，要是朱达在就好了。

那双手套最要命。天呐，那双手套，竟然是专业的，而且是医用手套。

我说不出话。我也动弹不得。我只是愣愣地站着，就算破旧的晨衣敞开了，我也顾不上去系好。我浑身都在哆嗦。黛丽拉挣脱我那软绵无力的手，蹿进走廊，向厨房去了。

求你了，我心想。求你别伤害我。

老天，我到底把手机放在哪儿了？

这个时候，我忽然看到那个男人手里抓着一个东西。是我的手提包。新买的，巴宝莉，不过这个细节似乎一点也不要紧。关于手提包，只有一件事很重要：我的手机在里面。

他的眼睛周围泛起了皱纹，我估摸他是在笑，只是笑容被大手帕遮住了，我顿时感觉脑袋和手指的血都积聚在我的身体中心，我要么抵抗，要么逃跑，反正得从中选择一个。

他向前走了一步。

"不要……"我说。我很想把这句话说得像是在下命令，但听起来却是在央求。我的声音很低，可怜巴巴的，而且，因为我的心里充满恐惧，声音也随之颤抖起来，"不……"

我甚至都没把话说完。他猛地关上卧室门，门板一下子拍在我的脸上。

良久，我就这么傻呆呆地站着，用手捂着脸，我受了这么大的惊吓，脸又疼得厉害，一时间连话都说不出来了。我的手指冰凉，但我的脸上却有温热潮湿的东西，过了一会儿，我才意识到那是血。原来是门上的装饰线条划破了我的脸。

我真想跑回床上，把脑袋埋在枕头下面，哭个昏天黑地。但我脑海里有个叫人厌恶的细小声音不停地说："他还在外面。如果他回来了呢？如果他回来找你了呢？"

外面的走廊里传来咚的一声，像是什么东西掉了，我吓坏了，原以为我会觉得兴奋刺激，可我却浑身麻痹，动也动不了。不要回来。千万不要回来。我意识到我一直在屏住呼吸，我强迫自己哆哆嗦嗦地长吁一口气，然后，我慢慢地把手伸向卧室门。

外面的过道里又传来稀里哗啦的声音，是玻璃碎裂的声音，我急忙抓住门把手，让自己镇定下来，赤裸的脚趾死死扣在布满裂缝的老旧地板上，准备好尽可能久地守住房门不被攻破。我蹲伏在那里，膝盖顶着我的胸口，试着用睡裙蒙住我的啜泣声，与此同时，我竖起耳朵，听着他洗劫我的公寓，心里只盼黛丽拉已经跑进花园，不会受到伤害。

过了很长一段时间，我终于听到前门开合的声音。我坐在那里，抱着膝盖痛哭流涕，简直不敢相信他真的走了，不敢相信他不会回来伤害我。我的双手发僵，刺痛不已，但我不敢松开门把手。

我像是又看到了那双手，戴着浅色橡胶手套，强而有力。

我不知道接下来会发生什么。或许我会在这里坐上一整夜，根本无法动弹。但我听到黛丽拉在门外喵喵叫，还用爪子不停地抓门板。

"黛丽拉，"我嘶哑地说，我的声音颤抖得厉害，一点都不像我自己的声音了，"啊，黛丽拉。"

透过门板，我能听到它发出的呜呜声，熟悉，深沉，如同电锯一样的锉磨声，突然，我感觉就像魔咒被打破了。

我松开已经麻痹的手，不再握着门把手，强忍着痛弯曲了一下手指，然后，我站了起来，尽量让双腿不再哆嗦，稳定下来。跟着，我转动门把手。

门把手动了。事实上，这也太容易了，我的手没有感觉到任何阻力，门栓也没有移动一分一毫——是他从另一面拆掉了转轴。

见鬼。

真他妈的见鬼。

我被困在屋里了。

# 第二章


我花了两个小时，才撬开锁，从卧室里出来。我家没有座机，所以我根本没法找人来帮我，而且窗户上都装了安全护栏。我把我最好的指甲锉都弄断了，才把插销撬开，我最后终于打开了卧室门，壮着胆子走进狭窄的过道。我的公寓只有三个房间，一个是厨房，一个是卧室，还有一个是小卫生间，从我的卧室就能看清楚整套公寓，但我还是不由自主地从每个门口悄悄向里张望，甚至还打开过道里用来放吸尘器的橱柜，把里面检查了个遍。我一定要确定他是真的走了。

我强忍着头疼，控制着哆嗦的双手，走上台阶，来到邻居家的前门。在等她来开门的当儿，我总是情不自禁地回头，看向漆黑的街道。我估摸现在是凌晨四点左右，我敲了好几下门，等了很久，才把约翰逊太太叫醒。我听到她一边嘟嘟囔囔，一边咚咚走下楼梯，她把门打开一道缝，我看到她睡眼惺忪的，看起来不明所以，也有些害怕，可当她看到我穿着睡袍，蜷缩在门阶上，脸上和手上都是血时，她的表情立马就变了，她摘掉锁链。

"天呐！出什么事了！"

"有人打劫了我家。"

说话真的很困难。我不知道是因为秋天的冷风，还是因为受了惊吓，但我开始剧烈地哆嗦，牙齿直打颤，有那么一刻，我想象着我的牙齿全都变成了碎末，恐怖至极。我赶紧摆脱这样的念头。

"你流血了！"她看起来非常难过，"噢，我的天呐，进来，快进来。"

她带我走进她家客厅，这里铺着佩斯利涡旋纹花呢地毯。她的公寓很小，光线昏暗，十分闷热，但此时此刻，我觉得这里就是避难所。

"坐下，快坐下。"她指指一张红色长毛绒沙发，然后，她哼哼唧唧地跪下，开始摆弄煤气取暖炉。火炉砰的一声亮了，她费力地站起来，这时，我感觉屋里更闷热了。"我给你沏点热茶喝。"

"我没事，真的，约翰逊太太。你……"

但她严肃地摇摇头，"受了惊吓，没什么比喝一杯香甜的热茶更管用的了。"

我只好坐下来，用颤抖的手紧紧圈住膝盖，她丁零当啷地在小厨房里忙活了一阵，跟着用托盘端了两个杯子回来。我伸手拿过最近的杯子，喝了一小口，滚烫的茶水烫到了我手上的伤口，疼得我直皱眉。茶太甜了，所以我几乎尝不出鲜血在我嘴里溶解的味道，我觉得这样正好。

约翰逊太太没有喝茶，只是盯着我看，她很难过，额头上都生出了皱纹。

"那个人……"她有些结巴，"那个人有没有伤害你？"

我知道她的意思。我摇摇头，但我又喝了一口滚烫的茶水，才相信我自己真的可以说话。

"没有。他没有碰我。他只是把门摔在我的脸上，我脸颊上的伤口就是这么来的。后来，我想办法逃出卧室，又弄伤了手。他把我锁在卧室里了。"

我回想起我用指甲锉和剪刀撬开插销的情形。朱达一直取笑我不懂得用适合的工具来做各种事情，你知道的，我经常用餐刀的刀尖拧开插头，或是用园林铲撬开自行车轮胎。就在上个周末，他还笑话我竟然用牛皮胶布来修理淋浴喷头，结果他花了一下午，费力地用环氧树脂胶修好了我家的莲蓬头。可惜他此刻远在乌克兰，我现在可不能想他。要是我想了，准会哭个没完没了。

"真是小可怜。"

我吞了吞口水。

"约翰逊太太，谢谢你的茶，我其实是来找你借电话的。那个人偷走了我的手机，我没办法报警。"

"当然可以，当然可以。先喝茶吧，电话就在那边。"她指指一个盖着小布巾的边几，上面摆着一台转盘电话，除了在伊斯灵顿古董精品店，这八成是整个伦敦最后一部这样的电话了。我乖乖地喝完茶，然后拿起电话。我的手指在"9"号键上盘旋了一会儿，跟着，我叹了口气。他已经走了，警察还能怎么样呢？毕竟这又不是什么紧急事件。

因此，我拨打了101非紧急事件处理电话，等着接通。

我坐在那儿，心想我并没有上保险，也没安装加固锁，这个晚上简直是一塌糊涂。

《《《

几个小时后，我一边想着这些事，一边看着紧急开锁服务的工作人员拆掉我家前门那个螺栓门栓，换上安全的单闩锁，一边听他给我讲什么关于居家安全的大道理，再拿我的后门开玩笑。

"瞧瞧你那门板，就是中密度纤维板，亲爱的。我一脚就能把它踹开，要不要我给你展示一下？"

"不用了。"我赶紧说，"多谢。我会修好的。你不管修门，是吧？"

"不管，不过我有个同事是修门的。我在离开之前会把他的电话留给你。与此同时，你得让你丈夫弄一块18毫米厚的胶合板钉在后门板上。你也不愿意让昨晚的事再来一遍吧。"

"的确如此。"我当然不愿意。

"我在警察局里的熟人说过，四分之一的入室盗窃都是重复发生的。有些盗窃犯喜欢找同一家下手。"

"太棒了。"我淡淡地说。这正是我需要听到的。

"一定要18毫米厚。要不要我写下来给你丈夫看？"

"不用了，谢谢，我还没结婚呢。"我虽然没有丈夫疼，但记住这个简单的数字还是不在话下的。

"啊，明白了，那就这样吧。"他说，仿佛这能证明什么似的，"你这个门框也不太结实。得安装伦敦铁栏加固。要不然就得安最好的锁，但如果那些坏人踢门框，那再好的锁还是无济于事。我车里的伦敦铁栏或许合适。你知道我说的是什么意思吗？"

"知道。"我疲倦地说，"就是在锁之外再加一层金属栏杆，是吗？"我估摸他是要向我兜售他负责的所有生意，但在这一刻，我并不在意。

"告诉你吧。"他站起来，把凿子塞进后裤袋，"你要是从我这里安伦敦铁栏杆，那我就免费给你在后门上钉一块胶合板。我的车里正好有一块尺寸正好的。甜心，打起精神来。只要按照我说的办，贼就再也进不来了。"

不知怎的，他的话一点也不能让我放心。

《《《

他走之后，我给自己泡了杯茶，开始在公寓里走来走去。我感觉自己就像是黛丽拉，要是有公猫从猫洞钻进屋，在过道里撒了尿，黛丽拉就会在每个房间走上几个钟头，在家具上蹭蹭，在角落里撒尿，重新宣称那些地方是它的地盘。

我虽然没在床上撒尿，但同样感觉到我的地盘受到了侵犯，感觉有必要收回遭到侵犯的地方。"侵犯？"我脑海里有一个细小的声音讽刺地说道，"拜托，你还真爱小题大做。"

但我确实有种遭到侵犯的感觉。我觉得我的小公寓被毁了，被污染了，一点也不安全。就算是向警察描述当时的情况都像是受折磨。是的，我看到盗窃犯了，不，我说不清他的样子。手袋里有什么？噢，你知道的，我的生活都在里面：钱、手机、驾照、药，从睫毛膏到我的旅行卡，我能用的所有东西都在里面了。

警察那轻快客观的语气依然在我的脑海里回荡。

"什么样的手机？"

"不值钱。"我疲惫地说道，"是台旧苹果手机。我记不住型号了，但我可以查一下。"

"谢谢。最好能想起确切的型号和序列号，都用得上。你还提到了药物，如果你不介意的话，能不能说一下是什么药？"

我立即摆出一副防守的架势："我的病史跟这件事有关吗？"

"无关。"警官很有耐心，所以才叫人很恼火，"只是在街头黑市上，有些药很值钱。"

我知道我不该因为他的问题发火，他只是在履行职责而已。但窃贼才是犯罪的人，为什么我会有种正被审讯的感觉？

我端着茶，快走到客厅时，咚的一声敲门声响起，沉寂中那声音听来是那么响亮，在整个公寓里回荡着。我的脚步有些踉跄，然后，我愣住了，半蹲半站地立在门口。

我惊恐到了极点，仿佛看到一张被帽兜遮住的脸和一双戴着橡胶手套的手。

又一次敲门声响起，我低下头，那杯茶落在过道的瓷砖上，茶杯摔了个粉碎，我的双脚浸在很快就冷掉的茶水中。

咚咚的敲门声再次传来。

"等一下！"我喊道，我突然怒不可遏，泪水马上就要夺眶而出，"来了！你别再敲那扇该死的门了！"

"抱歉，小姐。"警察在我终于打开门后说道，"我只是不确定你有没有听到。"他看到地上的茶水和茶杯碎片，"哎呀，这是怎么了。又有人闯进来了？"

≪≪≪

到了下午，这位警官才做完笔录，等他走了，我打开笔记本电脑。电脑一直放在卧室，是唯一一件没有被窃贼偷走的高科技产品。里面有我工作上的文件，而且大都是没有备份的，此外，我的所有密码也都存在电脑里，其中包括一个文件夹，名字是"银行"，一想到这个文件夹会被别人看到，我不禁有些后怕。尽管我并没有把我的个人识别密码列表存在电脑里，但其他东西基本都在里面了。

像往常一样，大量邮件涌进了我的收件箱，我看到有封邮件的标题是"今天打算露面吗？"。大惊之下，我才意识到我把联系杂志社的事都忘到脑后了。

我本来想发电子邮件，但我还是拿出我放在茶叶罐里的20块钱，这是我留着在紧急时刻打出租车的。我走到地铁站边的一个手机店，这里卖的都是些来路不明的手机。经过了一番讨价还价，那个人收了我15块钱，卖给我一部便宜的手机和一张电话卡，我坐在地铁站对面的咖啡馆里，给助理特刊编辑珍恩打了电话，她的办公桌就在我的对面。

我把发生的事对她说了，还故意说得滑稽可笑。我详细地说了我用指甲锉打开门锁的事，但没有说起橡胶手套，没说起我当时感觉自己那么软弱无能，心里满是恐惧，我也没说我总是不断地回想起当时的可怕情形。

"见鬼！"她的声音从滋滋啦啦的电话线另一端传来，充满了恐惧，"你没事吧？"

"还可以吧。不过我今天不去上班了，我得把公寓好好整理一番。"其实倒也用不着整理什么。你知道的，作为一个窃贼，他并没有把我的家翻得乱七八糟，这一点值得赞赏。

"老天，洛，真可怜。要不要我找人替你上'北极光'号？"

一开始，我搞不明白她在说什么，跟着我想起来了。"北极光"号，一艘超豪华游轮，要去挪威峡湾，不知怎的，我到现在也不肯定我何德何能，可以得到一张为数不多的记者证，见证这艘游轮的首航。

这可是天上掉下来的大馅饼。我在一家旅行杂志社工作，但我的主要工作只不过是剪切和粘贴新闻稿，为我的上司罗恩从各种旅行胜地发回来的文章配图。本来应该是罗恩上游轮的，但很不幸，她答应后竟然发现自己怀孕了，每天不停地吐啊吐啊，这样一来，这次乘船出游的机会就像个大礼物一样，落在了我的头上，当然了，这也意味着责任和各种可能性。她这么做说明她很信任我，不然她完全可以照顾资深员工，让他们去也是一样的。我明白，要是我这趟出海表现出色，对我可是有大大的好处，等到罗恩放产假，我就可以顶替她，或许——只是或许——她还会兑现几年来她给我的承诺——让我升职。

游轮在这个周末起航。确切地说是在星期日。两天后我就要出发了。

"不用了。"我说，我语气中的坚定让我自己都觉得吃惊，"不用了，我就是死也不愿意退出。我很好。"

"你确定？你的护照还在吗？"

"护照放在我的卧室。那人没有找到。"真是谢天谢地。

"你真的要去吗？"她又问，我听得出她很关心我，"这可是件大事，我是说，不光对你而言很重要，对杂志社更重要。要是你不在状态，罗恩是不会勉强……"

"我能胜任。"我打断了她的话。我绝不可能让这个机会从我的指缝间溜掉，不然的话，我可能再也没有其他机会了，"我保证。我真的很想去，珍恩。"

"那好吧……"她几乎有些勉强地说，"如果是这样的话，那就加油干吧。今天一早他们送来了采访资料，我把火车票和资料一块儿给你快递过去。我把罗恩给你的便条放在里面了。要我说，你一定得把那艘游轮夸得天花乱坠，因为她希望拉人家来做广告。客人里应该有一些有意思的人，所以，如果你借工作的机会干点儿别的，那就更好啦。"

"当然。"我从咖啡馆的柜台上拿起一支笔，把要点都记在餐巾纸上，"再说一下出发时间。"

"你要从国王十字火车站坐十点半的火车。放心吧，我把这些事都写下来了，放在采访资料里了。"

"太好了，谢谢，珍恩。"

"不客气。"她说，她的声音有些依依不舍，我不知道她是不是想要代替我去，"照顾好自己，洛。再见。"

《《《

我迈着沉重的步伐，缓缓地向家中走去，这时候，天依然亮着。我的脚很疼，我的脸也很疼，我真想回家，舒舒服服地洗个热水澡。

我那个位于地下一层的公寓门和以往一样，依然笼罩在黑影中，我再次想到势必要安装智控安全灯了，这样也方便我从手袋里找钥匙，可即便此时光线昏暗，我还是能看到窃贼撬开耶鲁弹簧锁时把周围的木门板都撬烂的痕迹。怪就怪在我竟然没听到他弄出的动静。"谁叫你喝得那么醉，活该。"我脑海里那个讨人厌的细小声音这么说。

噔的一声，我打开新安装的单闩锁，感觉这锁倒是很结实，叫人放心。进了屋，我上了锁，甩掉鞋子，疲倦地穿过走廊来到浴室，我强忍着没打哈欠，打开水龙头，一屁股坐在马桶上，动手脱掉紧身裤。我刚开始解开上衣的扣子，又停了下来。

我一般都不关卫生间门，反正只有我和黛丽拉住在公寓里，而且卫生间的墙壁动不动就会反潮，毕竟这里是地下。再说了，我也不喜欢待在封闭的空间里，拉下百叶窗之后，待在浴室里会感觉非常局促。可即便前门上了锁，也安上了新的伦敦铁栏杆，我还是检查了窗户，把窗户关上，又锁上卫生间的门，然后才把衣服脱光。

我太累了，老天，我真是累死了。我想象自己洗着洗着就睡着了，结果滑到水面之下，一个星期后，朱达发现赤身裸体的我在浴缸里都泡得发胀了……我晃晃脑袋。我可不能再这么矫情了。浴缸只有四英尺长，我甚至都很难蜷缩身体在里面洗头，所以，压根儿就不可能在里面淹死。

洗澡水很烫，我脸颊上的伤口沾了水疼得厉害。我闭上眼，试着想象我身在别处，那个地方不像这里这么阴冷，也不会这么小到让人觉得幽闭恐怖，更不在肮脏且犯罪猖獗的伦敦。我想象自己身在凉爽的北欧海岸，我的耳畔充斥着……令人舒缓的波涛声……是哪个大海发出的海浪声？波罗的海？身为旅行杂志记者，我的地理知识真是差到了堪忧的地步。

但我不愿意想起的事总是往我的脑海里钻：锁匠说，"四分之一的入室盗窃都是重复发生的"；我畏畏缩缩地坐在床上，双脚踏在地板上；窃贼那双大而有力的手，戴着浅色橡胶手套，还有他那头黑色的头发……

见鬼。见鬼。

我猛地张开眼，但仅此一次，现实核查没有任何帮助。我只是看到了周围潮湿的卫生间墙壁，像是要将我吞没……

"你又要失去理智了，"我心中的声音向我发动突袭，"你能感觉到，对吗？"

闭嘴。闭嘴。闭嘴。闭嘴。我再次紧紧闭上眼睛，开始数数，好把那些可怕的画面赶出我的脑海。一、二、三，吸气；四、五、六，呼气；一、二、三，吸气；四、五、六，呼气。

那些不好的画面总算消失了，但这次洗澡算是白费功夫了，我恨不得立刻离开这个闷热的小房间。我站起来，用毛巾包裹住身体，又拿一块毛巾包住头发，我走进卧室，我的笔记本电脑依旧摆在床上。

我打开谷歌网站，输入关键字："窃贼光临同一家的比例是多少"。

网页弹出，上面有很多链接，我随便点开一个，向下浏览，我看到了一段话，是这样写的："窃贼偷盗同一家……一项全国性调查显示，在 12 个月中，将近 25%-50% 的入室盗窃都是重复发生的；而且，25%-35% 的受害者都是重复案件的受害者。英国警方搜集的数据显示，28%-51% 的重复盗窃案件都发生在一个月之内，11%-25%

发生在一个星期之内。"

太棒了。看来那个友好悲观的商人兼锁匠对这样的事是真的很在行，并没有故意戏弄我，虽然入室盗窃重复发生的比率最高达 50%，但让我头痛的只有重复案件受害者为 25%–35% 这串数字。不管是哪一种，我都不喜欢成为其中一员。

我向自己保证我那晚不喝酒。我先是检查了前门、后门、窗锁，然后又查了一遍前门，也可能是又查了两遍，这之后，我把廉价手机放在床边充电，再去给自己泡了杯甘菊茶。

我端着茶回到卧室，还拿来了笔记本电脑、游轮采访资料和一包巧克力消化饼干。已经八点了，我还没吃晚饭，我感觉很累，不愿意做饭，甚至都不愿意打电话叫外卖。我打开北欧游轮采访资料，蜷缩在羽绒被里，等着睡意降临。

只可惜事与愿违。我吃掉了一袋饼干，看了一页页关于"北极光"号的介绍和数据。游轮上只有十个布置奢华的客舱……最多可容纳二十名乘客……服务员都来自世界顶级的酒店和餐厅……即便是看到了游轮通风系统和吨位的技术规格数据，我也没能入睡。我躺在床上，毫无睡意，虽然已经筋疲力尽，但不知怎的，却非常兴奋。

我躺在如同蚕茧一样的羽绒被里，强迫自己不要去想那个窃贼。我让自己只想工作，想着我必须在星期日之前把所有实际问题都解决了。取回补办的银行卡，打包行李，为游轮之旅做调查研究。我在出发之前还能见到朱达吗？他肯定打过我以前的手机了。

我放下采访资料，打开电子邮件。

"嗨，亲爱的。"我打出了这样几个字，然后，我停下来，开始咬指甲的边缘。再说点什么？没必要把屋里遭贼的事告诉他。反正现在不行。我需要他，他却不在我身边，他肯定会因此难过。"我把手机弄丢了。"我只是这样写道，"这事说来话长，等你回来我再详细告诉你吧。但如果你有事找我，就给我发邮件，不要发短信。你星期日大约几点回来？我周日一大早就要去赫尔，然后坐游轮去北欧。但愿在我出发前，我们能见上一面，不然的话，我们就只能下周末见了。洛，抱抱。"

我按了发送键，盼着他不会奇怪我为什么在深夜12:45还没睡觉，仍在发邮件，然后，我关了电脑，拿起书，希望看着看着就能睡着。

这也不管用。

到了凌晨3:35，我昏昏沉沉地走到厨房，拿起一瓶杜松子酒，给自己调了一杯我能喝的最烈的金汤力鸡尾酒。我像是喝药那样，一口气把酒喝光，结果被酒的涩味呛得一哆嗦，然后，我又调了一杯喝下去，只是这次喝得慢了些。我站了一会儿，感觉酒精在我的血管里蔓延，麻刺感传遍全身，我的肌肉放松下来，紧张的神经也松弛了。

我把剩下的最后一点杜松子酒倒进酒杯，拿着杯子回了卧室，然后，我躺在床上，身体僵硬，满心焦虑，直勾勾地盯着发光的表盘，等着酒精发挥作用。

一、二、三，吸气；四、五、六……

《《《

我并不记得我是怎么睡着的，但我肯定是睡着了。这一刻，我还忍着头疼，睡眼惺忪地看着钟表，等着时间走向4:44，下一刻，我就眨着眼睛，看到黛丽拉那张毛茸茸长了胡须的脸近在眼前，它用它的鼻子蹭着我的鼻子，告诉我该吃早餐了。我呻吟一声。我的头比昨天还疼，不过我不知道是我的脸颊在疼，还是宿醉的缘故。最后半杯金汤力酒还摆在床头柜上的钟表旁边。我闻了闻，酒味呛得我差点儿喘不过气。这酒里肯定有三分之二是杜松子酒。我到底在想什么啊？

时钟显示现在是清晨 6:04。这表示我才睡了不到一个半小时。但我现在已经清醒，再挣扎去睡觉也没有意义了。我只好起床，拉开窗帘，清晨的昏暗光线从我的地下室窗户照射进来。外面好像很冷，我穿上拖鞋，哆哆嗦嗦地穿过走廊走到恒温器边上，准备不理会什么自动定时器，开始今天的供暖。

《《《

今天是星期六，我不必工作，但把我原来的手机号转移到新手机上，又去补办了银行卡，这就花去了大半天的时间，到了晚上，我累得一点力气都没有了。

我现在感觉糟透了，就跟上次经由洛杉矶从泰国飞回来时一样，坐了好几趟夜班长途飞机，我严重缺觉，晕头转向。在大西洋上空飞行的时候，我意识到我根本睡不着。回到家里，我一头栽到床上，就像是掉进了一口深井，头朝下一倒就进入了无意识的状态，整整睡了22 个小时，我醒来之后头昏眼花，四肢僵硬，听到朱达正用星期日的报纸咚咚敲我家的门。

但这一次，就连我的床都救不了我。

在我上游轮之前，我必须让自己振作起来。这次机会太难得了，不容错过，十年来，我一直干着剪切粘贴文章的无聊工作，能不能咸鱼翻身，就看这次了。我要趁此机会一展才华，我要让所有人知道，我的能力不输罗恩，我也可以和成功人士搭上关系，和他们闲聊天，让他们了解《旅行风尚》杂志。"北极光"号游轮的船东巴尔默勋爵可是个真真正正的成功人士。他只要从他的广告预算中抽出一点点，就够《旅行风尚》好几个月的开销，更不用说那些旅行和摄影界的大腕儿，毫无疑问，他们肯定也受邀去参加此次首航之旅，要是他们的署名能出现在我们的杂志封面上，那肯定是棒极了。

我可不会趁用餐时间向巴尔默强行推销我们的杂志，那太无礼，太商业化了。不过，要是我能搞到他的电话号码，并且确保他会接我的电话……好吧，要想升职，我还有很长的路要走啊。

我吃冷冻比萨饼当晚餐，我用叉子机械地往嘴里填食物，直到再也吃不下去为止。我继续看采访资料，那些文字和图片在我眼前晃呀晃呀，不同的形容词模模糊糊，合成了一片："奢侈……闪闪发亮……豪华……手工制作……工匠……"

我打了个哈欠，放下采访资料，然后看看手表，发现已经九点多了。谢天谢地，我可以上床了。我反复检查门和门锁，心里抱着一线希望，盼着昨晚的事不会再发生，但我也知道他再回来的可能性也很大。我太累了，就算真有贼进来，我也可能因为睡得太死而根本不知道。

《《《

到了上午 10:47，我意识到我错了。

到了 11:23，我虚弱地哭了起来，感觉自己太傻了。

到底是怎么了？我是不是再也睡不着觉了？

我必须睡觉。必须。我要……我数着手指，我现在已经不能做心算了。我三天只睡了不到四个小时，所以满脑袋糨糊。

我能感觉到睡意，只是它距离我很远。我必须睡觉。必须。要是我睡不着，我一定会发疯的。

泪水再次涌出我的眼眶，我甚至都不知道我为什么哭。挫败？愤怒？生自己的气？生那个窃贼的气？或者说，我只是累了？

我只知道我睡不着，这就好像一个没被遵守的承诺，与我近在咫尺，我却够不到它。我感觉自己像是朝着一个幻景跑去，我越是绝望地往前跑，那个幻景就越是后退，速度比我快得多。也很像水里有条鱼，我必须去把鱼抓住，但它老是从我的手里溜走。

"老天，我想睡觉……"

黛丽拉吓了一跳，扭头看着我。我是不是真把这话说出来了？我也不知道我是不是说出来了。老天，我要失心疯了。

一张脸在黑暗中闪现在我面前，那人的眼里储满了亮晶晶的泪水。

我坐起来，一颗心咚咚狂跳，我甚至都能感觉到我的心跳。

我必须离开这里。

我猛地站起来，脚步有些踉跄，整个人恍恍惚惚，我把双脚伸进鞋子，把手臂伸进外套，用外套盖住睡衣。然后，我拿起手袋。如果睡不着，我就去散步。随便去哪里都可以。

如果睡意不来找我，那我就去把它捉回来。

# 第三章


午夜的街道空空荡荡，与我每天白天去上班走过时的街道很不一样。

在昏黄的路灯灯光下，街道看起来灰蒙蒙的，阴影重重，一阵冷风把废纸吹到我的腿上，树叶和垃圾在排水沟里乱飞。我本来应该害怕的，毕竟现在是深更半夜，而我一个三十二岁的单身女人竟然穿着睡衣在街上闲逛。但相比待在公寓里，我在这里更安全。在这里，你一哭，会有人听到。

我没有任何计划，也不知道该去哪里，我只是在大街小巷游荡，走到再也站不住为止。我走到高贝利及艾斯灵顿站附近，天下起了雨，我意识到这雨肯定下了有一阵了，不然我也不会浑身湿透。我站在那儿，两只鞋都湿透了，我筋疲力尽，大脑一片空白，我试着想个计划，我的双脚几乎是自行走了起来，但它们不是向家里走，而是向南，向着我的守护神走去。

我到了目的地，才意识到我身处何处。我站在朱达所住的大楼的门廊里，整个人像是在魂游天外，我蹙眉看着他家的门牌，他的名字就写在下面：刘易斯。名字是他亲手写的，字迹小而整齐。

他不在家。他在乌克兰，明天才能回来。我的外套兜里揣着他的备用钥匙，我受不了一个人走回我的公寓。"你大可以搭出租车啊。"我脑海深处那个邪恶的细小声音开始找茬儿，"走路有什么啊，你不敢面对的可不是这个。胆小鬼。"

我晃晃脑袋，头发上的雨滴都被我甩到了不锈钢门牌板上，我扒拉着钥匙，找到了能开后门的那一把。我悄悄走进公共走廊，这里闷热压抑。

我来到三楼，小心地走进他的公寓。

屋里黑得伸手不见五指。所有房门都是关着的，门厅里没有窗户。

"朱达？"我喊道。我很肯定他不在家，但他说不定会让朋友在这里过夜，我不能大半夜吓到别人，搞得人家犯心脏病就不好了。毕竟我太清楚那是什么滋味了。"朱达，是我，洛。"

但没有人回应。公寓里静悄悄的，就算掉根针都能听到。我打开左边的厨房门，踮起脚尖走了进去。我没有开灯。我只是脱掉湿衣服，把外套、睡衣什么的都脱了，丢进水槽。

然后，我光着身体走进卧室，朱达那张宽大的双人床上空无一人，在月光笼罩下，灰色的床单皱巴巴地摊在床上，像是他才刚起床。我爬到床中央，抚摸着舒适柔软的床单，只有经常有人使用，床单才会这样。他的气味笼罩着我，有汗味，有须后水的气味，反正就是他的气味。

我闭上眼。

一、二……

睡意如同海浪一样，把我包围。

《《《

忽然，一个女人的尖叫声把我吵醒，我感觉有个人压在我身上，压得我动不了，我挣扎着，可还有一个人死死扳着我的手。

一只手抓住了我的一边手腕，这个人的力气比我的大。我什么都看不到，又慌了神儿，只能在黑暗中用空闲的那只手乱摸，寻找任何可以用来当武器的东西，结果，我摸到了床头灯。

那个人现在用手捂住了我的嘴，我都快喘不过气了，他压在我身上，更是让我窒息。我使出浑身的力气，拿起沉重的床头灯，向他砸了过去。

只听那人疼得大叫一声，我在惊恐的迷雾中听到了说话声，那个人的声音很含糊，断断续续的。

"洛，是我！是我呀，老天，住手！"

什么？

老天。

我的手哆嗦得厉害，我本想去摸灯，却不知道碰倒了什么东西。

我能听到朱达在我身边喘粗气的声音，那声音呼哧呼哧的，把我吓坏了。灯呢？跟着我才想到，我刚才用灯打了朱达的脸。

我跌跌撞撞地下了床，双腿直发抖，在门边摸到了开关。房间里立即充满了无情的明亮灯光，十二盏卤素灯将我眼前的恐怖景象照得清清楚楚。

朱达捂着脸蹲在床上，鲜血浸透了他的胡子和胸口。

"老天，朱达！"我摇摇晃晃地走到他身边，我伸出颤抖的双手，去够床边纸盒里的餐巾纸，我把纸按在他的脸上，"老天，出了什么事？刚才是谁在叫？"

"是你！"他呻吟着说。这会儿，面纸已被染红。

"什么？"我依然很激动，我糊里糊涂地环顾四周，寻找尖叫的女人和攻击者，"什么意思？"

"我刚回家。"他说，疼得直咧嘴，因为用面纸捂着嘴，他那布鲁克林口音听起来很含糊，"我一进门就看你睡得迷迷糊糊，叫个不停。所以我就想把你叫醒，结果……就这样了。"

"见鬼。"我用手捂住嘴，"真对不起。"

那声尖叫是那么清晰。难道真是我？

他小心翼翼地把手从嘴边拿开。鲜红的面纸上有一个很小的白色东西。等我看到他的脸，我才意识到是我打掉了他的一颗牙齿。

"老天。"

他看着我，依旧有鲜血从他的嘴巴和鼻子里缓缓地向下流。

"你的欢迎方式真特别。"他只是这么说。

《《《

"对不起。"我感觉喉咙深处有些刺痛，眼泪马上就要夺眶而出，但我宁死也不愿意在出租车司机面前哭。我只是吞了吞口水，把尖锐的痛楚咽下去。"朱达？"

朱达没说话，他只是望着车窗外，灰色的黎明光线开始投向伦敦。我们在医大附属医院的急诊室等了两个钟头，轮到我们后，他们只是缝合了朱达的嘴唇，并建议他去牙医诊所看急诊，牙医把牙齿塞了回去，并且告诉他自求多福。显然要是重新种植的话，这颗牙还有得救。不然的话，就得安装齿桥或是种植一颗假牙。他疲倦地闭上眼，我悔得肠子都青了。

"对不起。"我又说，这次更加绝望，"我不知道还能说什么。"

"不，是我对不起。"他疲倦地说，他说得很含糊，很像是肖恩·康纳利喝醉酒后说话的声音。他的嘴唇接受了局部麻醉，说起话来才很不清楚。

"你？你有什么可对不起的？"

"不知道。见鬼。我没能陪在你身边。"

"你是说我家遭贼的事？"

他点点头："是的。我恨不得时时刻刻陪着你。我真希望可以不常出门。"

我靠过去，他伸手搂住我。我把头搭在他的肩膀上，听着他缓慢而稳定的心跳声，而我却惊惶不已，心脏扑通扑通狂跳，对比之下，他是那么从容不迫，带给我安慰。他的夹克下面是溅了血的 T 恤衫，我的脸贴在上面，感觉布料有些旧了，但软软的。我颤抖着深深地吸了一口气，闻到他身上的汗味，我感觉自己的心跳慢了下来，与他的心跳处在相同的节奏上。

"就算你在，其实也做不了什么。"我贴在他的胸口上说。

他摇摇头："那我也应该在场。"

《《《

天光渐亮，我们付了出租车的钱，慢慢走上两层楼梯，来到他的公寓。我看看手表，发现都快六点了。见鬼，再过几个小时，我就该登上前往赫尔的火车了。

朱达脱掉衣服，我们躺在床上，肌肤贴着肌肤。他把我拉到怀里，闭着眼嗅着我的头发的气味。我累坏了，都无法正常思考，但我没有老实躺着，等待睡意降临，反而一翻身爬到他身上，开始亲吻他的喉咙、肚子。

"洛……"他轻吟一声，他想把我拉向他，但我只是摇摇头。

"不要，你的嘴。你只躺着好了。"

他向后躺下，喉咙呈弓形，自窗帘照射进来的淡淡晨光洒在他身上。

我已经有八天没见到他了，过了今天，要再过一个星期，我们才能见面。如果现在不……

一番云雨后，我躺在他的臂弯里，等待我的呼吸和心跳放缓，他的脸颊贴着我的脸颊，我感觉他的脸上现出了笑容。

"这才像话嘛。"他说。

"什么像话？"

"这才是我喜欢的欢迎仪式啊。"

我一缩，他抚摸我的脸。

"洛，亲爱的，我就是开个玩笑。"

"我知道。"

良久，我们都没有说话。我还以为他睡着了，于是，我闭上眼睛，让疲倦向我袭来，可跟着我感觉到他做了个深呼吸，他的胸口随之起伏，手臂上的肌肉也紧绷了。

"洛，我不是还想再问，但是……"

他没有把话说完，他不必这么做。我能感觉出他想说什么。他在新年时就说过了……他希望我们能往前一步：同居。

"让我再好好想想。"最后，我这么说，我的声音像是变了，异常柔和。

"几个月前你就是这么说的。"

"我还在考虑。"

"我早就下定决心了。"他轻轻捏着我的下巴，把我的脸拉到他的脸前。看到他的脸，我的心直翻腾。我伸出手，想摸他的脸，但他抓住我的手，握在他的手里。"洛，不要再逃避这个问题了。我真的很有耐心，你是知道的，但我开始感觉我们的想法不太一致。"

我体会到了一种介于希望和恐惧之间的感觉，熟悉的恐慌让我感觉五脏六腑开始翻搅。

"想法不太一致？"我感觉我的笑容有些牵强，"你是不是又看奥普拉[1] 主持的节目了？"

听到这话，他松开我的手，扭过头，但在那之前我看到他的脸上露出了疏离的表情。我咬紧嘴唇。

"朱达……"

"不。"他说，"不。我是很想和你谈这件事，但你显然没这个意思。所以，你看，我很累了。天都快大亮了，我们还是睡觉吧。"

"朱达。"我再次唤他的名字，这次是在央求他，我真恨自己这么软弱，我也恨他把我逼到了这样的境地。

"我说不。"他疲倦地躺在枕头上说。我还以为他是说不要谈了，但他又说道，"有人邀请我回纽约工作，但我说不。我为你拒绝了。"

真该死。

---

1 美国电视节目主持人。——译注

# 第四章

我睡得很沉，连梦都没做，像是吃了安眠药一样，几个小时后，闹钟让我恢复了意识。

我不知道我睡了多久，但肯定时间不长。我的头疼得厉害，我躺了好一会儿，试着理清纷乱的思绪，然后，我伸手关掉闹钟，免得它吵醒朱达。

我揉揉困倦的眼睛，伸了个懒腰，不让我的脖子和肩膀继续抽筋，然后，我强忍着疼痛坐起来下了床，走到朱达的厨房。我用滴滤壶煮上咖啡，趁煮咖啡的当儿，我喝了药，又去浴室里找止疼药。我找到了芬必得和醋氨酚，还找到了一个棕色塑料瓶，我隐隐记得是朱达在参加球赛扭伤膝盖后医生给他开的药。我打开瓶盖，看了看里面的药片。药片很大，一半是红的，一半是白的，看起来很不错。

到最后，我还是没胆子吃这些药，浴室的架子上摆着好几种药，我只拿了两片芬必得和一片快速起效的醋氨酚。我就着黑咖啡吃了药，因为空荡的冰箱里没有牛奶，然后我慢慢地喝着剩下的咖啡，一边喝一边想着昨晚的事，我想到我的行为真是太愚蠢了，我还想到了朱达说的话……

我真的很惊讶。不，不只是惊讶，是非常震惊。我们从未真正讨论过他的长期计划，但我知道他想念他在美国的朋友，想念他的母亲和弟弟，而我并没有见过他们。现在他这么做……是为了他自己，还是为了我们？

咖啡壶里还剩下半杯咖啡，我把咖啡倒进另一个杯子，小心地拿着它走进卧室。

朱达四仰八叉地躺在床上。电影里的人睡觉总是那么安详，朱达的睡相却与之相差甚远。他的一只手臂向上搭在嘴巴上，挡住了被我打破的嘴唇，但他那尖削的鼻子和紧皱的眉头让他看起来就像是一只愤怒的雄鹰，只是飞着飞着，这只鹰被猎场看守人打了下来，这会儿仍在生闷气。

我轻轻把咖啡杯放在床头柜上，把头搭在他旁边的枕头上，亲了亲他的脖子。那里很温暖，而且异常柔软。

他在睡梦中翻了个身，伸出修长的棕色手臂，搂住我的肩膀，他睁开眼，他的眼睛是淡褐色的，但此时至少比平时深了三个明暗度。

"嘿。"我轻声说。

"嘿。"他皱起眉头，打了个哈欠，拉着我躺在他旁边。我挣扎了一下，毕竟我很快就要上游轮了，我还要赶火车，还要在赫尔乘汽车。可跟着我的四肢像是塑料一样被熔化了，我任由自己依偎在他怀里，吸取他的温暖。我们躺了一会儿，凝视彼此的眼睛，我伸出手，轻轻地摸了摸他嘴唇上的免缝胶带。

"你说你的牙还能重新种上吗？"

"不知道。"他说，"但愿可以，我星期一要去莫斯科，我可不想在那里时还去看牙医。"

我没说话。他闭上眼，伸了个懒腰，我听到他的关节嘎嘎响。然后，他侧身躺着，用一只手轻轻握住我的乳房。

"朱达……"我说，我能听到我的声音里夹杂着恼怒和渴望。

"什么？"

"不行。我该走了。"

"那就走吧。"

"不要。停下。"

"是不要，停下？还是不要停下？"他牵动一边嘴角，缓缓地露出了笑容。

"都有吧。你清楚我是什么意思。"我坐起来，摇了摇头。我的头很疼，我马上就后悔了，真不该晃脑袋。

"你的脸没事吧？"朱达问道。

"没事。"我摸摸我的脸。我的脸还是肿的，不过已经消退了一些。

他露出忧虑的表情，伸出一根手指轻抚我脸上的瘀青，但我情不自禁地躲开了。

"我真该在场的。"他说。

"但你不在。"我说，口气过于严厉了，"你一直都不在。"

他眨巴眨巴眼睛，用手肘支撑身体看着我，他的脸上依然睡意蒙眬，还留有枕头的印记。

"什么？"

"你听到我说什么了。"我知道我有些不可理喻，但我还是不由自主地说了起来，"未来怎么样呢，朱达？就算我搬来这里，又有什么计划？是要我坐在这里，像珀涅罗珀[1]那样，编织我自己的裹尸布，替你守着家，而你却在俄罗斯的某个酒吧里，和你的外国同事畅饮苏格兰威士忌？"

"你怎么这么说？"

我摇摇头，把腿放到床下。我把去完急诊室后留在地上的备用衣服穿上。

"我很累了，朱达。"这只是保守说法，一连三个晚上我只睡了几

---

1 奥德修斯忠实的妻子，奥德修斯远征特洛伊时，一直守在宫中，终于等到丈夫归来。——译注

个小时，"我看不出那样的生活有什么希望。现在只有我们两个人就够麻烦了。我不愿意做家庭妇女，在家看孩子，然后患上严重的产后抑郁症，而在赤道那一边，你可能在每一个肮脏地方被枪打中。"

"看最近的事，我待在自己的公寓里更危险。"朱达说，然后，他看到我的脸，不由得皱起了眉头，"对不起，我净说蠢话。我知道，那件事只是个意外。"

我把依然潮湿的外套披在肩上，拿起手袋。

"再见，朱达。"

"再见？你说再见是什么意思？"

"你说什么意思就什么意思。"

"我只希望你能别再矫情了，我希望你能搬进我的公寓。我爱你，洛！"

听到他的话，我就好像挨了一巴掌。我停在门口，感觉疲倦像是变成了有形的东西，套住我的脖子，将我向下拽。

戴着浅色橡胶手套的手，哈哈的笑声……

"洛？"朱达的语气有些踌躇。

"我做不到。"我面冲走廊说道。我也不肯定我在说什么——我不能离开，我也不能留下来，我不能进行这场对话，不能这样生活下去，我不能要这一切。"我只是……我必须走了。"

"那么说，"他说，他的声音里出现了怒气，"我推了那份工作，你现在的意思是我做错了？"

"并不是我要求你那么做的。"我说，我的声音在颤抖，"我从未要求过你。所以不要把事情推到我头上。"我把手袋挎在肩上，转身面向大门。

他没有说话，没有试着阻止我。我步履蹒跚地走出他的公寓，感觉像是喝醉了一样。等我到了地铁上，我才意识到到底发生了什么。

# 第五章

我喜欢海港。我喜欢焦油的气味和海风，我喜欢海鸥的鸣叫。或许是多年来我一直搭乘渡轮去法国避暑的缘故，反正海港总是给我一种自由的感觉，我对机场就没有这种感觉。机场只是代表着工作、安检和航班延误。而海港也许代表着逃离。

我在火车上一直有意不去想朱达，只是专心研究即将开始的游轮之旅。理查德·巴尔默只比我大几岁，可他的简历简直让我汗颜，他有那么多企业，管理者的名衔一大堆，看得我眼泪都要掉下来了，每一家企业和每一个名衔都像是一块垫脚石，让他拥有更多的金钱和更大的影响力。

我从手机登录维基百科，找到他的照片，他长得很英俊，有一身古铜色的皮肤，有着一头黑发，与一个二十七八岁的金发美女手挽手。"理查德·巴尔默和他的妻子——巨额财产的女继承人安妮·林格斯塔德在斯塔万格举行婚礼"，标题这样写道。

他有勋爵头衔，所以我一直以为财富都是装在盘子里送到他面前的，但是，至少从维基百科上的介绍来看，我的评价有失偏颇。他的早期经历可以说是一帆风顺，他上过预科学校，毕业于伊顿公学和牛津大学贝列尔学院。然而，在他上大一那年，他父亲去世了。他也指望不上他的母亲，不过并不清楚这是为什么。他家的家产都被用来支付遗产税和债务，如此一来，十九岁的他便沦落到了无家可归、孤身一人的境地。

陷入了这样的困境，他还能从牛津顺利取得文凭已经很优秀了，而他竟然还在上大三那年创办了一家互联网企业。2003 年，这家公司挂牌上市，这是他第一次获得成功，从此便开始了辉煌的人生。现在他的事业达到了顶峰，拥有一艘有十个客舱的奢华游轮，这艘奢华游轮带人们穿越斯堪的纳维亚海岸线，为人们提供了一个避世之所。"可以在游轮上举行梦想中的婚礼；还可以在这里举行盛大的公司社交活动，得到客户的青睐；更可以在游轮上来一次独一无二的度假，一定会让你和家人难以忘怀。"火车一路向北疾驰，我读着采访资料，然后，我翻到了住舱甲板的平面图。

船首有四个大套房，另外六个较小的船舱位于船尾一片单独的区域中，呈马蹄形排列。每个船舱都有编号，船舱位于主走廊的两侧，1 号船舱就在船头的尖端，9 号和 10 号船舱相邻，位于弯曲的船尾。我估摸他们会让我住在一个较小的船舱里，那些套房肯定是留给贵宾的。平面图上没有标出尺寸，我皱了皱眉，想起了坐过的一些跨英吉利海峡的渡轮，那些小舱室连个窗户都没有，真的很幽闭恐怖。一想到要在那样的舱室里待上五天，就感觉很不舒服。但这样的一艘豪华游轮，船舱肯定会很宽敞吧？

我翻看采访资料，希望能找到船舱的图片来让自己安心，但我只看到了一张照片，只见白色桌布上摆着各式令人眼花缭乱的斯堪的纳维亚美食。"北极光"号的主厨显然是在诺玛餐厅和斗牛犬餐厅接受过培训。我打了个哈欠，用手蒙住眼，感觉疲惫和昨晚发生的一切再一次重重地压着我。

我离开时看到的朱达的表情闪现在我的脑海里，我记得前一天晚上他被我打得都去缝针了。我不由自主地皱起眉头。我甚至都不确定发生了什么。我和朱达分手了吗？是我甩了他？我每次回想我们的对话，我那疲倦的大脑就会出问题，添加一些我从没说过的话和一些我希望我当时做出的反应，这样看来，要么是朱达愈发愚蠢和无礼，证明我的立场是对的；要么是他无条件地爱着我，让我相信我们之间不会有问题。我并没有要求他去拒绝那份工作。所以，我为什么要因此心怀歉疚？

《《《

在坐汽车到港口的途中，我迷迷糊糊地睡了三十分钟，后来，司机兴高采烈地宣布目的地到了，把我从睡梦中吵醒，感觉就像一盆冷水浇在了我的脸上。我摇摇晃晃地下了汽车，走到刺眼的阳光下，夹杂着咸腥味的风迎面扑来，让我视线模糊，头昏眼花。

司机把我送到"北极光"号舷梯的末端，但当我的视线越过钢铁舷梯，看向等候的那艘船时，我还以为我们找错了地方。我看到的船与小册子里的很像，巨大的玻璃窗反射着阳光，上面连一个指纹或一滴海水都没有，闪闪发亮的白色油漆看起来崭新无比，像是那天早晨新刷上去的。只是船的大小很不对劲。"北极光"号太小了，与其说它是一艘游轮，还不如说是一艘大型游艇。现在我总算见到了他们所说的"豪华"是什么意思。我曾见过更大的船只在希腊群岛之间往来。宣传册上说游轮设有各种配套设施，像什么图书室、日光浴室、护理室、桑拿室、鸡尾酒吧间，反正就是养尊处优的乘客需要什么，船上就有什么，但眼前这艘小船似乎不可能容纳下所有这些设施。这艘船这么小，再加上完美的船漆，看起来就像个奇妙的玩具。我走上狭窄的钢铁舷梯，我在困惑之下忽然想象"北极光"号是一艘被困在瓶子里的船，小巧精致，与世隔绝，显得很不真实，而随着我向船一步步走去，我自己也缩小了，与船的比例相配合。这种感觉很奇怪，仿佛我把望远镜拿反了，结果搞得自己头昏眼花，甚至有点眩晕。

舷梯在我的脚下摇晃，港口那油腻的墨色海水在下方猛烈拍打，有那么一刹那，我感觉我脚下的钢铁消失了，我就这么掉了下去。我闭上眼，抓住冰冷的金属栏杆。

然后，我听到上方传来一个女人的声音。

"真好闻，对吧？"

我眨眨眼。只见一个女服务员站在船的入口处。她光艳照人，有一头白金色的秀发，皮肤是胡桃色的。她对我嫣然一笑，好像我刚从澳大利亚来，是她失散已久的有钱亲戚。我做了个深呼吸，试着稳住自己，然后，我走过舷梯，来到"北极光"号上。

"欢迎您，布莱克洛克小姐。"女服务员见我上了船，对我说道。她的声音很清脆，我分不出她带着什么地方的口音，她的话语像是在传递着一个信息：遇到我是与赢彩票一样的人生体验。"我很荣幸能在此欢迎您上船。是否可以让我们的服务员帮您拿行李？"

我环顾四周，想看看她到底是怎么弄清楚我的身份的。我还来不及说话，我的行李袋就离开了我的手。

"您需不需要一杯香槟？"

"啊。"我说，想用妙语来让我自己显得特别。女服务员认为我答应了，把一个带有冷凝水珠的香槟杯塞进我手里，我接了过来。"唔，谢谢。"

"北极光"号的内部装潢简直令人咋舌。这艘船或许很小，却装下了比它大十倍的船才能装下的内饰，看起来珠光宝气的。进了舷梯门，可以看到一个楼梯平台，连接着一道长而弯曲的楼梯，每级台阶都光鲜亮丽，要想达到这样的效果，不是上了抛光漆，覆盖了一层大理石，就是铺着生丝。一盏巨型枝形吊灯照射着楼梯，在整个楼梯上洒满了小光点，让我想到在阳光明媚的日子里海面上反射的点点金光。这情形看起来让人有些恶心，我会有这种感觉，倒不是从社会良知出发，但你若是非这么想，确实也可以这么说，但是这灯光的确让人晕头转向。灯上的水晶就像是棱镜，让人目眩而且感觉失衡，像是在看万花筒。这样的效果再加上缺觉，可真叫人难受。

女服务员肯定是看到我目瞪口呆的样子了，不然也不会露出骄傲的笑容。

"炫光楼梯真的很壮观吧？"她说，"看到那个枝形吊灯了吗，总共用了两千多块施华洛世奇水晶呢。"

"老天。"我轻轻地说。我的头跳动着作痛，我努力回想有没有随身携带芬必得。灯光这么亮，不眨眼都难。

"'北极光'号是我们的骄傲。"女服务员继续热情地说道，"我叫卡米拉·利德曼。我负责船上的茶点。我的办公室在下层甲板。希望您在船上过得愉快，如果您有什么要求，尽管来找我。我的同事约瑟夫……"她指指她旁边那个笑意盈盈的金发男人，"他会带您去您的客舱，并带您到处转一转。晚餐八点开始，但我们诚挚邀请您晚上七点去林格伦 [1] 休息室，届时我们将介绍船上的各种设施和奇观。啊！勒德雷尔先生。"

一个人高马大的男人从我们身后沿舷梯走上来，这个人皮肤黝黑，四十多岁，一个男服务员推着一个巨大的行李箱在他身后费力地走着。

"请小心点。"他说，看到服务员嘎噔嘎噔地把行李车推过舷梯的接合处，他紧紧皱起眉头，"箱子里装的都是易损坏的器材。"

"勒德雷尔先生。"卡米拉·利德曼说，就跟她欢迎我时一样，也是那种极度兴奋的热情。我不得不佩服，她的演技真叫我五体投地，

---

1 瑞典著名女作家。——译注

不过她在面对勒德雷尔先生时会感觉轻松一点，因为他一看就是那种很随和的人。"欢迎您来到'北极光'号。请问您需要香槟吗？勒德雷尔太太呢？"

"勒德雷尔太太不来了。"勒德雷尔先生用一只手捋着头发，抬头看了一眼施华洛世奇水晶吊灯，显得有些茫然。

"噢，那可太遗憾了。"卡米拉·利德曼那精致的眉毛皱成了一个疙瘩，"但愿她身体无恙。"

"她好得很。"勒德雷尔先生道，"事实上，她正和我的死党亲热呢。"他笑着接过了香槟。

卡米拉眨眨眼，平静地说："约瑟夫，请带布莱克洛克小姐去船舱吧。"

约瑟夫轻轻鞠了一躬，伸出一只手指向下行的楼梯。"这边请。"他说道。

我默默地点点头，拿着香槟快步走开。我听到在我身后，卡米拉正向勒德雷尔先生介绍她的办公室在下层甲板。

"您住在9号舱，林奈[1]套房。"约瑟夫这么告诉我，这时候，我正跟着他走下楼梯，走进一条昏暗的米黄色走廊，这里铺着厚地毯，没有窗户。"所有船舱都是按照著名的斯堪的纳维亚科学家的名字命名的。"

"那谁住在诺贝尔套房？"我紧张地用嘶哑的声音问道。这条走廊让我有种奇怪的窒息感，我的后脖颈直冒凉气，一股沉重的幽闭恐惧感向我压来。不光是因为这里很小，还因为这里缺乏自然光线，灯装得很低，让人感觉昏昏沉沉的。

约瑟夫回答得很认真。"在这艘非同一般的船上，巴尔默勋爵和

---

[1] 瑞典博物学家，建立了植物等级。——译注

夫人住在诺贝尔套房。巴尔默勋爵是北极光公司的董事，这艘船就是该公司名下的。船上一共有十个客舱。"在我们走下另一段楼梯的时候，他介绍道，"四个在前面，六个在船尾，全都位于中层甲板。每个船舱有三个房间，卫生间中配有单独的浴缸和淋浴器，卧室中设有双人床和私人观景台。诺贝尔套房里有私人热水浴缸。"

观景台？不知怎的，游轮上设有观景台感觉怪怪的，但我又想了想，发现相比其他露天甲板区域，观景台并没有多奇怪。热水浴缸？好吧，最好还是不要就此发表评论。

"每个船舱都配有一位指定服务员为您二十四小时服务。我和我的同事卡拉会为您服务，今晚晚些时候您就会见到她了。在您住在'北极光'号期间，我们将竭诚为您服务。"

"这么说，这里就是中层甲板了？"我问。

约瑟夫点点头。"是的，这层甲板只有供乘客居住的套房。楼上有餐厅、护理室、酒吧间、图书室、阳光甲板和其他区域。那些地方是根据斯堪的纳维亚科作家的名字命名的，比如林格伦休息室，扬松餐厅等等。"

"扬松？"

"托芙·扬松[1]。"他补充道。

"啊，姆咪系列童话的作者。"我愚蠢地说道。天啊，我的头疼死了。

我们来到一扇嵌有镶板的木门前，门上一块素雅的饰板上写着：9号：林奈。约瑟夫把门打开，然后站在一边，让我先进去。

毫不夸张地说，船舱可比我的公寓漂亮多了，而且并不比我的公寓小。我的右边一个镶有镜子的衣柜，中央摆着一张巨大的双人

---

1 芬兰著名女作家。——译注

床，白色亚麻床单是那么整齐和清爽。床的一边有一张沙发，另一边有一张梳妆台。

虽然船舱让我印象深刻，但让我最震撼的还是这里的光线。我们刚才走过依靠人工照明的狭窄走廊，但此时，从我对面的观景台滑门倾泻进来的阳光几乎令人目眩。纯白色的窗帘随风轻摆，我看到滑门是开着的，我马上就放松下来，仿佛一直压在我胸口的大石头终于落地了。

"可以从里面插上插销。"约瑟夫站在我身后解释道，"不过，要是遇到不好的天气状况，插销会自动脱离。"

"很好。"我含糊地说，我希望约瑟夫赶快离开，这样我就能扑倒在大床上，睡个昏天黑地了。

可我只能站在那儿，尴尬地强忍哈欠，听约瑟夫介绍卫生间的功能（是的，我还是用过卫生间的，谢谢）、小冰箱（里面的酒水饮料都是免费的，这下我的肝脏可惨了）。他说冰块一天补充两次，还说有什么事尽可以打电话找他或卡拉。

终于，我疲倦的哈欠再也不能被忽视，他轻轻鞠了一躬，便离开了，留下我一个人待在船舱里。

假装没有被震撼到是毫无意义的。那张床叫我印象深刻，它像是在向我发出邀请，要我倒在上面睡上三四十个小时。我看着洁白的羽绒被，又看看散乱放置的金色白色相间的靠垫，渴望就像个有形的物质，流进我的血管，从我的后脖颈到指尖和脚尖，麻刺感在我的全身蔓延。我需要睡觉。我开始对睡眠怀有很深的渴望，就像个瘾君子一样，数着时间等待下一次刺激的到来。在汽车上很不舒服地眯了三十分钟，只会让我更加想睡。

但我现在不能睡觉。要是我睡了，肯定醒不过来，而我也承担不起错过今晚活动的代价。我或许可以逃掉这周后几天的盛会，但我必须去参加今晚的晚宴和介绍会。这可是上船的第一晚，所有人一定会交际一番。要是我错过了，就会落后一大截，到时候就算我快马加鞭也赶不上了。

所以，我强忍着哈欠，走到观景台上，盼着清新的海风能缓解我的疲倦，不然每次我不再走路或是不再说话，疲惫就会像浓雾，将我包围。

待在观景台上，感觉真是好极了，这里达到了豪华游轮私人观景台所能到达的极限。围栏是用玻璃做的，所以，坐在套房里，感觉几乎你和大海之间没有任何距离。观景台上有两把躺椅和一张小桌，晚上，人们可以坐在观景台上，欣赏子夜太阳或北极光，能看到子夜太阳还是能看到北极光，就要看人们订的是哪种航线了。

良久，我就这么望着一艘艘小船进出赫尔港，感觉受咸腥的海风拂过我的发丝，跟着，这艘船给我的感觉突然变了。一开始，我还没弄清楚是怎么回事，随即我才恍然大悟。是引擎，大约半个小时以来，引擎一直发出轻轻的咕噜咕噜的声音，但此时引擎声变大了，这艘船肯定是出现了变化。只听一声刺耳的轰鸣声，船开始掉头，一点点远离码头，向着大海进发。

我站在那儿，看着"北极光"号缓缓地在标志英吉利海峡的绿色和红色的灯光之间驶出码头。随着船只驶出海港围墙，进入北海，我感觉到船的速度变了，此时，海浪不再轻柔舒缓，深海区的浪头猛烈地扑来。

海岸线渐渐地消失了，赫尔的建筑物越来越小，犹如地平线上的一道道脊线，最后变成了一条黑线，再也看不出轮廓了。我看着赫尔消失在视线中，不由得想起了朱达和所有我没做完的事。手机在我的衣兜里，感觉沉甸甸的，我拿出手机，盼着在我们离开英国电信发射器覆盖范围之前，他能给我发来只言片语。比如，再见，祝好运，一路平安。

但我的手机里什么都没有。信号一格一格减少，我的手机始终沉默无声。随着英国海岸消失在视野中，四周只剩下海浪的咆哮。

发件人：朱达·刘易斯

收件人：劳拉·布莱克洛克

发送日期：9 月 22 日，星期二

主题：你还好吗？

　　嗨，亲爱的，自从你上个星期日发来电子邮件后，我一直都没收到你的消息。不知道我们的信息是不是丢失了。你收到我的答复了吗，我昨天给你发了短信，你收到了吗？

　　我有点担心，但愿你不会以为我躲了起来，像个傻瓜似的在疗伤。我没有。我爱你，我很想你，我满脑子都是你。

　　不要为在家里发生的事难过，我的牙没事了。我觉得肯定能像医生说的那样重新种植。而且，我自己也正用伏特加自我治疗了。

　　跟我说说游轮怎么样，要是你很忙，给我报个平安就行。

　　爱你，朱。

发件人：罗恩·朗斯代尔

收件人：劳拉·布莱克洛克

抄送：詹尼弗·韦斯特

发送日期：9 月 23 日，星期三

主题：更新？

　　洛，两天前我给你发邮件，要你说一说游轮上的情况，请回复。

珍恩告诉我，你一直没有发稿子过来，我们希望明天之前你能传稿子回来，补充新闻报道也可以。

请尽快将写稿的进度通知珍恩，并且将你的回复抄送给我。

罗恩。

| 第二部分 |

# 第六章


连富人的淋浴器都这么好。

淋浴器喷出来的水流很大，从各个角度进行按摩，强烈的水流会让人麻痹，过了一会儿，就再也分不清哪里是水，哪里是我的身体。

我用香皂洗了头发，然后刮了腿毛，最后，我站在水流下方，看着外面水天一色，海鸥在空中盘旋。我开着浴室门，这样我的视线就能越过床和观景台，看到大海。感觉……我可不想撒谎，那感觉真是棒极了。这个船舱收费八千英镑，总得有点特色才行吧。

对比我的薪水，甚至是罗恩的薪水，这都是个不小的数目。这么多年了，看到她从巴哈马群岛上的别墅或是马尔代夫的游艇上发回来的报道，我就垂涎三尺，就盼着以后我也有资格享受这样的特别待遇。但现在我尝到了特殊待遇的滋味，又不禁想知道，她怎么受得了经常过这种一般人负担不起的生活？

我闲来无事，便在心里盘算我要辛苦工作几个月，才能攒够钱在"北极光"号上待一个星期，这时候，我听到了一个声音——在大海的咆哮声之外，我听到一个模模糊糊的声音，我虽然不知道那声音是从何处发出来的，但听来像是从我的房间里传来的。我的心跳微微有些加快，但我保持呼吸稳定，睁开眼睛。

我只看到浴室门向我这边弹开，仿佛有人用有力的手飞快地推了它一下。

浴室门砰一声关上了。关门声听来很沉闷，这扇沉重的门是用质量非常好的材料制作而成。这下，我被关在了闷热潮湿的黑暗中，淋浴器的水浇在我的头上，我的心怦怦狂跳，甚至都有可能出现在"北极光"号的声呐上。

除了我自己耳朵里的嗡嗡声和淋浴器的哗哗声，我听不到任何声音。除了淋浴器的红色数字控制按钮，我什么都看不到。见鬼！见鬼！我为什么没把船舱门上双锁？

我感觉浴室的舱壁向我合拢过来，黑暗似乎要把我囫囵吞下。

不要慌，我这么告诉自己。没有人要伤害你，没有人破门而入，很可能是女佣进来铺床，要不就是门自己关上了。不要慌。

我强迫自己去够控制按钮。水先是变得冰凉，又变得滚烫，我被烫得大叫一声，跌跌撞撞地向后退开，脚踝砰一声撞在了舱壁上，不过我终于摸到了正确的按钮，水流随之停了下来，我开始摸索电灯开关。

灯光亮起，小浴室顿时变得明亮无比，我盯着镜中的自己，只见我面色惨白，湿漉漉的头发贴在头皮上，像极了《午夜凶铃》里的女鬼。

该死。

我以后是不是都会这样了？不管是从地铁站走回家，还是深夜没有男朋友的陪伴独自在家，就会神经兮兮的，总是害怕？

不要，去他妈的。我才不要那样。

门后挂着一件浴袍，我赶忙穿上浴袍，然后哆哆嗦嗦地深吸一口气。

我才不要那样。

我打开浴室门，我的心开始狂跳，只觉得眼前金星乱转。

不要慌张，我愤愤地想。

房间里空无一人。连个人影都看不到。门上了双锁，就连锁链也挂着。不可能有人进来。或许我听到的就是走廊里的人发出的声音。不管是怎么样，显然是受到了船身移动的影响，浴室门才会在自身重量的作用下关闭。

我又检查了一遍锁链，锁链摸起来沉重结实，很叫人放心，然后，我迈着虚弱的双腿，走到床边，躺下，等待着心跳恢复正常。

我想象着我把脸埋在朱达肩头的情形，有那么一刻，泪水几乎夺眶而出，但我咬紧牙关，生生将眼泪忍了回去。朱达不是所有问题的答案。问题在于我自己，在于我无端就会觉得恐慌。

"什么都没有发生。什么都没有发生。"我呼吸急促，但还是不断重复想着这句话，直到我感觉自己开始冷静下来。

"什么都没发生。此时此刻，没有发生任何事。没有人想要伤害你。"

好吧。

老天，我需要喝点酒。

小冰箱里有奎宁水[1]、冰块、六小瓶杜松子酒、威士忌和伏特加。我把冰块放进一个平底玻璃杯，用微微哆嗦的手把两三瓶酒倒在冰块上。然后，我往酒里兑了些奎宁水，一饮而尽。

杜松子酒太烈了，呛得我喘不过气，当烈酒流经我的每一个细胞和血管，我马上就感觉好多了。

喝完了杯里的酒，我站起来，脑袋和四肢轻飘飘的，我从手袋里拿出手机。没有信号，显然我们已经离开了英国电信信号覆盖区，不过船上有无线网络。

我点开"电子邮件"，咬着指甲看着邮件一封封出现在收件箱

---

1 用来冲酒的汽水。——译注

里。情况倒是不像我担心的那么糟糕，毕竟今天是星期日，看着邮件列表，我意识到我紧张得就好像一根即将崩断的橡皮筋，与此同时，我也明白了我在期待什么，为什么会这么紧张。没有朱达的邮件。我感觉自己的肩膀垮了下来。

我回复了一些紧急邮件，将其他邮件标记为未读，然后按下"写邮件"图标。

"亲爱的朱达。"我这样写道，但我不知道后面该怎么写。我很想知道他此时在做什么。打包行李？团坐在经济舱里？或是躺在小旅店的房间里，发推特，发短信，想我……

我再次回想起用沉重的金属台灯砸他的脸的情形。我当时到底在想什么啊？

你当时并没有思考，我告诉我自己。你当时还在睡梦中。那不是你的错，只是个意外。

"弗洛伊德说过，这世上就没有意外，"我的脑海深处的那个声音说道，"说不定就是你……"

我晃晃脑袋，拒绝听那个声音说话。

亲爱的朱达，我爱你。

我想你。

我很抱歉。

我删除了这封邮件，重新开始写。

收件人：帕梅拉·克鲁
发件人：劳拉·布莱克洛克
发送日期：9月20日，星期日
主题：一切顺利

嗨，妈妈，我安全上船了，这艘船真是太豪华了。你肯定喜欢！提醒你今天去接黛丽拉。我把它睡觉的窝放在桌子上了，猫粮在水槽下面。我换锁了，楼上的约翰逊太太有新钥匙。

爱你，谢谢！

洛，吻你。

我点击发送图标，然后登陆脸谱网，给我最好的朋友莉茜发信息。

这个地方简直美呆了。我的船舱（抱歉，应该说这个船舱就跟套房一样大）里有个小冰箱，里面有无限量免费酒水。不管是对我的职业精神，还是对我的肝脏来说，这都不是什么好兆头。出海回来再见，前提是到时候我还站得住。洛，吻你。

我又倒了一杯杜松子酒，继续给朱达写电子邮件。我必须写点什么。我不能任由我和他的关系就这么僵着。我想了一会儿，这样写道："亲爱的朱达。真对不起，我走时的表现太差劲了。我说的话太不公平了。我深深爱着你。"我只能停下来，因为泪水储满了我的眼眶，我都看不清屏幕了。我颤抖着做了几次深呼吸。然后我生气地揉揉眼，把邮件写完，"落地之后给我发短信。一路顺风。洛，吻你。"

我刷新了收件箱，这次并没抱太大希望。并没有新邮件进来。我叹口气，喝光了第二杯杜松子酒。窗边的时钟显示现在是六点半，这表示我该去换一号长夜礼服了。

罗恩对我说了，在船上用餐，要穿正式的服装（太荒唐了），并且建议我至少租七套晚礼服，这样每晚都不会重样。不过她没提到会给我报销，于是我只租了三套，如果让我自己做主，我只会租一套了事。

在租礼服的商店里，我最喜欢的一套衣服也是最夸张的，那是一袭银白色的紧身连衣长裙，裙身上镶嵌着水晶，店员说我穿上那件衣服，很像《指环王》里的丽芙·泰勒，而且她的语气中没有一丝嘲弄。我估计我一定是在傻笑，要不然她怎么会在我试穿其他衣服时，老向我投来怀疑的目光呢？

但我感觉自己没有勇气穿着水晶装饰出去，毕竟其他人可能只穿牛仔裤，于是我选了最低调的一条裙子——一袭深灰色收腰绸缎长裙。裙子的右肩上有镶嵌亮片的叶子装饰，想把那些叶子弄下来是不可能的。显然大部分舞会礼服都是由拿着闪光枪的五岁女孩设计的，但至少这一件看起来不像芭比娃娃工厂的制品。

我穿上礼服，拉上侧面的拉链，然后，我把化妆包里的装备都拿了出来。今天晚上，要想把我自己打扮得像个人，一管润唇膏可不够。我往颧骨上的伤口涂遮瑕霜时才意识到，这一堆化妆品中没有睫毛膏。

我在手袋里翻找睫毛膏，希望它在里面，同时还在回想我最后一次是在什么地方见到睫毛膏的。跟着我想起来了，我一直把睫毛膏放在手提包里，它与别的东西一起，都被偷了。我并不经常涂睫毛膏，但要是不涂上深色的睫毛，我的烟熏妆会显得很奇怪和不协调，就好像我化到一半就放弃了。有那么一刻，我想到一个荒谬的主意，就是用眼线液代替，但我还是最后一次徒劳地翻找化妆包，我把包里的东西都倒在床上，以防我记错了，或是内衬里夹着备用睫毛膏。然而，我知道化妆包里没有睫毛膏。我把化妆品都放回化妆包时，我听到我旁边的船舱里有声音传来，很像是加压马桶的冲水声，即便和缓的引擎声从未间断，那个声音依然清晰可闻。

我拿着房卡，赤脚走进走廊。

我右边有一扇木炭色的大门，上面有块小牌子，写着："10 号：帕尔姆格伦"。这让我想到，除了用来命名船舱的几位科学家，著名的斯堪的纳维亚科学家也没剩下几位了。我犹豫地敲了敲门。

没人回应，我耐心等待。或许这里的住客在洗澡。

我又用力地敲了三下，然后，我想到住客可能听力不好，就又使劲儿拍了一下门。

门开了，好像住客一直就站在门的另一边。

"怎么样了？"舱门都没完全打开，她就问道，"一切顺利吗？"然后，她的表情全变了。"见鬼。你是谁。"

"我是你的邻居。"我说。她很年轻，长得很美，留着一头黑色长发，身穿一件印有平克·弗洛伊德乐队头像的 T 恤衫，衣服很破，全是洞，不知怎的，看了她这件衣服，我就喜欢上她了。"我叫劳拉·布莱克洛克。你可以叫我洛。抱歉，我知道听起来有点奇怪，但能不能把你的睫毛膏借我用用？"

可以看到她身后的化妆台上零散放着很多瓶瓶罐罐，她也画了眼妆，所以我很肯定我找对人了。

"啊。"她看起来有些慌张，"好吧，稍等。"

她走进船舱，关上舱门，然后拿着一支美宝莲睫毛膏回来，塞在我手里。

"谢谢。"我说，"我一会儿就还给你。"

"送给你了。"她说。我发自本能地拒绝，但她摆摆手，不让我说下去。"我是说真的，我不要了。"

"我会把刷头清洗一下。"我说，但她不耐烦地摇摇头。

"我告诉过你了，我不要了。"

"那好吧。"我说，被她吓了一跳，"谢谢。"

"不客气。"她砰一声关上了门。

我走回我的船舱，一直在琢磨这次奇怪的短暂相遇。我本来以为自己在这艘船上就够格格不入的了，但她看起来更像是不得其所。说不定她是某个大亨的女儿吧？我很想知道能不能在晚宴上见到她。

我刚涂完借来的睫毛膏，就听到有人敲门。她可能改主意了。

"嗨。"我把门打开，撑着门说。不过外面站着另一个女孩，穿着服务员制服。她的眉毛修得有些过了，所以看起来总是一副惊讶的表情。

"您好。"她说，带着抑扬顿挫的斯堪的纳维亚口音，"我叫卡拉，我和约瑟夫一起，都是您的客舱服务员。我是来通知您，展示会……"

"我记得。"我有些唐突地说，"晚上七点，在'长袜子皮皮'[1]厅。"

"啊，您真的很了解斯堪的纳维亚的作家！"她笑了。

"我对科学家就不怎么在行了。"我承认，"我马上就来。"

"太好了。巴尔默勋爵正在恭候各位的大驾。"

她走了之后，我开始在旅行袋里找和晚礼服配套的披肩，那是一条灰色的丝绸披肩，披上之后，我感觉自己像极了勃朗特姐妹之一。

我锁上门，把房卡塞在胸罩里，沿走廊向林格伦休息室走去。

---

1 林格伦的作品。——译注

# 第七章

　　白色。白色。一切都是白色的。苍白色的地板。天鹅绒沙发。生丝长窗帘。洁白无瑕的舱壁。这样的布置对一艘公共游轮来说真是太不实用了。我估摸他们是刻意这么安排的。

　　休息室里也挂着一盏施华洛世奇水晶枝形吊灯，我情不自禁地停在门口，闪烁的灯光从悬挂在天花板上的水晶折射出来，让我感觉头昏眼花。这个房间与五星级酒店的会客室一模一样，也很像伊丽莎白二世女王的接待室，只是太小了。休息室里只有十二到十五个人，但整个房间已经显得满满当当，就连枝形吊灯的比例都缩小了，好与这个房间配套。这就好像从玩偶之家的门口向内张望，发现里面的一切都缩小了，但也有些不协调：仿制的靠垫有些太大和僵硬，却放在很小的椅子上，酒杯又和仿制香槟酒瓶一样大。

　　我环视整个休息室，寻找那个穿印有平克·弗洛伊德乐队头像T恤衫的女人，这时候，一个低沉的声音在我身后响起。

　　"很晃眼吧？"

　　我转过头，就看到神秘的勒德雷尔先生站在那儿。

　　"有一点。"我说。

　　"科尔·勒德雷尔。"他伸出一只手。

　　这个名字有点耳熟，不过我想不起在什么地方听过。

　　"我叫劳拉·布莱克洛克。"我们握握手，我打量了他一番。虽然之前穿着牛仔裤和 T 恤衫摇摇晃晃地走上舷梯，但他依然是莉茜口中那种"秀色可餐"的人。此时，他穿着一身无尾礼服，让我想到了莉茜的一条经验法则：无尾礼服能让男人的魅力提升三成。

"那么，"他说着从另一个笑吟吟的斯堪的纳维亚女服务员端着的托盘上拿了一杯酒，"布莱克洛克小姐，你怎么会来'北极光'号？"

"噢，叫我洛吧。我是个记者。我在《旅行风尚》杂志社工作。"

"非常高兴认识你，洛。我给你拿杯酒吧。"

他又拿了一杯香槟，笑眯眯地递给我。我想起我的船舱里那些空空如也的小酒瓶，有那么一刻，我有些犹豫，我知道，这才刚到傍晚，我却已经喝得太多了，但不接过来显得不太礼貌。我的胃里连一点食物都没有，我刚才喝掉的杜松子酒还没有代谢出去，不过再来一杯，应该没有大碍吧。

"谢谢。"我终于说道。他把酒杯交给我，他的手指拂过我的手指，我说不清这是不是意外，我喝了一大口，试着让紧张的神经平静下来，"你呢？你来这里做什么？"

"我是个摄影师。"他说，我忽然想起我在何处听说过他的大名了。

"科尔·勒德雷尔。"我大声说道。我真想给我自己一巴掌。要是换成罗恩，肯定从在舷梯上初次见面那会儿，就已经对他大献殷勤了。"《卫报》那些冰盖融化的照片就是你拍的，你拍得真是太好了。"

"不错。"他笑了笑，非常高兴被人认出来，没有丝毫不好意思。不过你或许会觉得现在对他而言，被人称赞已经没什么好兴奋的了，毕竟他的成就直逼大卫·贝利[1]。"他们邀请我来拍照，你知道的，就是拍拍变化莫测的峡湾和工作人员什么的。"

---

1 英国摄影家。——译注

"你不常拍这种主题吧？"我怀疑地问道。

"的确。"他表示赞同，"我更喜欢拍摄濒危物种或是危险的环境，依我看来，可没法说他们此时正处在濒临灭绝的边缘。他们看起来一个个红光满面的。"

我们一起环视整个房间。我不得不同意他对那些男人的说法很对。有几个人聚集在舱室远端的一角，看起来要是我们的船沉没了，光是依靠自身的脂肪，他们就能撑上好几个星期。不过女人就另当别论了。她们个个儿身材窈窕，面容精致，完全可以给高温瑜伽和长寿饮食法做代言，如果这艘船沉了，她们看样子是活不了多久的，但或许她们可以把一个男人拿来吃了。

我又认出了几个人，我在其他新闻界的盛大聚会上见过他们。有蒂娜·韦斯特，她长得小巧玲珑，身上穿金戴银，珠宝八成比她本人还要重，她是《凡尔纳时报》的编辑（座右铭："八十天只是个开始"）；还有旅行记者亚历山大·贝尔霍姆，他为多家跨海峡和飞行杂志撰写文章和美食评论，他本人胖得就像一头海象；还有阿切·芬兰，他是著名的"极限旅行"专家。

阿切大概四十来岁，不过他的脸晒得很黑，看起来饱经风霜，所以比较显老，这会儿，他的双脚来回换着，看上去很不习惯打领带、穿无尾礼服。我想象不出他来这里做什么，毕竟他的日常工作都是去亚马孙丛林里吃木蠹蛾幼虫，或许他现在是在休假。

我到处都找不到住在我隔壁船舱里的女人。

"嘘！"我身后有一个声音说道。

我猛地转过身。

是本·霍华德。他怎么会来这里？他咧开嘴对着我笑，他留着新续的浓密大胡子，很有文艺范儿，我上次见他他还没长胡子。

"本。"我淡淡地说，尽量不表现出任何惊讶，"最近好吗？这位是科尔·勒德雷尔，你见过了吗？我和本以前是《旅行风尚》的同事。现在他在……你在什么地方工作来着？《独立报》还是《泰晤士报》？"

"我和科尔是老熟人了。"本从容不迫地说，"我们以前一起为绿色和平组织工作过。过得怎么样，伙计？"

"还不错。"科尔道，他们来了个男人式的浅抱，都市型男们都很注重自己的形象，所以不会握手，但又没有时髦到可以互相顶拳，于是只能这样打招呼。

"你的气色不错呀，布莱克洛克。"本说，他扭头看着我，打量了我一眼，看他那副样子，我真想用膝盖猛踢他，只可惜我这件该死的裙子太紧了，"不过，你，那个，是不是又玩牢笼搏击了？"

有那么一会儿，我没听明白他指的是什么。随即我才恍然大悟：是我脸颊上的瘀青。现在看来，我用遮瑕霜化妆的技术不如我以为的那么好。

一时间，卧室门砸在我脸上的情形、闯进我卧室的那个贼的样子（那人和本差不多高，都拥有一双明亮的黑眼睛）都清晰地浮现在我的眼前，我的心跳开始加快，我感觉胸口发紧，我不知道该如何回答他。我只是盯着他，并没有掩饰我脸上冷若冰霜的表情。

"抱歉，抱歉。"他举起一只手，"是我说错话了，我知道。老天，这领子太紧了。"他使劲儿拉扯领结，"你怎么会上这艘船？飞黄腾达了？"

"罗恩病了。"我没好气地说。

"科尔！"一个声音打断了尴尬的沉默，我们都扭头去看。原来是蒂娜，她正轻快地走过纯洁的白橡木地板，她那身银色的裙子就跟蛇皮一样，沙沙作响。她在勒德雷尔的两侧脸颊上都落下一个长吻，根本没搭理我和本。"亲爱的，我们好久不见了。"她的声音低沉洪亮，充满了感情，"你打算什么时候兑现诺言，为《凡尔纳》拍摄照片？"

"嗨，蒂娜。"科尔说，语气中夹杂着一丝疲倦。

"来，我去给你引荐理查德和拉尔斯。"她轻声说道，顺手挎住他的手臂，带他向我一开始注意到的那一小群人走去。他任由自己被拖走，只是边走边回头冲我们露出一抹无奈的微笑。本目送他走远，然后扭头看着我，他耸起一边眉毛，那样子真是太有喜感了，我不由得扑哧一笑。

"谁才是舞会之花，这下子可是一目了然了，对吗？"他冷漠地说，我只好点点头，"你最近怎么样？"他又说，"还和那个美国佬在一起？"

我该怎么回答？我也不清楚。我很可能已经把事情搞砸了，他再也不会理我了。

"别想打我的主意。"终于，我愤愤地说道。

"太可惜了。不过你是知道的，在峡湾里发生的事是不会传出去的……"

"滚开，霍华德。"我厉声道。

他立马举起两只手。"我只是在追求喜欢的人，你不能责怪我。"

是的，我能，我心想，但我没把这话说出来。我只是从一个走过的女服务员那里又拿了一杯酒，环顾四周，寻找另一个话题。

"这里还来了些什么人？"我问道，"我只知道你、我、蒂娜和阿切。啊，还有亚历山大·贝尔霍姆。那边那些人是谁？"我冲着与蒂娜说话的那几个人一扬头。那里有三个男人和两个女人，其中一个女人和我差不多年纪，却穿着比我身上这件贵百倍的晚礼服，至于另一个女人……那个人倒叫我大吃一惊。

"那是巴尔默勋爵和他的老朋友。你知道，这艘船是他的，而且……按照你的话说，他就是公司的挂名首脑。"

我注视着那群人，试着按照我从维基百科上看到的照片，分辨出哪个是巴尔默勋爵。一开始，我根本看不出哪个是他，跟着，其中一个男人仰头，发出洪亮的笑声，我马上认出此人就是巴尔默勋爵。他身材健壮，穿着合身的西装，我很肯定那套衣服是定制的。他有古铜色的皮肤，像是经常待在户外。他一笑，那双明亮的蓝眼睛便眯成一条缝，他的两边太阳穴上各有一绺花白的头发，不是因为他老了才长白发，而是只有生了一头乌黑头发才会长这种白发。

"他太年轻了。看到一个和我们差不多年纪的人竟然是贵族，感觉怪怪的，你觉得呢？"

"我记得他是个子爵。当然了，主要是他妻子继承了大笔的金钱。人家是林格斯塔德家的女继承人，她家是做汽车的。你知道我说的是哪家公司吧？"

我点点头。我或许对商界不太了解，尽管她的家族是出了名的低调，可就连我也听说过林格斯塔德基金会。每次看到世界各地的灾区照片，总能看见他们的标志出现在卡车和救援物品上。我忽然想到去年我在各大报纸上都见过的一张照片，可能是科尔拍摄的，一名来自叙利亚的母亲站在一辆带有林格斯塔德基金会标志的卡车前，她把她的孩子高举向司机，像是举着一个咒符，好叫车停下来。

"就是她吗？"我冲着一个苗条的女人一点头，她有着白金色的头发，背对着我，正被一个男人说的话逗得哈哈笑。她穿着一件玫瑰色蚕丝长裙，款式很简洁，让我感觉我自己这件礼服像是我用儿时化妆游戏盒子里的碎布拼凑而成的。本摇摇头。

"不是，她叫克洛伊·延森，以前是个模特，嫁给了留金发的那个男人，拉尔斯·延森。他可是金融界的大人物，是一家大型瑞典投资集团的领导人。我估摸巴尔默把他请来，是想找他投资。不，巴尔默的妻子是他身边那个戴头巾的。"

啊……就是刚才叫我大吃一惊的那个女人。相比其他几个人，戴头巾的女人看起来……面带病容。她穿着一件没有腰身的灰色丝绸和服，这衣服的颜色与她的眼睛的颜色很相配，既像是晚礼服，也很像睡袍，但即便是站在我所站的地方，我依然能看到她的头上包着一条丝绸头巾，她的脸色十分苍白，在那群人之间非常显眼，相比之下，那些人看来都很健康。我意识到自己一直盯着人家看，赶忙垂下眼。

"她有病。"本道，这点不用他说我也知道，"乳腺癌。她的病很严重。"

"她多大年纪了？"

"我想也就三十岁吧。反正比他年轻。"

本喝光了杯里的酒，转身寻找服务员，我的目光则不由自主地回到了她的身上。她和网上的照片简直判若两人。可能是因为灰白的肤色或宽大的丝绸裙子，她看起来老了很多，没有了她那头光泽闪动的金发，她像是完全变了个人。

她为什么来这里，而不是在家待着，舒舒服服地躺在沙发上？但是，她为什么不能来这里呢？或许她活不长了。或许她只是在充分利用时间。或许——这只是我个人的想法而已——只是或许，她希望另一个穿着灰色裙子的女人别再用怜悯的目光瞧着她，让她清静清静。

我再次别开目光，想要找一个不那么脆弱的人来观察。他们那群人中只剩下一个人身份不明，那是个男人，个子很高，年纪不小了，留着修剪整齐的花白胡须，而他那个大肚腩只能是终日胡吃海塞的结果。

"那个长得像唐纳德·萨瑟兰[1]的人是谁？"我对本说。他把头转

---

1 演员，曾出演冯小刚执导的电影《大腕》。——译注

过来。

"哪个？啊，那是欧文·怀特。英国投资人。理查德·布兰森[1]式的人物，只是不如人家有钱。"

"老天，本。你是怎么知道这些的？对上流社会的这些人物，你还真是一部活的百科全书啊。"

"不不。"本看着我，表情中有一丝不自信，"我给新闻处打电话，要了一份宾客名单，然后挨个儿上谷歌查的。我可不是福尔摩斯。"

见鬼。见鬼。我怎么就没这么做呢？任何优秀的记者都会这么做，我甚至连想都没想到。不过本这几天以来可没有缺觉，也没有患上创伤后精神紧张症。

"那……"

不管本是要说什么，都被叮叮叮的金属敲打香槟杯的声音打断了，巴尔默勋爵走到休息室中央。卡米拉·利德曼放下酒杯和茶匙，像是要上前一步，将他介绍给众人，但他摆摆一只手，她便带着谦逊的微笑退到了后面。

大家早就期待着这个环节，房间里顿时变得鸦雀无声，以示尊重。巴尔默勋爵开始讲话。

"感谢各位前来见证'北极光'号的处女航。"他说道。他的声音很温暖，带着奇特的贵族语气，而公共学校的学生都很努力想要练出这样的语气。他的那双蓝眼似乎具有一股吸引力，让人很难别转目光。"我叫理查德·巴尔默，我和我的妻子安妮欢迎各位登上'北极光'号。我们希望将这艘船打造成你们的第二个家。""第二个家？"本低声道，"这个家带有海景观景台和免费小冰箱。我的家里可没有这样的东西。"

---

1 英国的亿万富翁。——译注

"我们并不认为出门旅行就要将就。"巴尔默继续说道,"在'北极光'号上,所有的一切都是你们梦想中的样子,如果不是,那我和我的工作人员则洗耳恭听你们的意见。"他停顿一下,向卡米拉眨眼示意,表示谁想投诉就可以去找她。

"认识我的人都知道我有多热爱斯堪的纳维亚,热爱这里热情的人们……"他对拉尔斯和安妮笑了笑,"这里的美食令人难忘……"他冲着服务员端上来的一盘莳萝对虾西点点点头,"这个地区本身也是富饶壮美的,这里有连绵不绝的芬兰森林,有散布的瑞典群岛,我妻子的祖国挪威还有雄伟威严的峡湾。但在我看来,斯堪的纳维亚这片土地最鲜明的特质不在土地,而是在天空,或许我这么说有点自相矛盾。斯堪的纳维亚的天空是那么广阔无边,几乎每天都澄澈无比。正是有了那么晴朗的天空,才有了斯堪的纳维亚冬季那无与伦比的北极光。大自然是变幻莫测的,但我非常希望能和你们在这次航行中一起观赏壮观的北极光美景。每个人都应该看一看北极光,才不枉此生。现在,女士们,先生们,请举起你们的酒杯,让我们庆祝'北极光'号踏上了处女航,愿与这艘船同名的北极光永不消逝。"

"献给北极光。"我们顺从地齐声说道,然后放下酒杯。我感觉到酒精缓缓流经我的身体,让一切都失去了棱角,就连我脸上依然很疼的伤口似乎也好多了。

"走吧,布莱克洛克。"本说着放下空杯子,"我们过去聊一聊吧。"

我有点不愿意和他一起走向那群人。一想到有可能会被人误会我们是一对,我就感觉很尴尬,毕竟我们确实有一段过去,但我才不会任由本去交际,而我自己向后缩。就在我们刚要走过去的时候,我看到安妮·巴尔默摸摸她丈夫的手臂,在他耳边轻声说了什么。他点点头,她拿起外套,然后二人一起向大门走去,理查德还很担心地挽住安妮的手臂。走到休息室中间,我们擦身而过,她的脸上带着甜美的笑容，这个笑容暂时让她那张形容枯槁、骨骼突出的脸显得生动起来，依稀可见她昔日的美貌。但是，我发现她的眉毛都不见了。没有了眉毛，再加上颧骨突出，她的脸看起来就像个怪异的骷髅。

"请恕我失陪了。"她说道。她的发音字正腔圆，是标准的英式英语，听不出丝毫口音，"我太累了，恐怕不能出席今晚的晚宴。但我希望明天能见到你。"

"请便。"我尴尬地说，然后挤出一个笑容，"我也很期待明天和你见面。"

"我送我妻子回船舱。"理查德·巴尔默说，"我会在晚宴开始前回来。"

我望着他们慢慢走远，然后对本说："她的英语太纯正了。谁能猜得出她是挪威人。"

"她好像很小就离开挪威了。据我所知，她的童年大都是在瑞士的寄宿学校度过的。好吧，走了，掩护我，布莱克洛克，我要进攻了。"

他大步穿过房间，在走过时抓起一把西点，然后便融入了那个小圈子，他天生就是个当记者的料，一举一动都显得那么娴熟和轻松。

"贝尔霍姆。"我听到他这么说，他的语气充满了老伊顿公学那种假惺惺的和蔼可亲，我知道这与他的真实背景完全不符，要知道，他是在埃塞克斯一个贫穷家庭长大的。"能再次见到你真高兴。你肯定就是拉尔斯·延森先生了，我在《金融时报》上看过你的介绍。我非常欣赏你对环保的立场，在做好生意的同时兼顾环保，肯定比你表现出来的要难得多。"

啊，瞧瞧他吧，交际起来还真是得心应手啊。难怪他能在《泰晤士报》工作，他做什么都要事先调查一番，我却只能窝在《旅行风尚》，一辈子被罗恩压得抬不起头。我也应该过去，我也应该像本刚才那样，让自己加入他们的对话。这是我的机会，我很清楚这一点。那为什么我仍站在这里，用冰凉的手指握着酒杯，一动也不能动？

女服务员拿着一瓶香槟从我身边走过，我知道不应该，但我还是让她把我的酒杯倒满。她走开后，我不顾一切地喝了一大口。

"给你一分钱？"一个低沉的声音在我耳边响起，我猛地转过身，看到科尔·勒德雷尔站在我身后。

"抱歉，你说给谁一分钱？"我说道，虽然我的手心都是汗。我必须改掉手心出冷汗的毛病。

他咧嘴笑了，我意识到自己犯了个错。

"啊，你给我一分钱，我告诉你我心里在想什么。"我说。我气我自己，也气他故作聪明。

"抱歉。"他说，依旧笑眯眯的，"这个玩笑太老套了。我也不知道我为什么会这么说。只是你站着不动，还咬着嘴唇，看起来特别忧郁。"

我咬嘴唇了？真该死！

我试着回想，除了本和我自己的不善交际，我刚才还在想什么。我唯一想起的就是闯进我公寓的那个混蛋，但我如果现在提起这件事，那可就是愚蠢透顶了。我希望科尔·勒德雷尔尊重身为记者的我，而不是向我表示同情。

"噢……啊……政治？"最后，我这么说道。香槟和倦意开始发威了。我的大脑似乎无法正常运转，我的头又开始疼。我意识到我有些醉了，而且很可能会出洋相。

科尔怀疑地看着我。

"那你又在想什么？"我气愤地说。大多数时候我们不把想法说出来是有原因的，要是宣之于众，可就不安全了。

"你是说，除了想吻你的唇之外的想法？"

我强忍着才没有翻白眼，我试着去模仿罗恩，她肯定会和他调情，直到搞到他的名片。

"你肯定知道我在想什么。"科尔靠在舱壁上继续说道，这时候，大浪打来，船身有些摇晃起伏，香槟桶里的冰块嘎啦嘎啦直响，"我在想我妻子，不过她很快就会成为我的前妻了。"

"噢，抱歉。"我说。我发现他也有些醉了，只不过他掩饰得很好。

"自打我们一结婚，她就和我的伴郎搞在一起。我在想该怎么报复她。"

"和她的伴娘上床？"

"随便……任何人都可以。"

哈。我们越说越露骨。他又咧开嘴笑了，他想要他那句话听来很有吸引力，好像他是在碰运气，而不是表现得如同一个低级庸俗的泡妞达人。

"我想你一定会顺利找到的。"我轻声说，"我很肯定蒂娜一定会乐意爬上你的床。"

科尔突然大笑起来，我忽然感觉很内疚，毕竟要是本和蒂娜看到我为了工作，正和科尔打情骂俏，也拿我开类似的玩笑，那我不知道会作何感受。蒂娜也是为了工作才施展魅力。真是了不起。这可算不上什么罪行。

"抱歉。"我说，真希望我能收回刚才的话，"我的话太尖刻了。"

"但你说得很准确。"科尔冷冰冰地说，"为了搞到独家报道，就算是让蒂娜扒了她奶奶的皮，她也乐意。我只担心一点。"他又喝光了一杯香槟，笑了出来，"要是我和蒂娜怎么样了，我都不知道我还能不能活着回来。"

"女士们，先生们。"一个服务员的声音打断了我们的对话，"请各位前往扬松餐厅，晚宴即将开始。"

我们鱼贯而出，我感觉背后传来一道凌厉的目光，便转身去看是谁。站在我后面的是蒂娜，她正若有所思地盯着我。

# 第八章

　　工作人员花了很长时间才让我们都进入旁边的微型餐厅。我原以为会看到非常实际的布置，就好像我在渡轮上见到的一排排餐桌和一个长长的午餐柜台。当然了，现实并非如此，现在我感觉就好像来到了某人的家，如果我认识的人家里都装着生丝窗帘、摆着雕花玻璃高脚杯的话。

　　等到我们都落座之后，我的头开始跳动着作痛，我恨不得马上吃点东西，要是能来点咖啡就更好了，不过我估摸要等到甜点上来后才有咖啡喝。感觉那是很长一段时间之后了。

　　宾客被安排坐在两张六人桌上，但每张桌上都有一个空位。其中一个座位是不是属于 10 号舱的女人？我小声做了个人数统计。

　　1 号桌上坐的是理查德·巴尔默、蒂娜、亚历山大、欧文·怀特和本·霍华德。空座在理查德·巴尔默的对面。

　　2 号桌上坐的是我、拉尔斯、克洛伊·延森、阿切和科尔，空座在科尔的旁边。

　　"把这些撤走吧。"科尔对拿着一瓶酒走过来的女服务员说道。他冲那套没用的餐具摆摆手。"我妻子不来了。"

　　"抱歉，先生。"她轻轻一鞠躬，对她的同事说了什么，随即餐具便被撤走了。噢，这下就有解释了。1 号桌上的空位还留着。

　　"夏布利酒？"女服务员问道。

"好的。"科尔举起酒杯。这个时候，克洛伊·延森把身体探过桌子，向我伸出手。

"我想我们还不认识。"她用低沉沙哑的声音说，这与她那娇小的身材很不相配，而且她还带有一点埃塞克斯口音，"我叫克洛伊，克洛伊·延森，不过在工作中大家都叫我怀尔德。"

当然了。她这么一说，我就认出她了，我认出了她那著名的宽颧骨，斯拉夫人特有的丹凤眼和她那头白金色的头发。就算是没有浓妆和灯光，她看起来也很超凡脱俗，像是来自冰岛的小渔村或西伯利亚的郊外。模特星探是在一家乡村超市里发现她的，只是她这样的容貌使得这个故事显得很不可思议。

"见到你很高兴。"我说着握住她的手。她的手指冰冷，她握住我的手的力道很大，让我觉得有点痛，而且她戴着好几枚戒指，戒指勒进我的指关节，感觉更疼了。近看，她更是光彩照人，她那件晚礼服素雅大方，显然远胜于我这身衣服，我感觉好像我们两个八成是来自不同的星球。我强忍着，才没有去拉扯我的领口。"我叫洛·布莱克洛克。"

"布莱克洛克。"她咯咯笑了起来，"我喜欢这个名字。听起来像是五十年代影星的名字呢，她们个个儿都有蜂腰，胸部也很大。"

"但愿如此。"虽然我的头越来越疼，但我还是笑了。她的快乐很有感染力。"这位肯定是你先生吧？"

"是的，他叫拉尔斯。"她看看他，想要拉他和我们一起聊天，并把他介绍给我，但他正和科尔、阿切聊得火热，她只好翻翻白眼，重新扭头看着我。

"还有人要来吗？"我冲1号桌的空座点点头。

克洛伊摇摇头。"我想那是留给安妮的，你知道的，就是理查德的夫人。她身体不太好。所以我想她会在船舱里用餐。"

"当然。"我早该想到的。"你和她很熟吗？"我问。

克洛伊摇摇头。"不，我和理查德还算熟悉，但也是通过拉尔斯认识的，安妮一般都待在挪威。"她压低声音，悄悄地说，"她其实就像个隐士，所以看到她也上船了，我还挺惊讶的，但依我看，得了癌症之后，人就会变得有点儿……"

不管她接下来想要说什么，都被端着五个深色方盘的服务员打断了，每个盘子里都摆着彩虹色小方块状的食物和一团泡沫，泡沫下面很像是剪碎的青草。我这才意识到我根本不知道会吃到什么。

"腌甜菜竹蛏。"服务员说道，"搭配香子兰草泡沫和风干海蓬子碎。"

服务员走开，阿切拿起餐叉，轻轻拨动颜色最鲜艳的方块状食物。

"竹蛏？"他犹豫地说道。他的约克郡口音比在电视上听来还要浓。"我这人一向都对生贝类不感兴趣。看一眼就紧张不安。"

"真的？"克洛伊说。她嫣然一笑，像极了一只猫，既像是在调情，又像是有些不可置信。"我看呀，丛林食物最适合你了，你知道，就是什么虫子、蜥蜴之类的。"

"要是你拿着薪水，必须去干吃鸟粪的工作，那休假时吃上一块美味的牛排，这要求也不为过呀。"他笑着说。他扭头看着我，伸出一只手。"我是阿切·芬兰。我们还不认识吧？"

"我叫洛·布莱克洛克。"我边吃边说，只希望我吃的不是鸟吐出来的唾液，不过很有这个可能。"其实我们见过，但你肯定不记得了。我在《旅行风尚》杂志社工作。"

"啊，是呀。那你的上司是罗恩·朗斯代尔？"

"不错。"

"她喜欢我为她写的那篇文章吗？"

"是的，那篇文章很受欢迎，在推特网上引起了很大的反响。"

那篇文章大概是叫《十二种异常美味你却不知道可以吃的食物》。文章还配了一张照片，在照片里，可以看到阿切在火上烤一种无法形容的食物，还对着镜头咧嘴大笑。

"你不吃吗？"克洛伊冲阿切的盘子一点头。她自己的盘子几乎都空了，她用手指抹了一下泡沫，舔进嘴里。

阿切有些犹豫，然后把盘子推到一边。"我看我还是不要吃了。"他说，"等下一道菜好了。"

"做得对。"克洛伊说。她再次弯弯嘴唇，缓缓地露出微笑。这时候，我注意到她的腿一动，我看到在桌子下面，她和拉尔斯手拉着手，他用拇指有节奏地抚摸她的指关节，桌布虽然遮挡了他们的动作，但没有完全遮挡住。他们在大庭广众之下做这么私人的动作，我觉得有些惊讶。或许她并不像她表面上看起来那么轻浮。

我意识到阿切正和我说话，我扭过头，努力把注意力都放在他身上。"对不起。"我说，"我走神了。你刚才说什么？"

"我说，用不用我为你倒酒？你的杯子空了。"

我低头看着我的杯子。里面的夏布利酒不见了，可我根本不记得什么时候把酒喝光了。"好的，谢谢。"我说。

他给我倒酒，我则盯着玻璃酒杯，试着回想我到底喝了多少。我抿了一口酒，这时候，克洛伊探过身来，轻声说，"希望你不要介意，我想问问你的脸是怎么了？"

八成是我流露出了惊讶的表情，要不然她也不会摆摆手，做了个"算我没说"的手势。

"对不起，就当我没说好了，又不关我的事。我只是……我以前也经历过糟糕的事情，仅此而已。"

"噢……不是的！"不知怎的，这样的误会让我感觉很羞愧，好像一切都是我的错，也好像是我在背后说朱达的坏话，虽然事实并非如此。"不，不是那样的。我家遭贼了。"

"真的？"她看起来很震惊，"你当时在家里？"

"是的。显然，这种事变得越来越普遍了，或者这只是警察的说辞。"

"那人攻击你了？老天。"

"也不能完全这么说。"说来也怪，我不愿意讲起细节，不仅仅是因为说起当时的情况就会让我想起不愉快的画面，还因为骄傲。我希望自己以记者的身份坐在这张桌上，我希望我能八面玲珑，表现出非凡的才华，能与所有人应对自如。我可不愿意把自己描绘成一个吓坏了的只知道缩在我的卧室里的受害者。

但我已经说出我家遭贼了，要是不说得详细点，感觉好像我是在编故事博同情。

"那个……其实算是个意外。他一关门，门正好砸在我的脸上。我想他不是有意伤害我的。"

我本应该老老实实待在卧室里，用羽绒被蒙住头——这才是事实。愚蠢的洛，谁叫你这么爱冒险。

"你应该学学防身术。"阿切说道，"你知道，这就是我学防身术的原因。我参加过皇家海军陆战队。并不是谁块头大谁就占优势，就算是像你这样的女孩，只要掌握了正确的方法，也能制服一个大男人。看好了，我来给你示范一下。"他把椅子向后推开，"站起来。"

虽然有点尴尬，但我还是站起来，他飞快地抓住我的手臂，把我的手臂拧到背后，我身体一歪，一下子就失去了平衡。我只好伸出另一只手抓住桌子，但他继续扭我的肩膀，向后拉我，我的肌肉全都在尖叫着抗议。我哼了一声，一半是疼，一半是害怕，我用眼角余光看到克洛伊惊恐的脸。

"阿切！"她说，然后更加急切地说道，"阿切……你吓坏她了！"

他松开我，我扑通一声坐回到椅子上，双腿直哆嗦，尽量不表现出我的肩膀有多疼。

"对不起。"阿切一边笑着说，一边把他的椅子拉回到桌边，"但愿我没弄疼你。我也不知道我的力气这么大。但你现在知道我的意思了吧，只要有技巧，就算攻击者比你强壮，你也能脱身。要是你想学……"

我本想笑笑，可我的笑声听起来是那么假，还夹杂着颤音。

"你看起来像是需要一杯酒。"克洛伊坦率地说，她把我的酒杯倒满。然后，趁着阿切扭头和服务员说话的当儿，她小声又说道，"你不用理阿切。我开始相信关于他第一任妻子的谣言其实都是真的。听着，如果你需要什么东西遮住那块瘀青，就找个时间来我房间吧。我有一袋子好东西，而且，我的化妆技术可不一般哟。你需要找个行家。"

"我会去的。"我强挤出一丝笑容。我感觉我的笑既不自然，又很紧绷，我赶紧拿起酒杯，喝了一小口，好掩饰过去。"谢谢。"

《《《

第一道菜过后，大家交换位置，我不再与阿切同桌，而是坐在蒂娜和亚历克斯之间，我不由得松了口气。他们两个越过我的头顶，大谈世界饮食文化。

"有种生鱼片你一定要试试，那就是河豚肉。"亚历山大滔滔不绝地说着，同时把餐巾平铺在他那条系得很紧的宽腰带上，"那味道真是一绝。"

"河豚？"我说，试着加入他们的对话，"那种鱼不是有毒吗？"

"没错，但就是这样，才显得这种经验难能可贵呀。我对毒药什么的没兴趣，我很清楚我自己的弱点，我很明白我是个贪图安逸的人，所以我并不相信我自己会尝试吃河豚，但我觉得人们吃完河豚后的兴奋与神经元反应相类似。吃河豚的人是在拿性命做赌注。"

"是不是有种说法，"蒂娜边喝酒边拖长声调说，"真正顶级的厨师在处理河豚的时候，会尽可能贴着有毒的那部分切，只留下一点点毒素连在鱼肉上，好让河豚吃起来更加美味？"

"我的确听过这样的说法。"亚历山大赞同道，"那些毒素就相当于小剂量的兴奋剂，不过，这种处理河豚的特殊技巧有两点很重要，一是河豚的价格，二是厨师不愿意浪费哪怕是一点点的鱼肉。"

"这种鱼的毒素有多厉害？"我问道，"我是说，毒素有多重？而且要吃掉多少毒素？"

"这个问题问得好。"亚历山大说。他把身体探向桌子，聊得更加起劲儿了，眼睛里闪烁着令人很不舒服的光芒。"河豚身体的不同部位含有不同分量的毒素，但说到毒素较多的部分嘛，还要数肝脏、眼睛和卵巢，当然了，就算如此，毒素的绝对量也是很少的，要按克计算。有人说河豚身体里的毒素比氰化钾厉害一千倍。"他用叉子叉起生鱼片，送进嘴里，一边嚼着鲜美的鱼肉，一边说下去，"被河豚毒死是很恐怖的死法。我在东京的时候，那个为我们处理河豚的厨师津津有味地讲起了中毒的过程，首先是肌肉麻痹，但人的思维是清晰的，他们会眼睁睁看着自己的肌肉萎缩，并且一点点窒息。"他把鱼肉吞下去，舔舔濡湿的嘴唇，笑了起来，"最后，他们就窒息而死了。"

我低头看着我盘子里的细长的生鱼片，不知道是喝了酒的缘故，还是因为亚历山大生动的描述，抑或是浪潮变得更加汹涌，反正比起吃饭前，我忽然感觉不那么饿了。我勉强把一块生鱼片放进嘴里，咀嚼起来。

"给我们讲讲你的事吧，亲爱的。"蒂娜忽然说道，我有点惊讶她的注意力突然从亚历山大身上转移到了我这里，"我听说你和罗恩一起工作？"

八十年代末，蒂娜就在《旅行风尚》工作，一度与罗恩有过接触，而罗恩到现在仍会说起她和她那传奇性的强硬做派。

"是的。"我很不自在，匆匆把满口生鱼片咽了下去，"我在杂志社做了十年了。"

"她肯定很看重你，才派你来这里。这说明你的工作很出色。"

我在椅子上动了动。我该怎么回答？其实，我觉得要不是她得去医院输液，她是不会让我上"北极光"号的。

"我很幸运。"最后，我这么说道，"能来这里真是莫大的荣幸，罗恩很清楚我有多急于证明我自己。"

"那就好好享受船上的时光，这是我的建议。"蒂娜拍拍我的手臂，她的戒指碰到我的皮肤，感觉冰凉凉的，"人只能活一次。大家不都是这么说的吗？"

# 第九章

我们又交换了两次座位，虽然我一直坐在巴尔默旁边，但却一直没机会与他交谈，直到咖啡上来，我们可以随意返回林格伦休息室时，我才找到机会去和他搭讪。我拿着一杯咖啡走过休息室，船摇晃得厉害，我尽量维持平衡，这时，我面前突然有亮光一闪，我一个踉跄，差一点儿就把咖啡泼了我自己一身，但还是有几滴咖啡溅到了租来的礼服的边缘和我旁边的白色沙发上。

"笑一个。"一个声音在我耳边说道，我这才看清拍照的人是科尔。

"见鬼，你这个白痴。"我愤愤地说，说完我就恨不得抽自己一巴掌。我最不愿意看到的就是他向罗恩打小报告，说我言行粗鲁。我肯定醉得很厉害了。"我不是说你。"我尴尬地说，试着掩饰我的错误，"我是说我自己。还有这张沙发。"

他看出了我的不安，哈哈一笑。"漂亮的补救。别担心。我是不会去你上司面前嚼舌根的。我的心灵可没那么脆弱。"

"我没有……"我胡乱说着，他好像能看懂我的心思一样，我想不出下面该怎么说。"我只是……"

"算了。你这么匆忙是要去哪里？瞧你大步穿过休息室的样子，就好像一个神枪手正在捕猎一只瘸了腿的羚羊。"

"我……"我感觉要是承认了，会显得我才是那只瘸了腿的羚羊，但我累坏了，又喝了那么多酒，脑袋疼得厉害，不知怎的，说实话反倒更容易。"我想去和理查德·巴尔默聊聊。我一个晚上都很想和他说话，可惜苦无机会。"

"刚才你正在主动出击，却被我搞砸了。"科尔说，他的眼睛亮晶晶的。他又笑了，我意识到他的门牙让他有点像狼一类的食肉动物，"不过我能弥补我的错误。巴尔默！"

我感觉难堪极了。巴尔默不再和拉尔斯说话，扭过头来。

"是在叫我吗？"

"是的。"科尔说，"过来和这位漂亮姑娘聊聊吧，我把她得罪了，你快来帮我弥补一下。"

巴尔默哈哈笑了起来，从他旁边的椅子扶手上拿起他的咖啡杯，走了过来。虽然船身轻轻摇晃，他走起路来却很轻松，我估摸他的身体非常健康，而且在他那身剪裁得体的西装下面，他的身体肯定坚硬如铁。

"理查德，"科尔摆摆手说，"这位是洛，洛，这位是理查德。她正要过去和你说话，结果我一给她抓拍，把她吓了一跳，害得她弄洒了咖啡。"

我的脸顿时变得通红，但巴尔默冲科尔摇摇头。

"你知道我说过的，用那东西时必须谨慎。"他冲挎在科尔脖子上的沉重相机一点头，"不是每个人都想要狗仔队在不恰当的时机对着他们猛拍的。"

"啊，人们求之不得呢。"科尔轻松地说，同时灿烂地笑了，露出一口牙齿，"这能让他们感觉自己是名人，满足他们爱出风头的愿望。"

"我说真的。"理查德道，虽然他面带笑容，声音听起来却不再愉快。"安妮尤其不喜欢，"他压低声音，"你知道的，自从……她就一直很难为情。"

科尔点点头，笑容从他脸上消失了。"是的，当然，伙计。那不一样。可洛是不会介意的，对吗，洛？"他伸出一只胳膊，搂住我的肩膀，猛地把我揽在他怀里，我的肩正好撞在他的照相机上，我试着挤出笑容。

"不介意。"我尴尬地说，"当然不介意。"

"这就对了。"巴尔默说着轻轻眨了眨眼。他这个动作怪得很，我注意到他之前在和卡米拉·利德曼说话时也这么眨眼来着，这个动作没有一点长者风范，更像是他在消除他印象中的不平等。"不要把我当成蜚声国际的亿万富翁"——那个眨眼传递着这样的意思——"我只是个平易近人的普通人。"

我正在琢磨如何回答，这时候，欧文·怀特拍拍他的肩膀，他转过身去。

"有事吗，欧文？"他说，我还没机会开口，机会就消失了。

"我……"我说道，他回头看着我。

"有时候有些事是很难启齿的。明天做完计划好的活动，你来我的船舱吧，我们可以好好聊聊。"

"谢谢。"我说，尽量不显得我有多感激涕零。

"太好了。我在1号船舱。期待和你见面。"

"抱歉。"科尔小声说道，他的呼吸拂过我盘在耳后的头发，感觉痒痒的，"我尽全力了。我能说什么呢？他这么受欢迎。我怎么才能补偿你？"

"没关系。"我尴尬地说。他站得离我很近，让我很不自在，我正想向后退一步，但罗恩的声音在我的脑海深处响起："快和他拉关系，洛！""那就……给我讲讲你的事吧。你来这里做什么？你说过这不是你通常的拍摄主题。"

"理查德是我的老朋友。"科尔说道。他从一个路过的女服务员端着的托盘里拿起一杯咖啡，喝了一大口。"我们是贝列尔学院的校友。他要我来，我总不能拒绝吧。"

"你们关系很好吗？"

"算不上太好。我们不属于同一个圈子，毕竟我是个苦哈哈的摄影师，他却娶了欧洲最富有的女人之一，我们怎么可能属于同一个圈子呢。"他咧开嘴笑了，"不过他是个好人。他看着像是含着金汤匙出生的，但事实并非完全如此。他也遇到过低谷，我估摸就是因为这一点，他才越发紧紧地抓牢……这一切。"他冲着周围一挥手，指着丝绸、水晶和光洁锃亮的各种物品，"他很清楚失去这一切的滋味。而且，他也很了解失去亲人是什么滋味。"

我想到了安妮·巴尔默，想到理查德撇下一屋子想找他攀谈的客人，搀扶她回船舱。我想我或许知道科尔是什么意思了。

«««

十一点左右，我终于回了船舱。我喝得醉醺醺的，不过很难分辨我醉得有多严重，毕竟现在是在大海上，海浪起伏不定。我喝了那么多香槟，现在只想呕吐……我还喝了红酒……噢，还有冰镇斯堪的纳维亚烈酒。老天，我到底在想什么呀？

我走到舱门，突然清醒了片刻，我在门口站了一会儿，靠在门框上稳住我自己。我知道我为什么喝醉。我很清楚原因。因为如果我喝得足够醉，我就能睡得跟死猪一样。我要是在这里再失眠一夜，那我真要疯了。

但我将这样的想法丢到一边，开始在胸罩里寻找我的房卡。

"需要帮忙吗，布莱克洛克？"一个含糊的声音在我身后响起，本·霍华德的影子映在门框上。

"我很好。"我说着转过身，免得他看到我这么狼狈。一个浪头拍打在船身上，我突然身子一歪，脚步有些踉跄。

"走开，本。"

"你确定？"他向我探身，视线越过我的肩膀。

"是的。"我气得直咬牙，"我确定。"

"我能帮你。"他笑笑，显得非常好色，还冲我的晚礼服上身一点头，而我正抓着晚礼服的前襟，免得它滑落下去，"你看起来像是还需要一只手。或是两只手。"

"滚开。"我不耐烦地说。我的左边肩胛骨下方有个东西，暖暖的，很硬，很像是一张卡片。要是我能把手伸进去的话……

他向我走了两步，我还没弄清楚他要做什么，他就粗鲁地把手伸进我的晚礼服前襟。他的袖口划过我的皮肤，弄得我生疼，然后，他的手覆在我的赤裸的乳房上。这本来是个很撩人的动作。

但事实并非如此。

我甚至都没往那方面想。我用膝盖狠狠顶在他的腹股沟上，他疼得连叫都叫不出来了，只是慢慢地倒在地上，发出虚弱的喘息声。

我的眼泪夺眶而出。

《《《

大约二十分钟后，我依旧坐在我船舱里的床上，啜泣不已，擦去已经糊在脸上的借来的睫毛膏，本在我旁边，他用一只手揽住我的肩膀，用另一只手拿着冰桶冷敷他的胯部。

"对不起。"他再次道歉，因为强忍着疼痛，他的声音依然低沉沙哑，"求你了，洛，别再哭了。我真的很抱歉。我就是个混蛋，彻头彻尾的蠢猪。是我活该。"

"跟你无关。"我抽泣地说道，不过我并不肯定他是不是能理解我说的话，"我再也受不了了，本，自从那个贼闯进我家……我觉得我就要发疯了。"

"什么贼？"

我一边哭一边给他讲了那件事。我把没有告诉朱达的事都对他说了。我说了当时的经过，我一觉醒来，发现公寓里有人，然后意识到就算我大喊，也没人能听见，我根本无法求救，也不可能把那个闯入者打跑，在那个晚上之前，我从未觉得自己如此脆弱。

"对不起。"本一直说，像是在念咒语一样。他用空闲的手轻抚我的后背。"真的很对不起。"

他这份尴尬的同情让我哭得更厉害了。

"听着，宝贝……"

"不要。别这么叫我。"我坐起来，甩甩头，把脸上的头发甩开，从他的怀里出来。

"抱歉，我就是……说习惯了。"

"我不管，反正你不能再这么说了，本。"

"我知道。"他心不在焉地说，"可是，洛，老实说，我从来都没有……"

"不要说。"我急切地说道。

"洛，我以前做的那些事，我真是个混蛋，我知道我以前……"

"我说过不要说了。都结束了。"

他摇摇头，但不知怎的，听他说了这些，我不再哭了。或许是因为看到了他现在这副模样，这么苦恼，弯腰驼背，又那么痛苦。

"可是，洛……"他抬头看着我，在床头灯的光晕下，他那双棕色的眼睛可怜巴巴地望着我，眼神是那么温柔，"洛，我……"

"别说了。"我的语气很坚决，我必须让他闭嘴。我也搞不懂他要说什么，但不管他要说什么，我都很肯定我承担不起他说出来之后的结果。我还要在这艘船上和本相处五天。他已经很尴尬了，我不能让他更尴尬，不然的话，我们将无法忍受在冰冷的日光下待在一起。

"本，别说了。"我轻声道，"我们很久之前就结束了。还记得吗，是你先退出的？"

"我知道。"他难过地说，"我知道，我就是个大笨蛋。"

"你不是。"我说，说完就感觉这话实在有些言不由衷，"好吧，你的确是个傻瓜。但我知道我不是水性杨花的人。听着，现在这都不是重点。我们还是朋友，对吗？"这其实有点夸大，但他还是点点头，"很好，那就别把事情搞砸了。"

"好吧。"他说。他难过地站起来，用无尾礼服的袖子抹了一把脸，随即非常后悔地看着衣袖，"但愿船上能干洗衣服。"

"但愿船上能修补礼服。"我冲着那件灰色丝绸礼服侧面上的裂缝点了点头。

"你没事吗？"本说道，"我可以留下来。我没别的意思。我可以睡在沙发上。"

"好呀。"我看看沙发，表示同意，随即意识到我说了什么，又猛地摇摇头。"不，不用了。沙发是够大，但你不能留下，我不需要你这么做。回你的船舱吧。看在老天的份上，我们现在是在大海上，这可是最安全的地方了。"

"好吧。"他向舱门走去，步履有些蹒跚，他打开门，但没有走出去。"我……对不起。我真心向你道歉。"

我很清楚他在等什么，他在期待着什么。不仅仅是原谅，还有别的，他希望我告诉他，我其实并不反对他那样做。

要我这么说，除非太阳从西边出来。

"去睡觉吧，本。"我说，我的声音疲倦而冷静。他又在门口踌躇了一会儿，虽然他只是多待了片刻时间，我却依然开始琢磨，如果他不走，我要怎么做，我这么想的时候，内心也像是起伏的浪潮一样不停地翻腾。如果他关上门，转身走回来，我要怎么做。但他扭头走了，我赶紧锁上门，瘫坐在沙发上，用手捂住脸。

不知道过了多久，我终于站起来，从小冰箱里拿了瓶威士忌倒在杯里，三大口就把酒喝光了。我哆嗦了一下，擦了擦嘴，脱掉礼服，任由它像是蜕下来的皮一样堆在地上。

我摘掉胸罩，从那一小堆可悲的衣服中走出来，随即扑倒在床上，陷入了沉沉的睡眠中，感觉像是被淹没了。

《《《

我不晓得是什么把我吵醒的，我只是感觉好像有人向我的心脏里注射了一剂肾上腺素。我躺在床上，身体发僵，心里充满恐惧，心跳足有每分钟两百下，我向几个小时前安慰本一样安慰我自己。

"没事的，你现在很安全。你在一艘船上，周围是无边的大海，没人能进来，也没人能离开。这里是最安全的地方。"我这么告诉我自己。

我发现自己正死死地抓着床单，便强迫僵硬的手指放松下来，然后，我缓缓地弯曲手指，感觉指关节处的疼痛逐渐消退。我集中注意力，缓慢而稳定地呼吸，最后，我的心跳终于放缓。

嗡嗡的耳鸣声也消失了。除了哗哗的海浪声，以及引擎发出的无所不在的低沉的嗡嗡声，我什么都听不到。

见鬼。见鬼。我必须振作起来。

未来几天在船上的日子，我总不能每天灌酒，靠酒精来睡觉，不然肯定会影响我的工作，到时候我就别想在杂志社升职了。那我还能怎么办？安眠药？冥想？似乎都不是什么更好的办法。

我翻了个身，打开床头灯，看了一眼我的手机：凌晨3:04。然后，我刷新了邮箱。依然没有朱达的消息，但我现在已经彻底清醒，不可能再睡了。我叹口气，拿起书，像只脊背折断的鸟一样，趴在床头柜上看了起来。但是，我虽然集中精神看书，却总是觉得有哪里不对劲。这可不是我在妄想。是真的有东西把我吵醒了。那东西让我紧张不安，就像个瘾君子一样。为什么我总觉得是有人在尖叫？

我翻了一页书，这时，一个声音响起，在引擎声和海浪声之外，还有一个几乎轻不可闻的声音，那个声音太轻了，就算是纸张的刮擦声都能将它盖过。

这是隔壁船舱观景台的门轻轻打开的声音。

我屏住呼吸，竖起耳朵聆听。

跟着，一声水花飞溅的声音响起。

这个声音可不轻。

反而非常响亮。

是人掉进水中才会发出的溅水声。

**朱达·刘易斯**　嗨，各位，我有点担心洛。自从去采访之后，她已经好几天没登录了。有人有她的消息吗？我很担心她。谢谢。

赞·评论 转发　9 月 24 日 8:50

**莉茜·怀特**　嗨，朱达！她星期日给我发了一封邮件，我想那天是 20 号吧？她说游轮很棒！

赞·回复　9 月 24 日 9:02

**朱达·刘易斯**　是呀，那个时候我也收到她的消息了，但到了星期一，她就没有回复我的电邮和短信。她也没有在这里或推特网上更新。

赞·回复　9 月 24 日 9:03

**朱达·刘易斯**　有人吗 @ 帕梅拉·克鲁 @ 詹尼弗·韦斯特 @ 卡尔·福克斯 @ 艾玛·斯坦顿如果我 @ 错了人，请见谅。我只是……老实说，我都快急死了。

赞·回复　9 月 24 日 10:44

**帕梅拉·克鲁**　她周日给我发了一封邮件，朱达亲爱的。她说船上很漂亮。要不要我问问她父亲？

赞·回复　9 月 24 日 11:13

**朱达·刘易斯** 那就麻烦你了，帕姆。我也不愿意让你们两个担心，但我觉得一般而言，她这个时候应该会联系我们的。但我在莫斯科还有事没办完，所以我不知道她有没有给我打过电话却没打通。

赞·回复 9 月 24 日 11:21

**朱达·刘易斯** 帕姆，她有没有告诉过你那艘船叫什么名字？我找不到那艘船的名字。

赞·回复 9 月 24 日 11:33

**帕梅拉·克鲁** 朱达，对不起，我给她父亲打电话了。他也没有她的消息。那艘船叫"北极光"号。如果你有她的消息了，请通知我。再见，亲爱的。

赞·回复 9 月 24 日 11:48

**朱达·刘易斯** 谢谢，帕姆。我会去查查那艘船。但如果有人有她的消息，请给我留言。

赞·回复 9 月 24 日 11:49

**朱达·刘易斯** 有消息吗？

赞·回复 9 月 24 日 15:47

**朱达·刘易斯** 各位，有消息吗？

赞·回复 9 月 24 日 18:09

| 第三部分 |

# 第十章


我甚至都没有先想一想该怎么做。

我跑到观景台，猛地打开落地窗，把身体探出栏杆，急切地寻找是否有东西——或是有人——落入了翻滚的浪头中。漆黑的海面倒映着自轮船舷窗传出来的灯光，看起来亮晶晶的，根本就看不清海里有什么，但有那么一霎，我好像看到黑压压的波浪下面有一个白色的东西，像是一只女人的手，那东西翻滚了几下，便沉了下去。

我扭头去看我隔壁的观景台。

两个观景台之间有一扇磨砂玻璃隔板，我看不太清楚，但我心里明白了两件事。

第一是玻璃上有一个污点。那个污点是深色的，显得很油腻，看起来很像是血点。

第二这是一个事实。我心里不由得咯噔一下。不管是谁站在那里，不管是谁把尸体扔到了海里，都肯定会看到我傻夯夯地冲到观景台上。在我跑到观景台上的时候，他们十有八九还站在隔壁的观景台上。他们肯定能听到我的观景台开门的声音，说不定还看到我的样子了。

我飞奔回船舱，猛地关上观景台的门，又去查看船舱门是否上了双锁。最后，再把锁链挂上。我的心在胸腔里扑通扑通狂跳，但我感觉很平静，我已经很久都没这么平静过了。

就是这样。我陷入了真正的危险，而我正在想办法解决眼前的危机。

检查好了船舱门，我又跑回去检查观景台的门。那扇门上没有单闩锁，只有普通的插销，但我还是把插销插紧。

然后，我拿起床头柜上的电话，播了0号键，接通了接线员，我的手微微有些发抖。

"您好。"一个抑扬顿挫的声音说道，"布莱克洛克小姐，请问您有什么需要？"

她竟然知道是我打的电话，有那么一刻，我慌了神儿，脑子里也变得乱糟糟的。然后，我才意识到我的船舱号肯定会出现在前台的电话上。当然是我。三更半夜的，还会有谁从我的船舱打电话？

"你……你好！"我说道。我的声音是有点发颤，却异常冷静。"你好。请问你是……？"

"我是您的船舱服务员卡拉，布莱克洛克小姐。请问有什么可以帮您吗？"她那轻快的语气中夹杂着一丝担心，"您还好吗？"

"不好，我一点也不好。我……"我猛地住了口，因为我想到我的话肯定听来十分可笑。

"布莱克洛克小姐？"

"我觉得……"我吞了吞口水，"我好像看到有人被杀了。"

"我的天！"卡拉的声音听来很震惊，她用一种我听不懂的语言说了什么，可能是瑞典语，也可能是丹麦语。然后，她像是冷静了下来，问道，"您安全吗，布莱克洛克小姐？"

我安全吗？我看向船舱门。我很肯定没人能闯进来。

"是的，我想是的。事情发生在隔壁船舱，10号船舱，帕尔姆格伦。我……我觉得有人把一具尸体丢到海里去了。"

我的声音很嘶哑，我忽然感觉又想笑又想哭。我深吸一口气，捏捏我的鼻梁，试着控制我自己。

"我马上派人过去，布莱克洛克小姐。您千万不要动。等他们到了门口，我会给您打电话，告诉您去的人是谁。请稍等，我很快给您打回去。"

只听咔哒一声，她挂断了电话。

我轻轻把听筒放回基座上，感觉有些分裂，就好像灵魂出窍了。我的头跳动着作痛，跟着我才想起来，我应该在他们来之前把衣服穿好。

我从浴室门后面摘下浴袍，忽然想起了一件事。我出门吃晚饭前，把浴袍丢在了地板上，还把我在火车上穿的衣服也一起丢在地板上。我记得我还回头看看被我弄得乱七八糟的浴室，只见衣服散落在地板上，化妆品胡乱摆在台面上，水槽里有沾有口红的面纸，心想等我回来后再收拾。

现在那些东西都不见了。浴袍好好地挂在门后，我的脏衣服和内衣都不见了，只有天知道它们在什么地方。

我的化妆品整整齐齐地摆在浴室洗脸台上，我的牙刷和牙膏也摆在那里。只有我的卫生棉条和药片还在我的洗漱袋里，这种隐秘的接触比把一切都暴露在外还要糟糕，我不由得一哆嗦。

有人来过我的客舱！他们当然来过。看在老天的份上，客房清洁服务不就是这样的。但有人来过我的船舱，动了我的东西，摸过我那条撕破了的紧身裤袜和那支用过了的眼线笔。

为什么一想到这个，我就想哭？

我坐在床上，双手托腮，想着小冰箱里的酒，这时候电话响了，几秒钟之后，我从羽绒被上爬过去拿听筒，与此同时，有人敲门。

我拿起电话。

"喂？"

"喂，布莱克洛克小姐？"是卡拉。

"是的。有人敲门。我能去开门吗？"

"是的，请去开门吧。敲门的是我们的保安主管约翰·尼尔森。现在由他来处理您的问题，布莱克洛克小姐，但如果您还需要其他帮助，请随时给我打电话。"

咔哒一声，电话断了，这时又响起一声敲门声。我把浴袍的腰带系得更紧一点，然后走过去开门。

一个我从未见过的男人站在外面，穿着制服。我不知道我以为会来什么样的人，警察吗？眼前这个人穿得更像是海员制服，应该是个事务长什么的。他四十来岁，个子很高，要低头才能从舱门走进来。他的头发乱七八糟，像是刚起床，他有一双惊人的蓝眼睛，不知道的还以为他戴了彩色隐形眼镜。我只顾盯着他的眼睛看，过了一会儿，才突然意识到他伸出了一只手。

"您好，你肯定是布莱克洛克小姐了？"他的英语挺纯正，只有一点点斯堪的纳维亚口音，不过很不明显，会让人误会他是苏格兰或加拿大人。"我叫约翰·尼尔森。我是'北极光'号上的保安主管。我得知您看到了一些让您很不安的情况。"

"没错。"我肯定地说，忽然痛苦地意识到一个事实，我穿着浴袍，睫毛膏的痕迹还留在脸上，他却穿得正式专业。我再一次拉紧浴袍的腰带，这次很紧张。"是的。我看见……不不，是听到有什么东西被扔到了海里。我……我觉得……被丢下去的是……一具尸体。"

"你看到？哦不，是听到的？"尼尔森把脑袋歪向一边说。

"我听到了海水飞溅的声音，很大声。显然是一个非常大的东西掉进了海里，也可以说是被推了下去。我跑到观景台上，看到……一个很像是尸体的东西……消失在了海浪之中。"

尼尔森面带严肃的表情，显得很谨慎，在我说话之际，他一直紧皱眉头。

"而且，观景台的玻璃隔板上有血。"我又说道。

他一听这话，就紧紧抿住嘴唇，还冲观景台的门一点头。

"您这里的观景台？"

"你说血迹吗？不，是隔壁的观景台。"

"能带我去看看吗？"

我点点头，再次拉紧腰带，看着他打开观景台门的插销。

外面起风了，非常冷。我率先走进狭窄的观景台，现在大块头尼尔森站在我旁边，这里显得非常拥挤。他似乎占据了观景台的全部空间，不过我倒是很高兴他在这里。我想我一个人是绝不会到观景台来的。

"就在那边。"我指指把我的观景台和 10 号舱观景台分隔开的玻璃隔板，"你看吧，你看看就知道我说的是什么了。"

尼尔森向玻璃隔板张望，然后微微皱着眉回头看着我。

"我什么都看不到。能指给我看吗？"

"什么意思？你看呀，玻璃上有个很大的污点。"

他向后退开，向隔板伸出一只手，示意让我亲自去看，我只好从他身边经过，向另一边张望。我心跳加速。我并不认为我会看到杀手依然站在那里，或是给我一拳，或是有一颗子弹擦着我的耳朵飞过。但就这么看过去，却不晓得会看到什么，我感觉自己太脆弱了。

但是，我……什么都没发现。

没有杀手伺机攻击。没有血点。玻璃隔板在月光下闪闪发光，连个指纹都没有。

我扭头面对尼尔森，我知道我的脸上肯定露出了震惊的表情。我摇摇头，试着想些话来说。他看着我，蓝色的眼眸中露出了同情的眼神。

这种同情最让人恼火。

"刚才还有的。"我愤怒地说,"显然是他擦掉了。"

"他?"

"那个杀手啊!当然是那个该死的杀手!"

"骂人也没有用,布莱克洛克小姐。"他和善地说,说完便走回船舱。我跟在他身后,他小心翼翼地关上观景台的门,插好插销,然后站着不动,两只手放在身侧,像是在等我说些什么。我能闻到他身上的古龙水气味,有股淡淡的木香,不太好闻。忽然之间,这个宽敞的船舱感觉很小,压抑不已。

"现在怎么样?"最后,我说道,我试着不让我的话显得很有攻击性,但我失败了,"我告诉过你我都看到了什么。你是说我在撒谎吗?"

"那我们去隔壁看看吧。"他委婉地说。

我又使劲拉拉腰带,我甚至都能感觉到腰带勒进了我的肉里,我赤着脚跟在他身后走进走廊。他轻轻敲敲 10 号舱的舱门,见没人回答,便从衣兜里拿出万能房卡,打开了舱门。

我们站在门口。尼尔森没说话,但我能感觉到他站在我背后,而我则目瞪口呆地盯着 10 号舱。

舱室里空空荡荡。不光没有人,连东西都没有。没有行李箱。没有衣服。没有浴室里的化妆品。就连床单都没铺,只有光秃秃的床垫。

"有个女人住在这里。"我终于说道,我的声音哆哆嗦嗦的。我把手插进浴袍的口袋,不让他看到我把手攥成了拳头。"明明有个女人住在这里呀。就住在这间船舱里。我还和她说话来着。她就住这里的!"

尼尔森一言不发。他走进洒满月光的安静船舱,打开观景台的门，向外张望，还检查了玻璃隔板，他看得很仔细，但这个举动充满了侮辱的意味。因为我从这里就能看到玻璃围栏上什么都没有。

"明明有个女人住在这里呀。"我重复道，我听到我的声音里夹杂着一丝歇斯底里，我恨自己这样，"你为什么不相信我？"

"我没说不相信您。"尼尔森走回船舱，把观景台的插销插好。然后，他和我一起走到船舱门外，关上门，并且上了锁。

"你不说我也知道。"我愤怒地说。我自己船舱的门依然开着，他陪我走进去。"但我告诉你，真的有个女人住在旁边。她还借给我一支……啊！"我忽然想到了什么，赶快跑去浴室。"她还借给我一支睫毛膏。见鬼，睫毛膏呢？"

我在精心摆放整齐的化妆品中翻找，却什么都没找到。哪里去了？

"明明就在这里的。"我绝望地说，"我知道就在这里。"我疯狂地环顾四周，忽然看到水槽侧面有个可伸缩剃须镜，镜子后面有一个鲜艳的粉红色东西。我一把把那个东西拿出来，就是它，一支很小的粉红色睫毛膏，盖子是绿色的，看起来相当无害。

"你看！"我得意洋洋地在他面前晃动睫毛膏，活像是在晃一把武器。尼尔森向后退了一步，轻轻从我手里接过睫毛膏。

"我看到了。"他说，"但是，请恕我直言，布莱克洛克小姐，我不肯定这除了能证明您今天找别人借了一支睫毛膏，还能证明什么……"

"这能证明什么？证明真的有个女人住在隔壁！证明她真的存在！"

"这是能证明您见到了一个女人，但是……"

"你还想怎么样？"我绝望地打断了他的话，"你还想从我这里探听到什么？我把我听到的和看到的都告诉你了。我告诉你有个女人住在隔壁船舱，现在她不见了。看看这个证据，有个客人失踪了。你为什么一点也不担心？"

"那个船舱是空的。"他轻声说。

"我知道！"我喊道，跟着，我看着尼尔森的脸，集中注意力，费了很大力气才让自己静下心来，"我知道……看在老天的份上，我要告诉你的就是这个。"

"不。"他说，他的声音依然很轻，一个大块头男人没有任何要证明的事，就会这么云淡风轻地说话。"这是我一直向你解释的事实，布莱克洛克小姐。那个船舱一直是空的。没有客人住在里面。从未有过。"

# 第十一章

我目瞪口呆地盯着他。

"你这话是什么意思？"最后，我说道，"从未有过客人，这话怎么讲？"

"10号舱是为一位名叫恩斯特·索尔伯格的投资人预留的。不过他在最后一刻因为私人原因取消了行程。"

"那我看到的那个女人……她不该出现在那里？"

"她可能是工作人员，也可能是清洁工。"

"不是的。她当时正在换衣服。她就是住在里面的。"

他没有说话。他也不必说话，毕竟这个问题是明摆着的。如果她真住在10号舱，那她的东西都去哪儿了？

"说不定是有人把她的东西拿走了。"我无力地说道，"就是在看到我以后和你来之前的这段时间，他们把她的东西拿走了。"

"是这样吗？"尼尔森的声音很轻，他的问题中没有任何疑问的语气，也没有嘲讽，只是……有些难以置信。他坐在沙发上，被他庞大的身躯一压，沙发嘎吱嘎吱直响，我坐在床上，用手捂住脸。

他是对的。根本不可能有人清理了10号舱。从我打电话给卡拉到尼尔森出现在我的舱门口，我不晓得过了多久，但顶多只有几分钟。五分钟，最多七分钟。可能还比这还要短。

不管是谁在船舱里，的确可以利用这段时间擦去玻璃围栏上的血点，但绝不可能把整个船舱搬空。他们能把那些东西怎么样呢？要是他们搬搬抬抬，我肯定能听到声音。这点时间根本不够他们把东西打包，从走廊里运走。

"见鬼。"最后，我捂着脸说道，"见鬼。"

"布莱克洛克小姐。"尼尔森缓缓地说，我忽然有种预感，我一定会很讨厌他接下来要问的问题，"布莱克洛克小姐，昨天晚上您喝了多少酒？"

我猛地抬起头，我脸上糊了的妆和写满睡意的眼睛里的愤怒都暴露在他面前。

"你说什么？"

"我就是问问……"

否认是没有意义的。昨天晚上有很多人都在晚宴上看到我了，看到我先是灌下香槟，又喝了红酒和餐后酒，我要说我是清醒的，那可真会成为弥天大谎。

"是的，我喝酒了。"我恶狠狠地说，"但你若是觉得半杯红酒下肚，我就会成为歇斯底里的醉鬼，分不清什么是现实，什么是幻觉，那你就大错特错了。"

他没有回答，但他的目光瞟向小冰箱旁边的垃圾箱，里面有很多小瓶装威士忌和杜松子酒的空酒瓶，还有很多装奎宁水的空易拉罐。

一时间，船舱里陷入了沉默。尼尔森没有说明他的观点，也没这个必要。该死的客房清洁员。

"我是喝酒了。"我咬紧牙关说，"但我没有喝醉。没有。我知道我都看到了什么。我编造这样的故事对我有什么好处？"

他似乎接受了我的话，疲惫地点点头。

"那好吧，布莱克洛克小姐。"他用一只手揉搓着脸，我听到他那金黄色的胡茬摩擦着他的手心。他很累了，我的注意力忽然转移到了他的制服上，我发现他系错了扣子，衣服底部有一个扣眼却没有扣子。"现在很晚了，您很累了。"

"累的人是你。"我充满怨恨地反驳他，但他只是点点头，对我没有任何敌意。

"是的，我很累。我想现在我们什么也做不了，只能等天亮再……"

"现在有个女人被丢下了海……"

"现在根本没有证据！"他提高嗓门打断了我的话，他的语气头一次显得有些恼怒。"我很抱歉，布莱克洛克小姐。"他这次轻声道，"我不该反驳你。但我觉得我们现在没有充分的证据，所以不能在这个时间把其他客人都叫醒。让我们都去睡一会儿吧。"那样你就能清醒一点了，这就是他的言外之意，"等到了早晨，我们再来解决这件事。或许我可以带你去见见船上的工作人员，那样说不定能找到你在10号舱里见过的女人。显而易见，她并不是乘客，对吗？"

"她没有参加昨天的晚宴。"我承认，"但如果她是工作人员呢？如果有人失踪了，而我们却浪费了宝贵的时间，根本没有引起警觉，会怎么样？"

"我现在去找船长和事务长说一下这件事，让他们了解情况。但是，据我所知，没有任何工作人员下落不明，如果有，肯定会有人注意到的。这艘船不大，船员们的关系都很紧密，要是有人失踪了，哪怕只是不见了几个小时，也肯定会很快有人注意到。"

"我只是觉得……"我说道，但他打断了我，这次他表现得很礼貌，也很坚定。

"布莱克洛克小姐，工作人员和乘客都在睡觉，很抱歉，没有充分的理由，我是不会吵醒他们。我会将这件事通知船长和事务长，他们会采取适当的行动。与此同时，您或许可以描述一下你见过的女人的样貌，我好去仔细核查乘客名单，并且在明天早餐之后，安排所有符合描述且不当班的工作人员在员工餐厅集合，让您辨认。"

"那好吧。"我悻悻地说。我太沮丧了。我很清楚我看到了什么，听到了什么，但尼尔森依然不为所动。再说了，在茫茫大海上，我又能做什么呢？

"那么，"他问道，"她多大年纪，身高是多少？她是白人，亚裔，还是黑人……？"

"二十七八岁。"我说，"差不多和我一样高。是白人，事实上，她的肤色很苍白。她说英语。"

"有什么口音？"尼尔森插口道。我摇摇头。

"没有口音。她是英国人……就算她不是英国人，也是精通英语的。她留着一头深色长发……我记不清她的眼睛是什么颜色了。可能是深棕色吧。我也不太肯定。她身材苗条……长得很美。我只记得这些了。"

"很美？"

"是的，很美。你知道的。精致的五官。白皙的皮肤。她还化着妆。眼妆很浓。哦，对了，她穿着一件印有平克·弗洛伊德乐队头像的 T 恤衫。"

尼尔森严肃地将这些都记录下来，然后，他站起来。沙发的弹簧再次嘎吱作响，说不定沙发是松了口气。

"谢谢，布莱克洛克小姐。现在我觉得我们都应该去睡觉了。"他揉揉脸，活像一头在冬眠中被吵醒的金毛巨熊。

"明天几点？"

"看你的时间。十点？十点半？"

"早一点吧。"我说，"反正我也睡不着。"我说道，我知道我再也不可能睡着了。

"我八点当班。那会不会太早了？"

"就八点吧。"我坚定地说。他强压着哈欠走向舱门，我看着他缓慢地沿走廊向楼梯走去。然后，我关上门，上了双锁，走过去躺在床上，凝视大海。月光明媚，海浪看起来漆黑光滑，一个个浪头掀起，犹如鲸鱼的脊背，随即落下去，我躺在床上，感觉船身随着海浪起起伏伏。

我肯定睡不着。我很清楚这一点。我的耳边嗡嗡直响，我的心在我的胸腔里疯狂地跳动。我无法放松下来。

我很生气，但我说不清心里的愤怒为何而起。因为一个女人的尸体现在就漂浮在漆黑的北海中，或许永远都不会被人发现？还是因为尼尔森不相信我？

"或许他是对的。"我脑海深处那个讨厌的细小声音说道。一个个画面闪现在我的面前：门被风吹得关上了，我吓得弯腰屈背地站在淋浴器下面；我为了保护我自己不受一个根本就不存在的入侵者的伤害，就攻击了朱达。"你百分百确定吗？你根本不是可以信赖的证人。到头来，你究竟看到了什么？"

我看到了血，我坚定地告诉我自己。有个女人失踪了。这就解释了为什么会有血。

我关上灯，盖上被子，但我没有睡着。我只是侧身躺着，凝望潮起潮落的大海，在能抵御暴风雨的窗户外面，大海静寂无声，很有催眠效果。我心想，船上有一个凶手。除了我，没人知道这件事。

# 第十二章

"布莱克洛克小姐!"敲门声再次响起,我听到有人用万能钥匙开门,跟着,舱门开了一道缝,防盗链随即绷紧。

"布莱克洛克小姐,我是约翰·尼尔森。你还好吗?已经八点了。是你让我来叫你的。"

什么?我挣扎着用手肘支撑身体,我一动,脑袋就疼得厉害。我为什么要让他八点来叫我?

"稍等!"我喊道。我的嘴巴发干,像是之前咽下了很多灰烬,我伸手拿过床边的水杯,喝了几口。昨晚的回忆一股脑儿涌了回来。

三更半夜,有个声音把我吵醒了。

观景台玻璃隔板上有血迹。

溅水声。

尸体。

我把双腿放到床下,感觉船身在我身下来回摇晃。我忽然感觉恶心至极。

我跑到卫生间,刚探身向抽水马桶,就把昨晚吃的东西都吐到了洁白干净的马桶里。

"布莱克洛克小姐?"

滚开。

我并没有把这话说出来,不过可能是我呕吐时溅起的水声传递出了我的情绪，反正他轻轻地关上了门，这样一来，我才能在没人观赏的情况下站起来，仔细检查我自己。

我的样子简直糟糕透顶。眼妆糊在我的脸上，面色苍白，双眼发红，就连眼眶也是红的。脸上的瘀青让我显得更加狼狈。

今天早晨海浪变得更加猛烈，水槽周围的东西都在叮咣乱颤。我穿上晨衣，走回船舱，把门打开一条很细的缝隙，只够我看到外面。

"我需要洗个澡。"我简洁地说，"你不介意等一会儿吧？"我说完就关上了舱门。

我回到卫生间，先是冲了马桶，再把边缘擦干净，试图毁灭所有我呕吐过的证据。但当我挺直身体，我首先注意到的不是我那张惨不忍睹的惨白的脸，而是像站岗一样立在水槽边的美宝莲睫毛膏。我站在那里，紧紧抓着梳妆台，我的呼吸变得短促，这时船身又摇晃了一下，台面上的东西开始晃动，只听轻轻的啪嗒一声，睫毛膏倒了，滚到垃圾桶里。我伸手把它捡出来，紧紧握在手里。

只有这一个东西能证明那个女人确实存在，能证明我没有发疯。

《《《

十分钟后，我穿着牛仔裤和洁净的白衬衫，为我收拾旅行包的人也帮我熨烫了这两件衣服。我的脸色苍白但干净。我拉开防盗链，打开门，就看到尼尔森耐心地在走廊里等我，正对着无线电说着什么。他见我出来，便抬起头，关上了无线电。

"我很抱歉，布莱克洛克小姐。"他说，"我可能不应该吵醒您，但您昨晚一直坚持……"

"没关系。"我咬紧牙关说。我没打算说得这么无礼，但我如果总是张嘴说话，恐怕又要吐了。谢天谢地，摇晃的游轮为我那直犯恶心的胃提供了借口。做个蹩脚的水手是很丢脸，但总比被人当成酒鬼强，那样显得我太不专业了。

"我找工作人员谈过了。"尼尔森说道，"没人报告有人失踪。但我建议您来一趟员工区域，确认一下您提到的女人是否在那里。那样您就能放心了。"

我很想说她不是工作人员，哪有清洁工穿着印有平克·弗洛伊德乐队头像的T恤衫打扫房间的。但我没有把这话说出来。我很想亲自去下层甲板看看。

我跟在他身后，沿着左摇右晃的走廊来到楼梯边一扇服务员专用小门边。门上有一个键盘锁，他飞快地键入一串六位密码，然后门开了。从外面看，我还以为门里是一个清洁橱柜，其实里面是一个光线昏暗的小楼梯平台，一段狭窄的楼梯向下通往船只的深处。我们沿楼梯向下而行，我不安地意识到，我们现在肯定是在水线以下，即便不是，也非常接近。

我们进入一条狭窄的走廊，这里与乘客区完全不同。所有的一切都不一样：天花板很低，异常闷热，舱壁之间的空间很小，而且舱壁刷成了暗淡的米色。这里依靠荧光灯照亮，光线昏暗，还总是闪烁，一进来就会让人感觉眼睛很疲劳。

左右两侧都有舱门，上面两个船舱占用的空间，在下面要容纳八到十个船舱。我们从一扇半掩着的舱门边经过，我看到船舱里没有窗户，同样依靠昏暗的荧光灯照明，一个亚洲女人坐在里面的床铺上，正在穿紧身裤袜，她的头和肩膀缩在上下铺之间的狭小空间里。在尼尔森经过的时候，她紧张地抬起头，跟着，一看到我，她愣住了，像是一只兔子在车头灯灯光的笼罩下变得惊慌失措。有那么一刻，她只是一动不动地坐着，跟着，她猛地伸出一只脚踢在门上，把门关闭，在如此狭小的空间里，关门声就跟枪声一样响。

我感觉自己的脸唰一下就红了，活像个被当场抓住的偷窥狂，于是我快步追上尼尔森。

"这边。"尼尔森回头说道，我们来到一扇门前，上面写着"员工食堂"。

至少这个房间比较大，我的幽闭恐惧症总算缓和了一些。食堂的天花板依然很低，也没有窗户，不过这个房间是个小餐厅，就像一个微型的医院饭堂。里面只有三张桌子，每张桌边都可以坐大约六个人，福米加塑料贴面、钢制抓握杆、公共饮食的强烈气味等因素结合在一起，凸显出了这层甲板与上面甲板之间的区别。

卡米拉·利德曼独自坐在一张桌上，正一边喝咖啡，一边看笔记本电脑上的电子表格。有五个女孩坐在另一张桌上，吃早餐糕点。我们进去，她们都抬起头来。

"嗨，约翰。"一个女孩说道，接下来她说了几句瑞典语，也可能是丹麦语，我也说不清。

"我们还是说英语吧。"尼尔森说，"有客人在场。布莱克洛克小姐想找她在隔壁 10 号帕尔姆格伦舱见过的一个女人。她看到的女人是白人，留着黑色长发，有二十七八岁，也可能是三十岁出头，说一口纯正的英语。"

"我叫汉妮，她是比吉塔。"一个女孩笑着说，并冲坐在她对面的朋友点点头，"不过我没去过帕尔姆格伦船舱。我主要是在吧台工作。比吉塔，你呢？"

我摇摇头。汉妮和比吉塔都有白皙的皮肤和深色的头发，却并不是我在 10 号舱见过的女人，汉妮的英语很不错，但带有明显的斯堪的纳维亚口音。

"我是卡拉，布莱克洛克小姐。"两个金发女孩中的一个说道，"我们昨天见过面了，您还记得吧？昨天晚上我们通过电话的。"

"当然。"我心不在焉地说，但我只顾着去看其他女孩，并没有太注意她。卡拉和桌边的第四个女孩都是金发碧眼，第五个女孩是地中海肤色，留着很像精灵头的短发。更重要的是，她们中没有一个有我记忆中那张生动且不耐烦的脸。

"不是她们。"我说，"还有别人符合描述吗？清洁工呢？船员呢？"

比吉塔皱起眉头，用瑞典语和汉妮说了什么。汉妮摇摇头，用英语说了起来。

"船员基本都是男人。倒是有个女人，不过她的头发是红色的，有四五十岁。有个叫依沃娜的清洁工或许符合你的描述。她是波兰人。"

"我去找她。"卡拉说道。她笑着站起来，从桌子后面挤了出来。

"还有艾娃。"在卡拉离开房间之后，尼尔森若有所思地说，"她是护理师。"他对我说道。

"我想她就在护理室。"安妮说，"她在做准备，一会儿就该接待客人了。不过她至少有三十七八岁了，说不定有四十岁了。"

"等这里结束了我们再去找她。"尼尔森说。

"别忘了乌拉。"留着精灵发型的女孩头一次开口发言。

"啊，没错。"尼尔森说，"她今天当班吗？乌拉是船头客舱的服务员，负责诺贝尔套房。"他向我解释道。

那个女孩点点头："是的，不过我想她很快就要下班了。"

"布莱克洛克小姐。"一个声音在我身后响起，我转身看到卡拉带来了她的一个同事，那个女人四十来岁，又矮又胖，她的头发是黑的，但却是染色而成，发根处是灰白色的，"她就是依沃娜。"

"请问您有什么事吗？"依沃娜用带着浓重波兰口音的英语说道，"是不是有什么问题？"

我摇摇头。"真抱歉……"我也不肯定我是在回答依沃娜、尼尔森还是卡拉,"她……你不是我见过的女人。但我希望你们知道,这个女人并不是惹上了麻烦。不是她偷了东西什么的。我只是很担心她……我听到了一声尖叫。"

"尖叫?"汉妮那细细的眉毛挑得老高,几乎都被刘海遮住了,她和卡拉对视一眼,而卡拉张开嘴,想要说什么,但就在这个时候,我们身后的卡米拉·利德曼第一次开口说话了。"布莱克洛克小姐,我很肯定船上的工作人员里没有你要找的女人。"她走过来站在桌边,还把一只手搭在汉妮的肩膀上,"若是有什么不对劲,她们早就说了。我们都……那句话怎么说来着?我们的关系都很紧密。"

"我们的关系非常好。"卡拉说。她的目光瞟向卡米拉·利德曼,随即又看着我,她面带笑容,不过她那拔得过细的眉毛高高挑起,表示她其实很焦虑,让她的话很难有说服力,"我们这些工作人员相处都很融洽。"

"没关系。"我说。我能看出我从这些姑娘身上是得不到有用的信息了。我犯了个错,不该提到我听到了尖叫,以至于她们都选择站在同一阵线。或许选择当着卡米拉和尼尔森的面和她们说话也是个错误。"别担心。我会去找艾娃谈谈。还有乌拉。谢谢你们。但如果你们听说了什么消息,任何消息,都请你们通知我,我就住在 9 号林奈船舱。我随时恭候你们。"

"我们什么都没听说。"汉妮坚定地说,"但如果真有什么消息,我们会通知您的。祝您今天过得愉快,布莱克洛克小姐。"

"谢谢。"我说。就在我转身的时候,船身摇晃了一下,几个女孩笑着轻叫起来,赶忙抓住她们的咖啡杯。我的脚步有些跟跄,要不是尼尔森及时抓住了我的手臂,我肯定就摔倒了。

"您还好吗,布莱克洛克小姐?"

我点点头，但其实他抓得我的胳膊很疼。突如其来的晃动让我感觉脑袋刺痛不已，要是我在出来之前吃片阿司匹林就好了。

"'北极光'号是一艘比较小的船，不是加勒比海上那些庞然大物，这挺不错的，但相比乘坐大船，在这里，巨浪的冲击感要强烈一些。您确定没事？"

"我很好。"我揉搓着手臂不耐烦地说，"我想去找艾娃谈谈。"

"我们绕路从厨房过去。"尼尔森说道，"然后我们去上面的护理室找艾娃，再去早餐室。"他一直拿着一份员工名录，此时，他划去了已经见过的人的名字，"现在只剩下两名船员和几个客舱服务员，我们可以最后去见他们。"

"很好。"我简洁地说。事实上，我真的很想出去，离开让人感到幽闭恐惧的舱壁和憋气的走廊，昏暗的灯光，还有被包围、被困在水线以下的感觉。有那么一刹那，我想象船撞到了什么东西，海水灌进狭窄的船舱，人们张大嘴巴，呼吸着即将消失的空气。

但我现在不能放弃。那么做就等于承认失败，承认尼尔森是对的。我跟着他穿过一条走廊，向船头走去，感觉地面在我脚下左摇右晃，与此同时，饭香越来越浓。有培根和热油脂的香味，有烤羊角面包独特的奶油香气，还有煮鱼、肉汁和甜品的气味。馥郁的食物香气让我的嘴里充满了唾液，不过我可不是馋得流口水，于是我再次咬紧牙关，在船身被另一股浪头击中的时候紧紧抓住栏杆，我感觉恶心极了。

我估计现在问尼尔森是否可以回去已经太迟了。这时，他停在一扇不锈钢门前，门上有两扇小玻璃窗，他把门推开。很多戴着白帽子的人扭过头来，他们看到我站在尼尔森身后，都露出了惊讶的神色，但还是保持礼貌。

"嗨，各位！"尼尔森用瑞典语对他们说了些什么。他扭头看着我，"我很抱歉，甲板上和负责接待的工作人员都说英语，但有的厨师不会讲英语。我刚刚在解释我们为什么会来这里。"

厨师们都笑着点点头，一个厨师走上前来，伸出一只手。

"您好，布莱克洛克小姐。"他能讲一口流利的英语，"我叫奥托·扬松。我手下的工作人员虽然不是都会讲英语，但他们都很愿意帮忙。我可以翻译。您有什么需要？"

但我说不出话来，唯一能做的就是大口大口地吸气。我盯着他伸出来的那只手。他的手上戴着浅色橡胶厨房手套。我感觉耳畔嗡嗡直响。

我抬头凝视他那双友好的蓝眼睛，又低头看着他的手套，能看到橡胶手套下面他手上的黑色汗毛。我告诉自己，我绝对不可以尖叫，绝对不可尖叫。

扬松低头看着他的手，像是想看看我到底在瞧什么，然后，他哈哈一笑，用另一只手扯掉手套："抱歉，我忘了还戴着这个呢。置办食物都要戴这个。"

他把软塌塌的浅色手套丢进垃圾桶，握住我那只无力且并无反抗之意的手，他的手很有劲，他的手指很温暖，还粘着橡胶手套上的污渍。

"我想找一个女人。"我说，我知道我有些唐突，但我此刻心惊肉跳，也顾不上讲礼貌了，"深色头发，和我差不多年纪，或许比我年轻一点。长得很美，皮肤白皙。她没有口音，要么是英国人，要么就是擅长双语。"

"很抱歉。"扬松遗憾地说，而且，他看起来是真的很抱歉，"我想我手下的员工都不符合您的描述，不过欢迎您四处转转，看看是不是有你要找的女人。我只有两名女性员工，不过她们的英语都不太好。贾米勒在上菜窗口，英格丽德在沙拉区，就在那边的烧烤台后面。她们并不符合您的描述。说不定您找的人是服务员或侍者？"

我伸着脖子去看他说到的两个女人，我发现他说得对。她们和我看到的女人没有一点相像。贾米勒低着头，弓着身体背对着我，但我依然肯定她就是我们来时在船舱里见过的那个亚洲女人。我估摸她不是巴基斯坦人就是来自孟加拉，她个子很矮，身高最多不超过五英尺。英格丽德是斯堪的纳维亚人，体重有大约两百磅，至少比我高出六英寸。就在我看着她的时候，她双手掐腰，摆出一副气哼哼的样子面对我，尽管我知道不应该这么想，但我还是觉得她的身高让她显得更凶神恶煞了。

"不要紧。"我说，"抱歉打扰你们了。"

"谢谢，奥托。"尼尔森说，跟着，他用瑞典语开了个玩笑，逗得奥托哈哈直笑。他拍拍尼尔森的背，也说了什么，尼尔森听了也狂笑起来，连他的肚子都随之颤抖。他冲其他厨师抬起手。"再见！"他喊道，然后便和我一起走进走廊。

"真对不起。"他一边带路向楼梯走去，一边回头对我说，"这艘船上的正式语言是英语，而且规定我们不可以在说英语的客人面前讲其他语言，但我觉得在某些情况下……"他没有说下去，我只是点点头。

"没关系。让大家都轻松自在，知道我们想问什么，这样更好。"

我们再次从船员船舱经过，我从一些敞开的舱门向里面张望，又一次惊讶于那些船舱竟如此狭窄昏暗。我无法想象经年累月在这种没有窗户的狭窄空间里度日是什么滋味。尼尔森或许感觉到了我的沉默，于是他又说了起来。

"船舱有点小，是吧？不过，除了船员，船上只有十来个工作人员，所以也用不着多大的空间。告诉你吧，相比其他客轮，我们这里的住宿条件好多了。"

　　我并没有说出我的想法：让我震惊的不是狭小的船舱，而是员工船舱和上面那些明亮通风的船舱一对比，差距是如此鲜明。事实上，比起我坐过的很多跨英吉利海峡渡轮上的船舱，这些船舱并没有差很多，甚至比其中一些还要宽敞。但正是贫富差距叫我心绪难安，这可真是天壤之别呀。

　　"所有工作人员都要合住吗？"我问道，这时候，我们从一个幽暗的船舱边走过，舱门半掩着，有人在里面穿衣服，而那个人的室友正在打鼾。尼尔森摇摇头。

　　"资历较浅的员工都要合住，比如清洁工和年轻一点的服务员，资深员工都是单独住一间。"

　　我们来到通往上层甲板的楼梯前，我跟在虎背熊腰的尼尔森身后，抓着栏杆，缓缓地走上楼梯。尼尔森打开将乘客区和员工区分开的舱门，在我们出去后把门关上，然后，他扭头看着我。

　　"很抱歉没能如您所愿。"他说，"我本来希望其中一个女孩子是您要找的，这样您就能安下心来了。"

　　"那个……"我揉揉脸，感到脸上那道正在愈合的伤疤很粗糙，我的头越来越疼了，"我也不肯定……"

　　"我们去找艾娃吧。"尼尔森坚定地说。他回过头，带头穿过走廊，向另一道楼梯走去。

　　"北极光"号在巨大的海浪之间上下起伏，显得十分吃力。我咽下在我口中积聚的唾液，感觉后背上都是冷汗。有那么一会儿，我很想回我的船舱。不光是因为我此刻头疼欲裂，还因为我要去看采访文件，然后写稿子回去交给罗恩。我惊恐地意识到，本、蒂娜、亚历山大还有其他人或许正在做记录，写稿子，在谷歌上查巴尔默的资料，整理各种新闻照片。

　　但随即我强迫自己坚强起来。如果我要尼尔森认真对待我的问题，那我就必须忍受眼前的这一切。我的确很想在杂志社往上爬，但有些事比这更重要。

《《《

我们在护理室找到了艾娃。护理室位于上层甲板，布置得美轮美奂，给人一种宁静感。护理室舱壁都是由玻璃组成的，我们打开门，长窗帘随风摆动起来。从玻璃舱壁可以看到甲板。从下面那些昏暗拥挤的米色船舱上来，感觉这里是那么明亮，阳光几乎有些刺眼。

我和尼尔森走进护理室，一个四十来岁的女人抬起头来。她长得很漂亮，留着深色头发，戴着宽大的金耳环。

"约翰！"她亲切地说，"有什么可以帮你的？这位肯定就是……"

"我叫洛·布莱克洛克。"我说着伸出手。一离开狭小的员工区，我马上就感觉好多了，被海风一吹，湿冷恶心的感觉也渐渐消失了。

"早上好，布莱克洛克小姐。"她笑着说。我和她握手，她的手很有力，她的手指虽然纤细却很有力。她说一口地道的英语，几乎跟我在 10 号舱见过的女人说的一样好，不过我要找的不是她。她的年纪太大了，她的皮肤是精心保养过的，很湿润，只是一看就知道她经常经受风吹日晒。"我能为你做些什么？"

"打扰了。"我说，"我在找人，下层甲板的那些姑娘说可能是你，但我要找的不是你。"

"布莱克洛克小姐昨晚看到一个女人。"尼尔森插口道，"就在她的隔壁船舱。那个女人二十七八岁，留着深色长发，肤色白皙。布莱克洛克小姐听到了一些声音，所以很担心，我们要确定一下那个女人是不是船上的工作人员。"

"恐怕不是我。"艾娃说，但她的语气很亲切。她一点也不像下面那些女孩子，合起伙来一致对外。她轻笑一声："老实说吧，我早就不是二十来岁的小姑娘了。你们去找过服务员了吗？汉妮和比吉塔都有黑头发，年纪也差不多。还有乌拉。"

"是的，我们已经见过她们了。"尼尔森说，"现在我们就去找乌拉。"

"我不是要找她的麻烦。"我说，"我是指我要找的那个女人。我只是很担心她。如果你想到有这样一个人……"

"我很抱歉没能帮上忙。"艾娃说道。她这话是直接对我说的，她的样子确实很抱歉，在迄今为止与我说过话的人中，只有她是真正的关心。她修得很美的眉毛微微蹙着，"我真的很抱歉，如果我听到什么消息……"

"谢谢你。"我说。

"谢谢，艾娃。"尼尔森说完转身就走。

"不客气。"艾娃说道，她送我们到舱门口，"稍后见，布莱克洛克小姐。"

"稍后？"

"上午十一点是女士护理体验时间，采访流程上就是这么写的。"

"谢谢。"我说，"待会儿见。"我转身离开，内疚地想到采访资料还在我的船舱里，我还没看完。我真想知道还有哪些内容是我尚未看过的。

我们离开护理室，来到甲板上，舱门向后打开，结果被大风一吹，门从我的手里脱开，砰的一声撞在专门用来挡舱门的橡胶支架上。尼尔森在我身后关上大门，我走到船身的栏杆边上，在寒风中瑟瑟发抖。

"冷吗？"尼尔森在呼啸的寒风和巨大的引擎声中喊道。

我摇摇头。"不冷……不不，我很冷，但我需要新鲜空气。"

"您是不是还感觉不舒服？"

"到这里好多了。但我的头还很疼。"

我站在那里，握着刷了漆的冰冷铁栏杆。我把身体探出去，视线越过船尾客舱的玻璃观景台，望着船的尾迹，只见海浪泛着白色泡沫，整个大海广阔无边，冰冷的海水深不见底。我想到在我们身下，漆黑的海水打着旋儿翻腾，幽深的海底寂静无声，一个东西或是一个人，要在大海中下沉好几天，才能最终落到不见一丝光亮的海底。

我想到了我昨天晚上见到的女人。我想到，尼尔森、艾娃或是其他什么人，只要走到我身后，轻轻推我一把……

我不由得浑身一颤。

到底发生了什么事？我想象不出来。我或许可以想象到尖叫和溅水声是怎么回事，但我想象不出鲜血。我想象不到那些血是怎么来的。

我深深地吸了一口北海上清新的海风，转过身，决然地对尼尔森笑笑，风把头发吹到我的脸上，我把头发向后甩去。

"这里是哪里？"

"公海。"尼尔森说，"我想应该快到特隆赫姆了。"

"特隆赫姆？"我试着回想昨晚上说过的话，"我好像记得，巴尔默勋爵说过第一站是卑尔根。"

"或许是改变计划了吧。我知道巴尔默勋爵很希望你们能观赏到北极光。或许今天气象条件好，所以他想加速向北行驶。也有可能是船长这么提议的——八成是出于天气方面的考虑，所以现在要绕去那里。我们没有固定航线。不管我们的乘客有什么怪念头，我们都能满足。说不定是在昨晚的晚宴上，有人提出很想去特隆赫姆。"

"特隆赫姆有什么好看的地方？"

"特隆赫姆？城里有座著名的大教堂。那座城市里有些地方很有魅力。但主要看点还是峡湾。此外，那座城市比卑尔根还要偏北，所以在那里很可能可以看到北极光。不过我们可能还要继续向北行驶，前往博德甚至是特罗姆瑟。每年的这个时候，真说不好到底会去哪里。"

"明白了。"不知怎的，他的话让我心生不安。参加组织有序的旅行是一回事，意识到自己变成一个无助的游客，与其他人待在同一艘轮船上，又是另外一回事了。

"布莱克洛克小姐……"

"叫我洛吧。"我打断他，"谢谢。"

"那好吧，洛。"尼尔森那张安逸愉快的方脸上露出了苦恼的表情，"我不希望您认为我不相信您，洛，但现在您也冷静下来了……"

"我是否依然确定？"我替他把话说完。他点点头。我郁闷地叹口气，回想起我自己对前一天晚上发生的事的疑问，想到尼尔森那没有问出口的问题与我脑海深处那个讨人厌的细小声音说的不谋而合。我用手指搅动着上衣，说道，"事实是，我也不知道。当时很晚了，而且你说得对，我喝了酒，我可能听错了，根本没有尖叫声和溅水声。就连血迹……尽管我很肯定我看到了，但我也想过那可能是光线造成的错觉。然而，10号舱的女人……她绝不可能是我想象出来的。我可想象不出来。我看到她了。我和她说话了。如果她不在这里，我是说，如果她不在这艘船上，那她在哪里？"

接下来是一段很长的沉默。

"好吧，我们去找乌拉吧。"他终于说道，"通过您的描述，我也说不准是不是她，但至少应该去确认一下。"他抽出员工对讲机，按了几个按钮，"不知道您怎么样，反正我得来杯咖啡，这样吧，我们叫她来早餐室和我们见面吧。"

《《《

早餐室就是我们昨天吃晚饭的地方，不过原本的两张大桌已被拆解成六张较小的桌子。尼尔森推开早餐室的门，里面只有一个年轻的侍者，他有一头玉米色的头发，梳成侧分。他笑着走过来迎接我们。

"布莱克洛克小姐？您现在需要用早餐吗？"

"是的。"我含糊地说，然后环顾早餐室，"我应该坐哪里？"

"请您随意。"他冲几张空桌一挥手，"大部分其他乘客都选择在船舱里吃早饭。或许您可以坐在窗边？您需要茶还是咖啡？"

"咖啡吧。"我说，"加奶，不加糖。"

"也给我一杯，谢谢，比约恩。"尼尔森说。跟着，他对比约恩身后说道："啊，你好，乌拉。"

我转过身，看到一个美艳的女孩子正穿过餐厅，向我们这桌走过来。她梳着一个很大的黑色圆发髻。

"你好，约翰。"她说。她的口音不对，但即便在她尚未开口说话之际，我也确定她不是 10 号舱的女人。她的确美貌动人，在一头乌黑头发的衬托下，她的肤色看来白皙清透，犹如白瓷一般。10 号舱的女人灵动漂亮，但欠缺精致的古典美，一点也不像文艺复兴时期画作中的人物。而且，乌拉肯定有六英尺高，而 10 号舱的女人和我的身高差不多，要比乌拉矮很多。尼尔森向我投来询问的目光，我摇摇头。

比约恩用托盘端回来两杯咖啡，还给我拿来了一份菜单。尼尔森清清喉咙。

"要不要和我们一起喝杯咖啡，乌拉？"

"谢谢。"她摇着头说，"我今天已经吃过早餐了，不过我可以坐一会儿。"

她坐在对面的一把椅子上，看着我们两个，露出了期待的笑容。尼尔森又咳嗽一声。

"布莱克洛克小姐，她就是乌拉，船头客舱的服务员，为巴尔默夫妇、延森夫妇、科尔·勒德雷尔和欧文·怀特服务。乌拉，布莱克洛克小姐在找她昨天见过的一个女人，她很想找到她。那个女人不在乘客名单上，所以我们估计她可能是工作人员，只可惜到现在都没找到。布莱克洛克小姐，请你描述一下你见过的那个女人的样子。"

我简要地描述了一下，感觉我已经把这些话说了一百遍了。"你能想到什么人吗？"我意识到我的声音有点像是在央求，"有人符合条件吗？"

"显然，我有黑头发。"乌拉笑着说，"但不是我，那我就想不出了。对了，汉妮，她的头发是黑的，还有比吉塔……"

"我已经见过她们了。"我打断了她的话，"不是她们。还有别人吗？清洁工？船员？"

"没……没有……船员里没有符合描述的。"乌拉缓缓地说，"员工里还有个叫艾娃的，只是她的岁数太大了。你们去厨房看过吗？"

"看过了。"我陷入了绝望。这一切开始感觉如同一个无限循环的梦，见一个又一个人，与此同时，关于黑发女人的记忆开始变得模糊，闪闪发亮，犹如水一样从我的指缝间溜走。我见到的脸孔越多，就越觉得每一张都和我记忆中的那张脸有些相像，却又不完全一样，进而越难牢牢记住那个女人的样貌。

然而，那个女人有一些很典型的特征，我肯定我一看到她，马上就能认出她。我不是指她的五官，她的眉眼是很漂亮，却也很普通。也不是指她的头发或是平克·弗洛伊德乐队头像的 T 恤衫。是她这个人很特别，当时，她用凌厉的目光看到我的脸时，她很惊讶，她的表情是那么灵动活泼。

她真的死了吗？

但另一个可能性并没有好很多。因为如果她没死，那就是我疯了。忽然之间，我无法肯定这个可能性是更好还是更坏。

# 第十三章

我的早餐来了，乌拉和尼尔森都已离开，只剩下我一个人一边吃，一边凝望窗外的海面。从这里既能看到大海也能看到甲板，我感觉没那么恶心了，于是，我早餐吃了很多，感觉四肢又有了力量，搅得我不得安宁的恶心感也消退了。我忽然想到，我之所以感觉自己这么虚弱，至少有一半原因是因为低血糖。每次肚子饿，我都会变得怪怪的，浑身发抖。

吃了东西，看到大海，我感觉舒服了很多，但我还是情不自禁地回想昨夜发生的事，重温我和那个女人的对话，回忆她脸上的惊讶表情，还有她不耐烦地把睫毛膏塞在我手里的样子。肯定是出事了，对此我确信无疑。我感觉就好像从一半才开始看一部电影，根本分不清里面有哪些角色。我打断了那个女人当时正在做的事。可那是什么事呢？

不管是什么事，十有八九都与她的失踪有关。尼尔森爱怎么想就怎么想，反正我不相信她是在清洁客舱。是不会有人穿着印有平克·弗洛伊德乐队头像的 T 恤衫、露着大腿打扫房间的。再说了，她看起来一点也不像个清洁工。拿着清洁工的薪水，是不可能有那么精致的头发和指甲的。她那头浓密的黑发闪动着光泽，可知她多年来一直在做头发护理，使用昂贵的低光染发剂。她是工业间谍？偷渡者？情妇？我还记得，科尔在说起他的前妻之际，眼神是那么冷酷，而且，在下层甲板，卡米拉·利德曼是那么冷漠地向我保证。我想到尼尔森动作迟缓却力量惊人，我想到在昨天的晚宴上，亚历山大津津乐道于毒素和非自然死亡这样的话题，让人听了浑身不自在，但这些可能性似乎都站不住脚。

现在让我困扰的是，我竟然想不起她的脸了。我越是努力想要记起，她的脸就变得越发模糊。对于她的身高、发色和指甲这些细节，我都可以清清楚楚地描述出来。但她的五官……精致的鼻子，黑色眉毛很细，经过了精心的修饰……仅此而已。我可以说出她不是什么样子：她不矮不胖，她不老，她的脸上没长粉刺。但描述出她的样貌却要难很多。她的鼻子，很普通。她的嘴巴，很普通，嘴巴不大，没有娇艳欲滴，嘴唇也没有噘起，只是很普通。我想不出她有丝毫独特之处。

她可能就是我。

我知道尼尔森想要什么。他想要我忘掉我听到的，忘掉那声尖叫，忘掉观景台的门悄无声息地滑开，忘掉那声巨大又恐怖的溅水声。

他想要我对自己说过的话产生怀疑。他把我当回事，只是为了要我不相信我自己。他任由我提出所有我想问的问题，而这足以让我相信我自己有多不靠谱。

在一定程度上而言，我无法责怪他。这是"北极光"号的处女航，待在船上的不是记者、摄影师，就是显赫的大人物。没什么比这更糟的了。我可以想象到时候报纸头条会这样写：《死亡航行：豪华客轮媒体体验旅行，有乘客溺毙》。到时候，作为安保主任，尼尔森肯定没好果子吃。这可是他负责的第一次航行，如果在他的眼皮子底下出了事，他的工作肯定不保。

但更重要的是，如果有人不清不楚地死了，这件事闹得沸沸扬扬，整个企业都会受到影响。

即便是在"北极光"号下水之前，若是发生了这种事，那它也跟沉没了差不多，而且，从船长到清洁工依沃娜，船上的每一个人都将失去工作。

我很清楚这些。

但我真的听到了。肯定发生了什么事，我才会从睡梦中惊醒，心跳足有每分钟两百下，手心布满冷汗，而且，当时我很确信，就在我附近，有个女人遇到了大麻烦。我很清楚那个女人当时的感受：霎时间意识到生命是如此脆弱，原本以为万无一失的安全保障却不堪一击，像纸一样薄。

我不管尼尔森会怎么说，如果那个女人没有遇到意外，那她到底在哪里？尖叫，血迹——这些都可能是我的想象。但那个女人——她绝不可能是我想象出来的。如果没有外力的影响，她是不可能人间蒸发的。

我揉搓双眼，感觉眼周还留有粗砂粒一样的眼妆，我不由得想到了那支美宝莲睫毛膏，只有它能证明那个女人不是我的想象。

一时间，我心中思绪万千。我可以把睫毛膏装在塑料袋里带回英国，去验指纹。不不，还是去验 DNA 更好。刷头上肯定能提取到 DNA，是吧？在电视剧《犯罪现场调查之迈阿密》里，他们就是利用一根睫毛，才起诉了凶手。对，这办法肯定行得通。

我想象自己拿着装在袋子里的睫毛膏，匆匆走进克劳奇区警察局，找到一个警官，要他们进行高级法医分析，可他却只是强忍着不笑出来。我赶紧甩脱这样的画面。肯定会有人相信我。他们必须相信我。如果他们不相信，我就……我就自己掏钱，找人来鉴定。

我掏出手机，想上谷歌查一查"私人 DNA 鉴定费用"，可我还没解锁主屏幕，就意识到我的想法有多荒唐。从一家专门调查配偶出轨的网络公司，我怎么可能拿到警方那种专业级的 DNA 鉴定结果，而且，没有比对的对象，要鉴定结果又有什么用？

所以，我只是看了邮箱。没有朱达的电邮。事实上，连一封新邮件都没有。我的手机没有信号，不过手机应该可以接收到船上的Wi-Fi信号，我刷新邮箱。可这也没什么用。刷新小图标转了一圈又一圈，最后弹出了"无网络连接"几个字。

我叹口气，把手机塞进衣兜，端详盘子里的蓝莓。薄煎饼味道不错，但我没有了胃口。整件事看来根本就不可能，一点也不真实：我撞见了一起谋杀，或者说，至少我是听到有人遭到了杀害，然而，我竟然还在这里坐着，拼命喝着咖啡，吞下薄煎饼，而与此同时，杀人犯还大摇大摆地在船上到处游荡，我对此却什么都做不了。

杀人犯知道有人听见他们杀人，并且把这件事说了出去吗？我闹出了那么大的动静，我在整艘船上找人，就算他们昨晚不知道我听到了，现在也会知道。

又一股大浪拍击在船身舷侧一面，我把盘子推到一边，站了起来。

"还有什么需要吗，布莱克洛克小姐？"比约恩问道，我吓了一大跳，猛地转过身。他像变戏法一样，突然从嵌在饭厅后面镶板上的一扇门里出现。除非事先知道，否则根本不可能看到那里还有扇门。他是一直在那里看着我吗？门上有窥视孔？

我摇摇头，用尽全力挤出笑容，然后走过微微倾斜的甲板。

"不用了，谢谢，比约恩。感谢你的帮助。"

"祝您有个愉快的早晨。您有什么计划吗？甲板顶层上有热水浴缸，从那里能看到壮观的海景。"

我忽然开始想象我一个人泡在热水浴缸里，然后，一双戴着橡胶手套的手将我按在水下……

我再次摇摇头。"我想我还是去护理室吧。不过我可能要先回船舱躺一会儿。我累坏了。昨晚没睡好。"

"那好吧。"他的口音很重,"我完全可以理解。这也挺好。"

"什么挺好?"

"当然是休息放松了。"

"噢。"我的脸一下子就红了,"休息放松。是的,当然。对不起,就跟我说的一样,我太累了……"我慢慢地向舱门走去,一想到一双我看不到的眼睛正盯着我们说话,我立刻起了一身鸡皮疙瘩。至少在我的船舱,我能肯定只有我一个人。

"好好休息一下吧!"

"我会的。"我说。我转身正要走,却一头撞在睡眼惺忪的本·霍华德身上。

"布莱克洛克!"

"霍华德。"

"昨晚……"他尴尬地说。我摇摇头。此时,说起话来总是轻声细语的比约恩正笑眯眯地站在餐厅对面,我可不愿意当着他的面说起这个话题。

"什么都别说。"我草草说道,"我们都喝醉了。你刚睡醒?"

"是的。"他强忍住哈欠,"我从你的船舱走后,碰到了阿切,我们去找拉尔斯、理查德·巴尔默一起打扑克,一直玩到很晚。"

"啊。"我咬着嘴唇说,"你几点睡觉的?"

"天知道。大约四点吧。"

"那个……"我张口说道,但随即闭了嘴。尼尔森不相信我。现在连我自己都有点不相信我自己了。可是,本呢……他会相信我的,对吧?

我想到我们从前在一起的时光,想到我们是怎么分手的……忽然之间,我不那么肯定了。

"没事了。"我没好气地说，"以后再说吧。你吃早饭了吗？"

"你还好吗？"他见我转身离开，便说道，"你的气色很差。"

"没事。谢谢。"

"我是说，你看起来像是一夜没睡。"

"那倒不是。"我并不打算怄气，但焦虑和疲倦让我变得比往常还要暴躁。跟着，船身又开始在海浪的冲击下猛烈摇晃起来，"我觉得这片大海太狂暴了。"

"是吗？我还算幸运，一直没晕船。"他声音里夹杂的洋洋得意叫人抓狂，我忍了又忍，才没有反驳他，"不要紧。反正明天一大早就到特隆赫姆了。"

"特隆赫姆？"我的声音肯定泄露了我的惊慌，要不然他也不会用敏锐的目光看着我。

"是的。怎么了？"

"我觉得……我想，今天……"我的声音渐渐消失了。

他耸耸肩："你知道的，这是段漫长的行程。"

"没事了。"我必须回船舱，好好想一想，我要弄清楚我到底看到了什么，没看到什么，"我要回船舱了，去躺一会儿。"

"好吧。待会儿见，布莱克洛克。"本说道。他的语气很轻。但他目送我走远，眼神中写满了担心。

《《《

我以为我正走向通往船舱甲板的楼梯，但我肯定转错弯了，因为我竟然走到了图书室。这里就像是缩小版的镶有护墙板的乡间别墅藏书室，配有绿色灯罩的台灯和书架。

我叹口气，试着回想我是在哪里走错了，除了原路返回再碰到本，还有没有近路。似乎不太可能在这么小的一艘船上迷路，但各个舱室那样排列组合，叫人走起来晕头转向，就好像一个环环相扣的拼图，会挤占每一寸空间，而且，船身不停地摇晃，扰乱了我的方向感，这下子，穿行迷宫一样的船舱就变得更困难了。

和渡船不一样，这艘船上没有平面图，也没有引导标志，让人感觉这艘船就像是你碰巧和一群富人一起共享的私人住宅。

图书室有两个出口，我多少有些随意地打开了通往甲板的门。至少在外面，我可以确定我在哪个方向。就在我向外走的时候，海风迎面吹打我的脸，我听到一个嘶哑的声音在我身边响起，而且，那个人的气息中夹杂着尼古丁的气味。

"亲爱的，你竟然站得起来，真是个奇迹！早晨感觉怎么样？"

我转过身。原来是蒂娜站在一个弧形玻璃吸烟区下面，两根手指之间夹着一根烟。

她深深地吸了一口，"有点不舒服？"

我强压下想转身夺路而逃的冲动。我应该多交际。我可不能因为我自己造成的宿醉，就不去与人交往。我勉强笑笑，希望我的笑看来像是发自真心的。

"有点。我真不该喝那么多。"

"你竟然这么能喝，真叫我刮目相看。"她带着微微有些嘲弄的笑容说道，"我刚去《快报》上班的时候，我的老板就告诉过我，以前一顿饭下来要吃很长时间，要是你的酒量比受采访者大，就可能搞到独家新闻。"

我隔着烟雾看着她。有办公室八卦说，她把无数年轻女人的后背当成晋升的阶梯，一点点地爬了上去，后来，她爬到了高位，便开始卸磨杀驴。我还记得罗恩有一次说，就算会议室里有个三岁小女娃，蒂娜也会把她当成威胁。

然而，我就是不能把她的话和站在我面前的这个女人画上等号。我知道至少有一个蒂娜的前同事说过，多亏了蒂娜，她的事业才能这么成功，此时此刻，我看着她，她那画着浓妆的眼睛像是在嘲笑我，我心想，他们那一代人处在男权社会里，一个女记者要想往上爬，就必须像蒂娜这样。换到现在，女记者想要升职也不容易。或许，蒂娜没能提携她认识的每一个女人，并不是她的错。

"过来，亲爱的，我有个小秘密告诉你。"她说着招手示意我过去，骨瘦如柴的手指上戴的戒指碰在一起叮当直响，"宿醉还得靠酒来解，再找个人好好地云雨一番，那就彻底舒服了。"

面对这样的话，只有一个反应合适，那就是沉默以对，不置可否。蒂娜又笑了，声音沙哑，气息中夹杂着尼古丁的味道。

"我吓到你了。"

"那倒没有。只是……你知道的……哪里有人选呢。"

"我觉得昨天晚上，你和本·霍华德那个性感小子倒是相当谈得来……"她慢吞吞地说。

我强忍着才没有发抖。"我和本几年前在一起过。"我坚定地说，"但我不打算吃回头草。"

"明智的选择，亲爱的。"她拍拍我的手臂，她的戒指叮叮地摩擦着我的皮肤，"有句话说得好，一个人不会在同一个湖泊里沐浴两次。"

我不知道该如何回答。

"你叫什么名字来着？"她突然说道，"是露易丝吗？"

"叫我洛就行。这其实是劳拉这个名字的缩写。"

"很高兴认识你，洛。你是罗恩在《旅行风尚》的同事，对吧？"

"是的，不错。"我说，"我负责写专栏。"让我自己惊讶的是，我接下来这么说道，"不过我很希望在她休产假期间顶替她的工作。我觉得我能上这艘船，这是一部分原因。他们想要试试水，看看我的表现如何。"

不过，如果这次真是个测试，那我眼瞅着就要失败了。指责组织这次航行的主人家掩盖谋杀事件，绝不是杂志社希望看到的情形。

蒂娜又吸了一口烟，然后把烟吐出来，打量着我。

"坐上她那个位置，要承担很大的责任。但你想要更进一步，也是好的。那她回来之后，你打算怎么做？"

我张开嘴想要回答，但我没有说下去。我会怎么做？继续去做我以前的工作？当我琢磨该如何回答的时候，她开口了。

"等回到办公室，给我打个电话。我一向都很有兴趣招募自由记者，特别是既有经验又有野心的自由记者。"

"我签了劳动合同。"我遗憾地说。我知道她是在称赞我，我也不是不想领情，但我很肯定，合同里的非竞争条款是不会允许我去兼职的。

"随你的便吧。"蒂娜耸耸肩说。在她说话的时候，船身又开始摇晃，她踉跄两步，靠在金属栏杆上。"见鬼，我的烟灭了。你有打火机吗？我把打火机落在休息室了。"

"我不抽烟。"我道。

"该死。"她把烟头弹过围栏，我们一起看着它被风卷走，它尚未掉进翻腾的海水里，就消失不见了。我真该给她一张我的名片，至少也该巧妙地打探一下《凡尔纳时报》最近要做的主题，或是她巴结巴尔默勋爵得到了什么好处。罗恩肯定会这么做的。本肯定签的是自由记者合同，他一向对该死的非竞争条款嗤之以鼻。

但在此时此刻，尼尔森可能正在船长面前对我讲的故事横加指责，这样一对比，我的职业生涯似乎就显得不重要了。若是说我应该从她那里打探到什么，也应该是她昨晚的行踪。毕竟，本、拉尔斯、阿切、巴尔默一直在玩扑克，所以能去我隔壁船舱的人并不多。蒂娜是否足够强壮，可以把一个女人推下海？我暗暗地注视着她蹒跚穿过溅满咸腥海水的甲板，向舱门走去，她的细跟高跟鞋踩在刷了漆的金属甲板上，微微有些打滑。她骨瘦如柴，但我能想象到她的手臂很有力量，而且在罗恩的口中，她有着与她瘦弱的身体不对等的冷酷。

"那你呢？"我问道，这时候，我正跟着她向舱门走去，"你昨晚过得愉快吗？"

她听到这话，立即收住脚步，她用一只手握着厚重的舱门，手指紧紧攥着金属门板，手背上青筋凸起，像是一根根钢丝绳。她扭过头，瞪着我。

"你说什么？"她向前探着脖子，像极了一头伶盗龙，她的眼神像是要把我生吞活剥。

"我……"我没有说下去，她的反应这么激烈，让我十分惊讶，"我不是要……我只是有些好奇……"

"是吗，那我建议你赶快停止好奇，还是把你的含沙射影留给你自己吧。像你这样聪明的女孩应该知道，在这一行里最好不要树敌。"

说完，她松开舱门，任由它在她身后砰然关闭。

我站在甲板上，透过溅满海水的舱门，茫然地望着她越走越远，搞不懂到底发生了什么事。

我摇摇头，打起精神。现在纠结这个问题毫无意义。我应该回船舱，保护好仅有的一点证据。

《《《

我在和尼尔森离开之前，是锁好了船舱的，但当我小心翼翼地走下楼梯，来到客舱甲板，看到清洁工正在拖着真空吸尘器，她们的手推车上摆着毛巾和亚麻床单时，我才意识到，我竟然忘了挂上"请勿打扰"的牌子。

我走进船舱，发现这里没有一点有人住过的痕迹。水槽被清洗得光洁如新，窗户上溅到的海水都被擦干了，就连我的脏衣服和撕破的晚礼服也都奇迹般地消失了。

但我对这些不感兴趣。我径直走到卫生间，来到在梳妆台边，看着上面整齐排列着的化妆品和清洁用品。

睫毛膏哪里去了？

我把口红、润唇膏、牙膏、保湿乳液、眼部卸妆油、吃了一半的一板药片都推到一边，却没有找到睫毛膏。哪里都看不到粉红色和绿色外壳的睫毛膏。那梳妆台下面或是垃圾桶里呢？都没有。

我走到主卧室，翻找一个个抽屉，又去椅子下面找。哪儿去了？到底哪儿去了？

我瘫坐在床上，用手捂住脸。我很清楚答案是什么。那支睫毛膏，那个我与失踪女人之间唯一的联系，不见了。

《哈灵基反响报》，9月26日，星期六

## 挪威游船上失踪的英国游客

据说，伦敦失踪人口劳拉·布莱克洛克的亲友现在"越来越担心"她的安危。布莱克洛克（32岁），住在哈灵基西格罗夫区，她的男友朱达·刘易斯（35岁）称，在一次假期中，她登上了豪华游船"北极光"号后，便失去了踪迹。

刘易斯先生并没有和布莱克洛克小姐一起上船，据他说，布莱克洛克小姐在上了游船之后就再也没有回复他的任何信息，所以他非常担心，而且他一直都没有联系上她。

"北极光"号上周日从赫尔港出发，开始了它的处女航。这艘船的发言人确认，自从9月22日（星期二）按计划抵达特隆赫姆以来，就没人见过布莱克洛克了，但该公司称，初步认为是她主动决定结束旅程。到了星期五，布莱克洛克小姐仍未返回英国，她的男友才引起警觉，并且意识到她是临时决定下船的。

失踪妇女的母亲帕梅拉·克鲁说，不联系亲属的行为与她女儿的个性很不相称，并且呼吁任何见过布莱克洛克（昵称洛）小姐的人和他们取得联系。

| 第四部分 |

# 第十四章


我尽量不让恐慌把我压垮。

有人来过我的房间。

而且这个人知道真相。

这个人知道我看到了什么，我听到了什么，还知道我说过什么。

小冰箱里重新摆满了酒，我忽然极其渴望喝上一杯，但我将这个想法抛到一边，开始在船舱里踱步，昨天，我还觉得这个船舱很大，可现在我却感觉船舱四壁向我合拢过来。

有人来过这里。是谁呢？

我很想尖叫，很想逃离，很想藏在床下，再也不出来，这样的冲动让我有些难以自持，但在抵达特隆赫姆之前，我根本无路可逃。

有了这个认知，我情不自禁地开始胡思乱想，我猛地站起来，把双手撑在梳妆台上，我耸着肩膀，凝视镜中我那张惨白憔悴的脸。这可不仅仅是缺少睡眠的缘故。因为疲惫，我的眼睛下方有了很深的黑眼圈，我停止踱步，正是因为看到了我眼中的恐惧，我就犹如一只逃入地穴的野兽。

走廊里传来一声轰鸣声，我猛地想起清洁工打扫过房间。我深吸一口气，站直身体，把头发甩到肩膀后面。然后，我打开舱门，把头探入走廊，听到真空吸尘器依然在嗡嗡作响。我在下层甲板见过的波兰女清洁工依沃娜正在清扫本的客舱，他的船舱门开着。

"打扰一下！"我喊道，但她没听见。我走近。"打扰一下！"

她吓了一跳，转过身，用手捂着心脏。

"抱歉！"她有些气喘吁吁地说道，用一只脚踩在开关上，关闭了吸尘器。她和所有清洁工一样，都穿着深蓝色制服，她卖力地工作，长着浓眉大眼的脸有些发红。"我吓了一跳。"

"对不起。"我忏悔地说，"我不是故意的。我只是想问问，你打扫过我的船舱吗？"

"是的，已经打扫过了。有地方不干净吗？"

"不是，你打扫得非常干净，事实上，船舱里美极了。只是我想知道……你有没有看到一支睫毛膏？"

"睫什么？"她摇摇头，看起来一头雾水，"你说的是什么？"

"睫毛膏。就是用来画眼睛的……像这样。"我模仿画睫毛膏的动作，她的表情终于豁然开朗。

"啊！是的，我知道。"她说，然后说了句我听不懂的波兰语，我不知道那是表示"睫毛膏"还是表示"我把它丢在垃圾桶里了"，但我还是用力地点点头。

"是的，是的，就是有着粉色和绿色外壳的睫毛膏。就是这样的……"我拿出手机，本想在谷歌上搜索美宝莲睫毛膏的图片，却还是接收不到 Wi-Fi 信号。"噢，见鬼，没关系。不过睫毛膏的外壳是粉色和绿色的。你见过吗？"

"是的，我昨晚打扫时见过。"

该死。"今早没见过吗？"

"没有。"她摇摇头，她的神情有些迷惑，"不在卫生间吗？"

"不在。"

"不好意思。我没见过。我可以去问问服务员卡拉，看看能不能……噢，怎么说来着……能不能买个新的……？"

她结结巴巴的话和担心的表情让我忽然意识到，现在这一幕就好像一个疯狂的女人在指责清洁工偷了一支用过的睫毛膏。我摇摇头，伸手拉住了她的手臂。

"对不起。没关系的。不用担心。"

"不，很重要！"

"老实说一点也不重要。都怪我。我想我肯定是把睫毛膏放在哪件衣服的口袋里了。"

但我知道真相。睫毛膏不见了。

《《《

回到船舱，我给舱门上了双锁，挂好锁链，然后，我拿起电话，按了 0 号键，询问是否可以和尼尔森通话。经过了漫长的等待喇叭音乐，一个女人接听了电话，听来很像是卡米拉·利德曼。

"布莱克洛克小姐？感谢您的等待。我马上为您接通。"

只听咔哒一声和噼啪一声，随即电话里传来了一个男人的深沉声音。

"喂？我是约翰·尼尔森。有什么可以帮您的吗？"

"睫毛膏不见了。"我直截了当地说。

对方沉默了一会儿。我能感觉到他正在琢磨我在说什么。

"睫毛膏。"我不耐烦地说，"我昨晚跟你说过的，就是 10 号舱的女人送给我的那支睫毛膏。这就证明了我的观点，你说是吗？"

"我不认为……"

"有人来我的船舱，把睫毛膏拿走了。"我缓缓地说，尽量控制我自己。我有种奇怪的感觉，要是我不能冷静清楚地说话，我八成就会在电话里尖叫起来。"要不是有所隐瞒，他们为什么要这么做？"

接下来是良久的沉默。

"尼尔森？"

"我现在过去找您。"他终于说道，"您在船舱吗？"

"是的。"

"我大约十分钟后到。我现在和船长在一起，手头有点事，必须处理完，不过我一定会尽快过去。"

"再见。"我说，砰的一声放下电话，与其说我是害怕，倒不如说我很愤怒，虽然我说不清我气的是自己还是尼尔森。

我又开始在小船舱里踱步，细细回想昨晚的事，一时间，各种画面、声音和恐惧都开始在我的脑海里翻搅。

我感觉自己像是遭到了强奸，总也摆脱不了这种想法，毕竟是有人闯进了我的船舱。有人趁我和尼尔森去找人的时候，来到我的船舱，乱翻我的私人物品，拿走了唯一能证明我所言非虚的证据。

但谁能接触到钥匙？依沃娜？卡拉？约瑟夫？

这时候有人敲门，我猛地转过身，走过去把门打开。尼尔森站在外面，像头大熊一样，显得既凶狠又很疲惫，让人看了感觉很不安。虽然不像我的这么严重，但他眼睛下方也有两团乌青。

"有人拿走了睫毛膏。"我重复说道。

他点点头。"我能进来吗？"

我站在一边，他慢慢地从我身边走进船舱。

"我能坐下吗？"

"请坐。"

他坐下，沙发发出轻轻的嘎吱一声，我拿出与梳妆台配套的椅子，坐在他对面。我们两个都没说话。我在等他开口，或许他也在等我开口，也可能是在琢磨该怎么开口。他捏着鼻梁，他这么个五大三粗的男人做起这样一个精巧的手势，显得异常滑稽。

"布莱克洛克小姐……"

"叫我洛。"我坚定地说。

他叹口气,又说了起来。"那好吧,洛。我找船长谈过这件事了。没有工作人员失踪,我们现在很肯定这一点。我们也找所有工作人员谈过了,他们都说没发现 10 号舱有任何可疑之处,所以,我们的结论是……"

"喂。"我气冲冲地打断他,像是只要阻止他说出下面的话,就能影响他和船长得出的结论。

"布莱克洛克小姐……"

"不,不,你不能这么做。"

"不能做什么?"

"这一刻,你叫我'布莱克洛克小姐',告诉我你尊重我的担心,说什么我是个重要的乘客之类的,下一刻,你就把我当成一个连自己看到什么都不晓得的疯女人,只会敷衍我。"

"我没有……"他说道,但我打断了他,我太生气了,根本受不了听他说话。

"你不能两样都占着。你要么相信我,要么……不,等等!"我忽然停住,不敢相信我以前怎么没想起那件事。"不是有监控摄像吗?船上不是有安全系统吗?"

"布莱克洛克小姐……"

"你可以查一查走廊里的监控录像。肯定能看到 10 号舱的女人。一定可以看到她!"

"布莱克洛克小姐。"他提高声音说道,"我找霍华德先生谈过了。"

"什么?"

"我找霍华德先生谈过了。"他说,这次他的声音显得更疲倦了,"本·霍华德。"

"那又怎么样？"我说，但我的心跳开始加速，"本跟这件事有什么关系？"

"他的船舱就在空船舱的对面。我去找他，问他有没有听到什么动静，看他是否也听到了溅水声。"

"他不在船舱。"我说，"他在打扑克。"

"我知道。但他告诉我……"尼尔森的声音逐渐减弱。

啊，本，我心想，我感觉一颗心直往下沉。本，你这个叛徒。你到底做了什么？

我很清楚他说了什么。我一看尼尔森的表情就知道他说了什么，但我绝不会让尼尔森就这么轻易了结此事。

"什么？"我咬紧牙关说。我一定要逼他把这件事处理好。就算再难忍受，我也一定要他逐字逐句地讲清楚。

"他说，有个人闯进了您的公寓。那个窃贼。"

"那件事与现在的事情无关。"

"那个……"他咳嗽一声，先是双臂抱怀，又跷起二郎腿。他这样一个大块头这么不舒服地坐在沙发上，让他自己显得微不足道，看起来有些可笑。我没说话。看着他在沙发上不自在地扭动身体，那感觉真是棒极了。你知道的，我邪恶地想，你瞧你现在的样子，真是太蠢了。

"霍华德先生告诉我，自从那次入室行窃之后，您……您就睡不好觉了。"他结结巴巴地说道。

我没说话。我冷漠地坐着不动，充满敌意，我气尼尔森，但最让我生气的还是本·霍华德。我以后再也不会把任何秘密告诉他了。我怎么还没学乖？

"再说了，您还喝了酒。"他说。金发碧眼的他脸上布满皱纹，看起来一副很不高兴的样子。"那个……再加上……"

他没有说下去。他把头扭向卫生间的门，望着那堆毫无价值的个人物品。

"再加上什么？"我说，我的声音低沉冷漠，一点也不像我的声音。

尼尔森抬头看着天花板，他的不自在情绪弥漫在整个船舱里。

"再加上……您还服用了抗抑郁药。"他的声音细如蚊蝇，他的目光再次落在水槽边上那些吃了一半、包装皱皱巴巴的药物上，然后，他看着我，显得非常抱歉。

但他把该说的都已经说了出来，不可能当成没说过，我们都很清楚这一点。

我没有答话，但我的脸颊滚烫，像是挨了几耳光。真的是这样。本·霍华德把一切都告诉他了，这个小人。只不过是一转眼工夫，他就把一切都告诉了尼尔森。在他和尼尔森的对话中，他不光没有证明我说的是真的，反而把我的事一五一十地透露给了尼尔森，被他这么一说，我无异于成了一个神经病，疯疯癫癫的，根本靠不住。

是的。没错，我是在吃抗抑郁药。那又怎么样？

多年以来，我一直都在吃抗抑郁药，一直都在喝酒。我的确患有焦虑症，但我从未出现妄想。

但是，即便我是个严重的精神病患者，都不能改变一个事实，那就是不管我吃没吃药，我都清清楚楚地看到了我所看到的。

"就这样吗？"我终于说道，我发音清晰，语气平淡，"你认为，就因为一把药片，我就成了妄想狂，就成了疯子，分不清什么是真，什么是假？你知不知道，数十万人都在吃我吃的那种药？"

"我不是这个意思。"尼尔森尴尬地说，"但现实就是我们没有证据来证明您说的话是真的，而且，布莱克洛克小姐，请恕我直言，您所认为发生的事其实与您自己的经历很类似……"

"不是的！"我站起来大声喊道，我站在尼尔森前面，他则愁眉苦脸地坐在沙发上，不过要是我们两个都站着，他要比我高出半英尺，"我说过你不能这么做。你不能一方面顺从我，一方面又不把我的话当回事。没错，我是睡不好觉。没错，我是喝酒了。没错，是有人闯进了我的公寓。但我看到了就是看到了，与那些事无关。"

"但这就是问题所在，不是吗？"他也站了起来，这会儿，他生气了，四方脸很红，"您什么都没看到。您是看到了一个女人，但船上有很多女人，过了一段时间，您又听到了溅水声。因此，您就认为发生了一件很不好的事，而这件事与几天前让您留下心理创伤的那件事差不多。这就是所谓的'二加二等于五'。布莱克洛克小姐，您空口无凭，不会有人进行谋杀调查的。"

"滚出去。"我说。我心脏周围的寒冰像是融化了。我能感觉到我很可能做出蠢事。

"布莱克洛克……"

"滚出去！"

我大步走向舱门，把门打开。我的手哆嗦得厉害。

"滚出去！"我又重复一遍，"马上给我出去。除非你想要我打电话给船长，告诉他，一个单身女乘客反复要求你离开船舱，却遭到了你的拒绝。从我的船舱滚出去！"

尼尔森耷拉着脑袋，僵硬地向舱门走去。他停顿片刻，像是有话要说，但可能是因为我的表情或是眼神，当他抬起头与我对视，他只是一缩，便别开了头。

"再见。"他说，"布莱克洛克……"

但我没有等他把话说完。我砰一声当着他的面摔上了门，然后扑倒在床上，痛哭起来。

# 第十五章

至少从理论上来看，我根本没有理由要依靠那些药片度日。我的童年很幸福，我的父母疼爱我，我聪明漂亮，我没挨过打，没遭受过虐待，我的父母也没有非要我门门功课都得满分。我得到的只有爱和支持。但这似乎并不够。

我的闺蜜艾琳说过，我们的内心都住着魔鬼，我们内心中的声音小声说我们不够好，它们还说，要是我们升不了职，考不了好成绩，就是在告诉全世界，我们是毫无价值的草包。或许的确如此。或许我心里的声音只是比较大而已。

但我觉得事实没这么简单。自从大学毕业之后，我就一直情绪低落，但这与考试或自我价值什么的都没有关系，我的情况比较奇怪，我更需要化学药物，没有任何谈心疗法能把我治好。

不管是认知行为治疗、心理辅导，还是精神疗法，对我来说都不如那些药效果好。莉茜说，她觉得用化学药物来重新平衡情绪这个概念怪可怕的，她说，这些药能彻底改变一个人。但我不这么看；对我而言，这就跟化妆差不多，不是伪装，而是让一个人变得多几分真实，少几分原始。让我成为最好的我。

本见过我没"化妆"的模样。所以他选择离开。我气了很久，但到最后，我意识到我不能责怪他。我二十五岁那年过得糟糕透顶。如果我能撇下我自己，我是一定会那么做的。

但这并不能为他现在的所作所为提供借口。

《《《

"开门！"

笔记本电脑键盘的敲击声停了，我听到椅子向后挪动的声音。跟着，舱门慢慢打开了。

"什么事？"本的脸出现在打开的门缝中，他看到我，立马露出惊讶的表情。"洛！你来这里做什么？"

"你认为呢？"

他至少还有点自知之明，知道此时应该难为情。"啊，你说那件事啊。"

"对，就是那件事。"我从他身边挤过，走进船舱，"你向尼尔森告密了。"我绷着脸说。

"那个……"他举起一只手，示意要跟我和解，但我拒绝接受安抚。

"别那样看着我。你怎么能那么做，本？再过多久，你就会把我所有的秘密都泄露出去？我曾经情绪崩溃，不停地吃药，还差一点丢了工作，你把这些也宣扬出去了吗？你有没有告诉过他，有段时间，我甚至都不敢穿衣服走出家门？"

"没有！当然没有。老天，你怎么能这么想呢？"

"那就是说，你只说了我吃药的事？还说了有人闯进我家以及另外一些不堪的细节，好叫别人以为我是个不值得相信的人？"

"不！不是那样的！"他走到观景台的门前，随即转身面对我，他一直捋着头发，弄得头发乱七八糟的。"我只是……见鬼，我一不小心就说了出来。我也说不清是怎么回事。只能说他很厉害。"

"你可是个记者！你难道没听说过'无可奉告'这句话？"

"无可奉告。"他呻吟着说。

"你根本就不晓得你都做了什么。"我说。我的手紧紧攥成拳头，指甲扣进手心的肉里，我强迫我自己松开手，在牛仔裤上揉搓疼痛的双手。

"你这话是什么意思？等等，我需要一杯咖啡。你要吗？"

我本想告诉他滚开。但事实是我也很想喝咖啡。于是，我只是不客气地点点头。

"加奶不加糖，对吧？"

"对。"

"有些事是不会变的。"他说着在咖啡机里加满矿泉水，装入一个咖啡胶囊。我瞪他一眼。

"很多事都变了，你很清楚这一点。你怎么能告诉他那些事？"

"我……我也不知道。"他又开始捋他那头乱糟糟的头发，他一把揪住发根，仿佛只要他足够用力，就能从脑袋里拉出一个借口。"我吃完早饭回来，就碰到了他。他在走廊里叫住我，说他很担心你，还说那天晚上你听到了一些声音。我当时宿醉未醒，其实也搞不懂他在说什么。一开始，我还以为他说的是你家遭贼的事。后来，他说你很脆弱，老天，洛，真对不起，这可不是我赶着去敲他的房门，把你的事告诉他的。他说的到底是什么？"

"没什么重要的。"我接过他递来的咖啡。咖啡太烫，还不能喝，我把咖啡杯放在腿上。

"当然重要。这件事显然对你打击很大。昨晚发生了什么事？"

我真的很想让本·霍华德滚蛋，我很想告诉他，他到处抖落我的私事，让我在尼尔森面前失去做证人的资格，所以我再也不会信任他。不幸的是，我真的很想找人倾诉。

"我……"我吞了吞口水，感觉喉咙疼得厉害，希望能压下向人倾诉的愿望。我把这件事讲给本听，说不定他能给我一些我想不到的提议？他终究是个记者。而且，他还是个很受人尊重的记者，尽管承认这个现实叫我很不爽。

我做了个深呼吸，然后，我把前一天晚上我给尼尔森讲的事情经过重新说了一遍，这次我哇哩哇啦地说着，急于让我的话具有说服力。

"关键是她就在10号舱，本。"我在最后说道，"你必须相信我！"

"啊，啊。"本说着眨眨眼。"我当然相信你。"

"是吗？"我太惊讶了，砰一声把咖啡杯放在玻璃桌面上，"真的？"

"我当然相信你了。我从来都知道你这个人不爱想象。"

"尼尔森就不相信我。"

"我能明白尼尔森为什么不愿意相信你。"本说，"我是说，你我都知道游船上的犯罪事件属于法律管辖上的灰色地带。"

我点点头。我和他一样清楚，任何旅行记者都知道，关于游船的传言真算得上是满天飞了。这倒不是说相比旅游业的其他领域，游船上的不法行为更多，只是关于在大海上发生的犯罪行为，历来都是灰色地带。

"北极光"号与我写过的一些船并不一样，那些船与其说是船，倒不如说是漂浮的城市，但在公海上，"北极光"号同样属于难以界定的法律辖区。即便是证据确凿的失踪案件，也照样会被掩盖起来。没有明确的部门来管辖和控制局面，调查往往是由船上的安全部门负责，而这些安保人员都是船公司雇来的，就算他们愿意伸张正义，也承担不起惹恼老板的后果。

我揉搓着手臂，虽然船舱里闷热不堪，我却忽然感觉很冷。我真该把本臭骂一顿才对，那样至少我能好过点。我最不愿意的就是让他加剧我的不安。

"我最担心的是……"我缓缓地说道，然后住了口。

"什么？"本追问道。

"她……她借给我一支睫毛膏。我就是这么认识她的，我不可能在知道 10 号舱是空的情况下，还去敲门，问能不能找她借睫毛膏。"

"是呀……"本又喝了一大口咖啡，他在咖啡杯上方的脸写满了疑惑，显然不明白我的话是什么意思。"然后呢？"

"然后……睫毛膏不见了。"

"什么……你说睫毛膏？不见了是什么意思？"

"消失了。有人趁我和尼尔森出去的时候，去我的船舱把睫毛膏拿走了。其他的事情我都可以忽视，但如果真的没事发生，那他们为什么要拿走睫毛膏？我只有这一个具体的东西可以证明 10 号舱真的有人住过，可现在就连这个证据也丢了。"

本站起来，走到观景台边，拉上薄纱窗帘，他这么做显得很奇怪，完全没必要。霎时间，我有种奇怪的感觉——他是不想面对我，而且趁此机会琢磨该怎么说。

然后，他转过身，坐回到床尾，拿出了一副完全公式化的坚定表情。

"还有谁知道这件事？"

"你说睫毛膏吗？"这个问题问得好，我真是懊恼死了，我竟然从未想过要问自己这个问题，"嗯……我想……只有尼尔森知道。"

一想到这个，我们都很不安。我们盯着彼此看了很久，从本的目光中，我看到了突然在我心里翻涌的那个令人不安的问题。

"但睫毛膏不见的时候，"终于，我说道，"他和我在一起。"

"你们一直都在一起吗？"

"差不多吧……不对，等等，有一段时间没有。我吃早餐的时候，还有我和蒂娜说话的时候，他都不在。"

"说不定是他拿走了。"

"没错。"我慢慢地说，"有这个可能。"就是他去了我的船舱吗？他就是这样才知道我一直在吃药，并且建议我不要用酒送药吗？

"听着。"本终于说道，"我觉得你应该去见见理查德·巴尔默。"

"巴尔默勋爵？"

"是的。我说过了，我昨晚和他一起打扑克。他看起来是个不错的家伙。你跟尼尔森纠缠不清是没有意义的，毕竟巴尔默才是大老板。我老爸以前总说，如果有问题要投诉，一定要找能做主的人。"

"这根本就不是什么客服服务的问题，本。"

"这不是重点。但那个叫尼尔森的家伙，显然是靠不住的吧？如果这艘船上有谁能叫得动尼尔森，那肯定非巴尔默莫属。"

"但他会那么做吗？我是说，他会让尼尔森认真调查这件事吗？他肯定和尼尔森一样，都很想把这件事压下去。事实上，他只会更想这么做。你也说过，这件事可能对他很不利，本。如果这件事传扬出去，那'北极光'号的未来就堪忧了。有谁愿意花上几万块钱，坐一艘死过人的豪华游船去玩呢？"

"我打赌爱走偏锋的人多得是。"本说着撇撇嘴，露出一个笑容。

我不由得哆嗦了一下。

"听着，去找他又没什么坏处。"他坚持，"至少我们都知道他昨晚在什么地方，在这个方面，我们对尼尔森可没这么大的把握。"

"你确定和你在一起的那几个人都没离开过船舱？"

"绝对肯定。我们在延森夫妇的船舱，那里只有一扇门，我一整个晚上都坐在面对门的位置。有时候去个厕所什么的，我们都去船舱里的厕所。克洛伊坐在船舱里看了一会儿书，然后去了隔壁的卧室，卧室里没有门，要出去只能走船舱的正门。我们一直玩到凌晨四点才离开。可以排除我们四个男人和克洛伊的嫌疑了。"

我皱起眉头，掰着手指列举出船上的乘客。"那就是……你，巴尔默……阿切……拉尔斯，还有克洛伊。那就剩下科尔、蒂娜、亚历山大、欧文·怀特和巴尔默太太。再者就是工作人员了。"

"巴尔默太太？"本扬起一边眉毛，"我看你这就有点夸大了。"

"什么？"我辩驳道，"或许她的病并不如表面看起来那么严重。"

"是呀，你说得对，她四年来一直在假装癌症复发，还去做折磨人的化疗，就为了在杀害一个奇怪的女人之后，为她自己寻找脱罪的理由。"

"你用不着这么讽刺。我只是就事论事而已。"

"不过我觉得乘客的嫌疑并不大。"本说道，"你不能忽视一个事实，那就是只有你和尼尔森知道睫毛膏的事。如果不是他偷的，那他肯定对别人说了，然后别人把睫毛膏拿走了。"

"那个……"我说，然后住了口。一种类似内疚的不安感觉在我的心里涌动。

"怎么了？"

"我……我正在回想尼尔森带我去找工作人员时的情形。我记不清了……我可能提到了睫毛膏的事。"

"老天，洛。"本说道，他盯着我看，"你到底有没有提过呀？这可是人命关天的事。"

"我知道。"我急躁地说。这时候，在海浪的冲击下，船身摇晃起来，恶心的感觉又回来了，尚未完全消化的薄煎饼开始在我的胃里搅动，难受极了。我试着回想在下层甲板进行过的对话，只是我怎么也想不起来。我的宿醉太严重了，而且，船舱又是那么窄小，没有窗户，只依靠人造灯光，让人觉得幽闭恐惧，所以我根本心不在焉。我闭上眼，感觉沙发在我身下摇摇晃晃，但我还是努力回想在员工餐厅里，那些女孩子仰着洁净与和蔼可亲的面孔看着我，我到底说过什么？

"我想不起来了。"最后，我说道，"我真想不起来。但我很可能提到了睫毛膏。但我不能百分百确定。"

"唉。这下事情可就闹大了。"

我冷静地点点头。

"听着。"本终于说道，"或许还有别的乘客看到了什么，看到有人在那个空船舱进进出出，或是看到是谁偷走了睫毛膏。还有谁住在船尾？"

"嗯……"我掰着手指头数了起来，"我住在 9 号舱，你住在 8 号。亚历山大住在……我想他可能住在 6 号。"

"蒂娜住在 5 号。"本若有所思地说，"我昨晚看到她进船舱了。这就表示阿切肯定住 7 号。好吧。要不要来个入室调查？"

"好。"我说。不知怎的，或许是因为把心里的怒气都撒了出去，也可能是因为有人相信我，或仅仅因为有了计划，反正我现在感觉好多了。可跟着我看到本那台笔记本电脑上的时钟。"见鬼，现在不行。我要去参加女士护理体验活动了。"

"什么时间结束？"本问道。

"不知道。但我觉得应该会在午饭之前结束。男士们待会儿要做什么？"

本站起来，翻了翻桌上的一本小册子。"参观驾驶台。这有点性别歧视呀，男人爱技术，女人爱芳香疗法。啊，不，等等，明天早晨是男士体验护理。或许是因为地方太小，只能男女分开体验。"他从梳妆台上拿起便条簿和一支笔。"我现在也该走了，不过我们来看看今天早晨我们都能挖出什么料。吃完午饭之后，我们再回来这里集合，去找剩下几个乘客谈。之后，我们就把所有事都告诉巴尔默。或许他会下令让船转向，让当地的警察上船调查。"

我点点头。尼尔森不把我说的话当回事，但如果我们可以找到证据证明我的话，比如另一个听到溅水声的人，那巴尔默想不理会这件事，可就不那么容易了。

"我老是想起她。"我在我们向舱门走的时候脱口而出。

本停下脚步，一只手搭在插销上。"什么意思？"

"我指的是那个女人，帕尔姆格伦船舱的女人。我一直在想她在遭到袭击时是什么感觉，她掉下海的时候是不是还活着。我总是在想掉进冰冷的海水里，看着船一点点远去，会有怎样的心境。"

海浪将她吞没，她有没有惊声尖叫？咸腥的海水涌进她的肺，她喘不过气，海水越来越冷，她血液中的氧气一点点减少，渐渐地，她沉入幽深的海底……

她的尸体惨白，在冰冷漆黑的海底漂浮，游鱼啄食她的眼睛，她的头发随水漂动，犹如一片漆黑的烟雾……我还想到了这些，但我并没有把它们说出来。

"别这么想。"本说，"不要让你的想象失控，洛。"

"我知道那是怎样的感受。"我说，这时，本打开了门，"你不知道吗？她在三更半夜遭到袭击，我知道那是什么样的经历。因为这一点，我拼死也要找出是谁要害她。"

因为如果我不找出幕后真凶，下一个受害的就会是我。

# 第十六章


我到了接待室，就见克洛伊和蒂娜都在。蒂娜靠在柜台上，正在看艾娃留在办公桌后面的笔记本电脑，克洛伊安坐在一张豪华软垫复古皮椅上玩手机。我惊讶地发现，此时她没有化妆，简直和之前判若两人，像是来到日光下，昨晚那很深的烟熏妆和突出的颧骨就莫名其妙地蒸发了。

她从镜子里看到我正在端详她，对我嫣然一笑。

"糊涂了吧？我来做面膜，所以没化妆。我早告诉你了，我是个化妆高手。"

"啊，不是……"我的声音低了下去，我感觉自己的脸红了。

"知不知道轮廓线这东西。"克洛伊说。她在椅子上一转身，面对我，冲我眨眨眼，"老实说吧，它能改变你的人生。就用我船舱里的那些东西，你想成为金·卡戴珊，我就可以把你画成金·卡戴珊，你想当娜塔莉·波特曼，我就让你当娜塔莉·波特曼。"

我正想说两句笑话，这时候，我忽然用眼角余光看到有什么东西在动，我定睛一看，惊诧地发现桌子后面的一面全身镜在向内旋转。又是一扇门？这艘船上到底有多少隐蔽的出入口？

艾娃带着礼貌的微笑走出来，这时，蒂娜不再看笔记本电脑。

"您有什么需要吗，韦斯特小姐？"她问道，"客户名单和机密信息都在那台电脑上，所以恐怕乘客是不能用的。如果您想使用电脑，卡米拉·利德曼会很高兴送一台去您的船舱。"

蒂娜尴尬地直起身体，挪动笔记本电脑，让它再次面对办公桌。

"抱歉，亲爱的。"她还算懂礼貌，微微露出了羞愧的表情，"我，啊……我只是想找找都有什么护理项目。"

采访资料上列有很详细的清单，她这个借口有点站不住脚。

"我为您打印一份吧。"艾娃说。她的语气中没有丝毫冷淡，却用品评的目光打量着蒂娜。"我们这里有常见类型的按摩疗法、面部护理、足疗等等。修指甲和头发护理也在这个房间。"她指指克洛伊坐着的那把椅子。

我琢磨着其他项目在哪里进行，因为护理室里只有一把椅子，而且就我所知，上层甲板上也没有空闲的地方，光是热水浴缸和桑拿浴室就占去了大部分空间，正在此时，甲板门开了，叫我惊讶的是，走进来的竟是安妮·巴尔默。她的气色看来比昨晚好了一些，肤色不那么灰黄了，她的脸少了几分憔悴，但她的深色眼睛周围有很深的黑眼圈，像是没有睡好。

"我很抱歉。"她有些气喘吁吁地说，试着挤出一丝微笑，"我在楼梯上耽搁的时间太长了。"

"这里！"克洛伊赶紧站起来，慢慢地走到房间无人的一角。"坐我这里吧。"

"不用了。"安妮说道。克洛伊本想坚持，但艾娃笑着打断了她们二人礼貌的对话。

"我们现在要去护理室了，女士们。巴尔默夫人，您要不要在这里坐一会儿？韦斯特女士，布莱克洛克女士，延森女士，我们现在可以去下面了吗？"

去下面？我还没来得及想清楚这是什么意思，她就打开了办公桌后面那扇带镜子的门。她只碰了一下门框，那扇门就向内打开了。我们开始鱼贯沿一道狭窄漆黑的楼梯向下而行。

接待室是那么明亮，通风良好。但这里和接待室一比简直是天差地别。我直眨眼睛，好让我的眼睛适应昏暗的环境。在楼梯上，每隔一段距离就有一盏电子小圆蜡烛灯，但闪烁的黄色灯光却只是让灯的周围显得更黑，随着一阵大浪打来，船身一歪，我忽然感觉晕头转向。这或许是因为我们上方和下方的楼梯都消失在了黑暗之中，还可能是因为我意识到站在我后面的克洛伊只要轻轻一推，我就会跌到前面的蒂娜和艾娃身上。如果我摔断了脖子，那就不会有人知道我并不是在黑暗中失足这么简单。

我们终于走到了看似没完没了的楼梯的尽头，在一个小休息室里停下。舱壁的壁龛里有一个小喷泉，水流无限循环地浇在一个石球上，哗哗的水流声不绝于耳。水流声本该让人觉得舒缓，或许在陆地上这声音的确能带给人抚慰，但在船上，效果则截然不同。我想着船说不定是漏水了，还想着哪里有紧急出口。这里是在水线以下吗？四周根本没有窗户。

我感觉胸口发紧，不禁双手攥拳。不要慌。看在老天的份上，不要在这里犯焦虑症。

一、二、三……

我意识到艾娃正在说话，我便集中精神听她说话，只是这里天花板很低，空间狭窄，密不透风，我无法集中注意力。或许到了护理室就不那么拥挤了，我会感觉好一点。

"……这里有三个护理室。"艾娃说道，"另外就是上面的椅子了，现在恕我冒昧，就由我来为各位选择我们护理项目吧。"

拜托，拜托，拜托让我去楼上做护理。我的指甲深深嵌入了我的手心。

"韦斯特女士，我为您在1号房间安排了芳香疗法，由汉妮为您服务。"艾娃看着清单说，"延森女士，您在2号房接受面部护理，克劳斯为您服务。您不介意是一位男护理师吧？布莱克洛克小姐，您在3号房，由乌拉为您做泥膜。"

我感觉自己呼吸加快。

"那巴尔默女士呢？"克洛伊环顾四周说，"她在哪里？"

"她在上面做美甲。"

"那个……"我胆怯地说，"我……能不能也在上面做美甲？"

"我很抱歉。"艾娃说，只是她的声音一点也不抱歉，"楼上只有一张椅子。您先去做泥膜，我为您预约今天下午做美甲。或者您想要做其他护理？我们可以提供灵气疗法、瑞典式按摩、泰式按摩、反射疗法……我们还有浮选槽，如果您没有尝试过，一定会得到难以置信的舒缓体验。"

"不要！"我条件反射地说。蒂娜和克洛伊都扭过头，我忽然意识到我的声音太大了，只好压低声音，"不，不了，谢谢。浮选槽什么的……真的不合我的胃口。"

只要一想到躺在装满水的密封塑料棺材里，我就……

"没问题。"艾娃笑着说，"各位准备好开始了吗？护理室在走廊尽头。每个护理室都有配套的卫生间、浴袍和毛巾。"

我点点头，几乎都没听到她的建议，她说完就转身上了楼梯，我则跟在克洛伊、蒂娜后面，沿走廊往前走，只盼着我心里越来越强烈的恐惧不会显现在我的脸上。我能做到的。我不能让恐惧症影响我的工作表现。"嗨，罗恩，不，我没去体验护理，因为护理室在两层以下，还没窗户。对不起。"不，绝不能这样给罗恩说。只要离开这条狭窄的走廊，走到护理室，肯定就会好了。

我原以为能借着做护理的时间，和蒂娜、安妮、克洛伊攀谈一番，打听清楚她们昨晚的行踪，但克洛伊走进她被分到的护理室便关上了门，我这才意识到我根本就没法和她们说话。

来到走廊的另一端，蒂娜停在一扇写有"1号护理室"的门前，我等她进去，好继续往前走，但她转过身，一只手扶着门把手，牢牢地注视着我。

"亲爱的。"她有些尴尬地说，"我，那个……我们上次聊天，我可能太唐突了。"有那么一会儿，我都想不出她说的是什么，跟着我恍然大悟，原来她指的是我们在甲板上的对话，她怒气冲冲地反驳我的问题。说到她昨晚的行踪，她为什么会大发雷霆？

"怎么说呢……我当时宿醉未醒……又没有烟。但我不能因为这个就对你发脾气。"看举止仪态，她更像是个要求别人道歉而不是向别人道歉的女人。

"不要紧。"我生硬地说，"我完全能理解，我也不是个习惯早起的人。我……老实说，忘了这件事吧。"但我感觉自己因为说谎都脸红了。

蒂娜伸出手，握握我的手臂，我觉得她这是在向我友好地道别，她的戒指挨着我的皮肤，感觉冰凉。然后，她进了护理室，关上门，我才不再强忍，打了个寒颤。

我深吸一口气，轻轻敲敲3号护理室的门。

"请进，布莱克洛克小姐！"屋里有人说道，我打开门，就看到乌拉笑眯眯地站在屋里，穿着洁白的制服。我走近小船舱，环顾四周。这里很小，但不像走廊里那么狭窄，而且船舱里只有我和乌拉两个人，不那么拥挤。我感觉胸口的紧绷感有所缓解。

船舱里也有和楼梯上差不多的电子烛灯，中间有一张升降床，上面覆盖着透明塑料薄膜。床尾处有一张折叠着的白色被单。

"欢迎您来做护理，布莱克洛克小姐。"乌拉说道，"今天为您准备的是泥膜。您以前做过吗？"

我摇摇头，没说话。

"做泥膜能叫人身心愉快，还能为皮肤排毒。首先呢，请您脱掉衣服，躺在床上，盖上被单。"

"我可以穿着内衣吗？"我说，尽量表现得好像每天都做护理。

"不能穿，不然泥巴会把您的内衣弄脏。"乌拉坚定地说。我的表情肯定泄露了我的情绪，要不然她也不会俯下身，从一个橱柜里拿出一条皱巴巴像是擦手巾的东西。

"要是您喜欢的话，我们这里可以提供一次性内裤。全看您觉得怎样舒服。现在请您脱衣服吧。如果您想洗个澡的话，卫生间就在那边。"

她指指床左边的一扇门，然后面带微笑地退出了船舱，轻轻关上门，我开始一件件脱衣服，感觉愈发不自在。我把我的衣服和鞋子都放在椅子上，脱光后，我穿上轻薄的纸内裤，躺在床上，裸露的肌肤碰到塑料薄膜，感觉有些刺痛，很不舒服，我拉过白色被单，一直盖到下巴下面。

我刚一盖好，就传来一声很轻的敲门声，我听到乌拉的声音传来。这也太快了，快到我怀疑船舱里可能安了摄像头，想到这里，一股厌恶在我心里升起。

"我能进来吗，布莱克洛克小姐？"

"进来吧？"我用嘶哑的声音说，她走进船舱，还拿着一碗看起来很像是并且应该就是温热泥巴的东西。

"您能不能趴着？"乌拉柔声说道，我费力地翻身。这可不太容易，毕竟黏糊糊的塑料薄膜贴在我的身上，而且我感觉床单也滑了下去，但乌拉熟练地把被单拉回到原处。她按动舱门侧面的一个东西，整个房间随即充满了轻柔的鲸鱼叫声和海浪声。我再一次不安地想到，在很薄的金属船身另一边，就是大量的海水……

"你……"我尴尬地趴在床上说,"还有其他声效吗?"

"当然。"乌拉说。她又按了一下,音乐变了,西藏风情的风铃声充斥在我的耳边。"这个好点吗?"

我点点头,她说道:"现在您是否准备好……"

我一旦强迫自己放松下来,就发现护理的效果异常惊人。我甚至都习惯了让一个陌生人把泥巴涂在我赤裸皮肤上的感觉。我忽然意识到乌拉正在和我说话。

"对不起。"我昏昏欲睡地说,"你刚才说了什么?"

"您能不能翻过身来。"她小声说道,我仰面躺在床上,泥巴蹭在塑料上,很滑溜。乌拉再次把被单盖在我的上半身,开始按摩我的大腿正面。

她很有条理地一点点向上按摩我的身体,最后把泥巴涂在我的额头、脸颊和闭着的眼睛上。然后,她用低沉的,有安抚作用的嗓音说了起来。

"现在我要用薄膜包裹您的身体,布莱克洛克小姐,这样泥巴才会发挥作用,我半个小时后回来,帮您把薄膜拆开和沐浴。如果您有任何需要,您的右边有一个呼叫按钮。"她拉着我的手按在床侧的一个按钮上,"您还有什么问题吗?"

"没有了。"我困倦地说。温暖的船舱和轻柔的铃声很有催眠作用。我发现很难再想起前一天晚上发生的事,很难再去管那件事。我只想睡觉……

我感觉薄膜包在我身上,又感觉到一个沉重温暖的东西覆盖在了薄膜上,我估计是条毛巾。我虽然闭着眼,却还是感觉到房间里的灯光变暗了。

"我就在外面。"她说,我听到门咔哒一下轻轻地关上了。我不再压制我的疲倦,任由温暖和黑暗将我包围。

《《《

我梦到了那个女人。在我的梦里，北海波涛汹涌，海鸥不住地鸣叫，那个女人在很深很深的海里漂浮着，海水冰冷刺骨，连一丝阳光都没有。在咸咸的海水中泡得久了，她那双笑意盈盈的眼睛都已发白肿胀，她的柔软皮肤起了皱纹，开始脱皮，她那件 T 恤衫被参差嶙峋的岩石挂破，成了一条条破布。只有她那头黑色长发依然如初，她的发丝在水中漂浮，犹如深色的海藻，缠着贝壳和渔网，一绺绺的头发如同磨断了的绳子漂到岸边，软塌塌的头发就这么散布在沙滩上，狂暴的海浪冲刷鹅卵石的声音充斥着我的双耳。

我醒了过来，心里满是不安与恐惧。过了一会儿，我才想起自己身在何处，又过了一会儿，我才意识到，在我耳畔隆隆作响的咆哮声不是梦，是真的。

我从床上下来，微微有些颤抖，不知道自己睡了多久。温暖的毛巾已经变冷，涂在我皮肤上的泥巴已经变干开裂了。那个声音像是来自卫生间。

我向关闭着的卫生间走去，一颗心扑通扑通狂跳，但我还是鼓起勇气，伸出手握住卫生间的门把手，把门打开，一股热气立即扑面而来。我咳嗽着穿过蒸汽弥漫的卫生间，关掉淋浴器，这时候我身上差不多都湿透了。是乌拉进来打开了淋浴器吗？但她为什么没有叫醒我？

水流变小，最后停止，我向卫生间的门走去，湿嗒嗒的头发贴在我的脸上，同时我摸索着开关。

我打开开关，灯光立即洒满卫生间，这时候，我看到一丝异样。

布满蒸汽的镜子上写着一句话，每个字母都有六英寸高：不要再追查下去。

英国广播公司新闻，9 月 28 日，星期一

**丹麦渔民发现了失踪英国人劳拉·布莱克洛克的尸体**

丹麦渔民在挪威海岸为北海清淤时发现了一具女性尸体。

苏格兰场开始协助挪威警方，对丹麦渔民在星期一清晨清淤时发现的尸体进行调查，他们推测这位死者可能是失踪的英国记者劳拉·布莱克洛克（32 岁）。此人于上周在挪威度假期间失踪。苏格兰场的发言人确认他们确实在协助调查，但拒绝评论这起案件是否与布莱克洛克小姐的失踪有关。

挪威警方称，尸体属于一位年轻白人女性，目前正在确认死者身份。

记者打电话给劳拉·布莱克洛克的男友朱达·刘易斯在伦敦北区的家，但他拒绝发表评论，只说"劳拉现在仍不见踪迹，他非常担心"。

| 第五部分 |

# 第十七章


有那么一刻，我什么都做不了。我只是呆呆地站着，盯着那句湿淋淋的话，我的心跳得厉害，我觉得我很快就要吐出来了。一声很奇怪的咆哮在我耳边响起，跟着，我听到了啜泣声，那声音就像是受惊的动物发出来的，太可怕了，夹杂着恐惧和痛苦。此时，我像是灵魂出窍，能看到发出这声音的人就是我自己。

接下来，卫生间似乎动了起来，舱壁向我靠拢，我意识到我的恐慌症发作了，除非我给自己找个安全的地方，不然，我肯定会昏过去。我踉踉跄跄地走到床边，躺在上面，蜷缩成胎儿的姿势，试着放缓呼吸。我还记得认知行为治疗师说过的话："冷静，有意识地呼吸，洛，一点点放松……一次只放松一块肌肉。冷静，呼吸……有意识地放松。冷静……有意识。有意识……还要……冷静。"

我现在更恨他了。就算是在当时，这么做都不能减缓我的恐慌，更何况现在确实有让我恐慌的事。

"冷静……有意识……"我依稀仿佛能听到他那轻柔且自以为是的男高音，不知怎的，那记忆犹新的愤怒像是给我吃了一颗定心丸，让我坚强起来，放缓急促慌张的呼吸，终于，我坐起来，用手捋捋潮湿的头发，环顾四周寻找电话。

柜台上有一个护理美颜泥空包装盒，盒边有台电话。我的手哆哆嗦嗦，还覆盖着一层干了的泥巴，我几乎拿不起电话，更何况是拨打零号键了，但我还是想尽办法按了按键，我听到一个带有斯堪的纳维亚口音的声音说道，"您好，请问有什么需要？"我没说话，只是坐在那里，手指悬在按键上方。

然后，咔哒一声，我放下了电话。

那句话不见了。我坐在床上就能看到卫生间的镜子，这会儿，淋浴器关上了，排风扇启动，水蒸气都散开了。我只能看到两三道水痕，其余的字迹都不见了。

尼尔森是不会相信我的。

《《《

我洗完澡，穿好衣服，沿走廊向回走。另外两个护理室的舱门开着，我在经过时朝里看，只见里面空无一人，长榻都已收拾整齐，准备迎接下一个客人。我究竟睡了多久？

我走上楼梯，来到护理接待室，里面只有艾娃一个人，她坐在办公桌边，在笔记本电脑上敲打着什么。她抬起头，看到我从隐秘的舱门走出来，对我笑笑。

"啊！布莱克洛克小姐。您感觉怎么样？刚才乌拉下去，撕下了保鲜膜，不过您睡得很沉。她本打算一刻钟后再去看看您的。但愿您醒来之后发现孤身一人，没有晕头转向。"

"不要紧。"我神经紧张地说，"克洛伊和蒂娜是什么时候离开的？"

"好像是二十来分钟之前。"

我冲着我身后那扇隐秘的门一点头，这会儿，门已经关闭，除非知道镜子的秘密，否则根本不可能知道那里有扇门。

"只有这个入口能进入护理室吗？"

"那就要看您说的入口是什么意思了？"她缓缓地说，显然被我的问题搞糊涂了。"只有这一个入口，但这不是唯一的出口。楼下还有一个紧急出口，通往员工区域，不过……那话怎么说来着？单通道？紧急出口只能向外开。那个出口一开，就会有警报响起，所以我不建议您使用，不然全船的人听见警报，就都该疏散了！您问这个干什么？"

"我就是随便问问。"

今天早晨我把秘密告诉尼尔森就是个错误。我绝不会重蹈覆辙。

"林格伦休息室正在供应午餐。"艾娃说，"不过不用担心，您现在去还不晚，今天中午是自助餐，所以大家可以随意来往。啊，我差点儿忘了。"她在我转身要走的时候说，"霍华德先生去找您了吗？"

"没有。"我猛地收住脚步，我的手还放在门上，"什么事？"

"他来找您。我说您正在做护理，所以暂时不能和他说话，但他还是下去了，让乌拉代留了信息。您需不需要我去把字条找出来？"

"不用了。"我不耐烦地说，"我自己去找他吧。还有别人下去过吗？"

她摇摇头。"没有了。我一直在这里。布莱克洛克小姐，您确定没事吗？"

我没回答。我只是转过身，离开了护理接待室，感觉在衣服下面，我的皮肤上出了一层冷汗，夹杂着寒意的恐惧已经蔓延到了我的心里。

《《《

林格伦休息室只有两个人，科尔坐在餐桌边，相机摆在他面前，克洛伊坐在他对面的桌子上，一边望着窗外，一边心不在焉地吃着沙拉。她抬头看到我走了进来，便冲着她边上的座位一点头。

"嗨！护理挺不错吧。"

"是吧。"我说着抽出一把椅子，然后，我意识到我的语气听来肯定怪怪的，很不礼貌，于是，我改口道，"我是说，的确不错。我做的泥膜棒极了。我就是……不太适应封闭的空间。我有幽闭恐惧症。"

"啊！"她的表情顿时开朗起来，"我还奇怪你在下面时为什么那么紧张呢。我还以为你昨晚喝多了呢。"

"嗯。"我笑了笑，只是笑声听来有些假，"可能也有这个原因吧。"

是不是她进了我的护理室？很有可能。但本言之凿凿，说她昨晚没有离开过船舱。

那蒂娜呢？我想到她虽然精瘦，力气却大得很，而且，我一问到她昨晚的行踪，她竟然反应激烈，因此，她很有可能把一个人推下海。

会是本吗？他去过护理室，而他昨晚的不在场证明终究只是他自己的片面之词。

我真想大叫。这件事快把我逼疯了。

"对了。"我状似无意地对克洛伊说，"你们昨晚打扑克了，是吗？"

"我没玩。不过我也在。可怜的拉尔斯被人家敲了竹杠，不过他输得起。"她冷笑两声，坐在另一张桌边的科尔抬起头来，对她笑笑。

"我知道我问得有点怪，不过，我想知道有没有人离开过船舱？"

"老实说我也不知道。"克洛伊道，"过了一会儿，我就回卧室了。看别人打扑克挺无聊。科尔也在那里待了一段时间，是吧，科尔？"

"我只待了大约半个钟头。"科尔说，"就跟克洛伊说的一样，扑克可不是一项观赏运动。我记得霍华德出去了，像是去拿钱包。"听到他的话，我的嘴巴忽然有些发干。"你问这个做什么？"

"没什么。"我尽量挤出一个笑容，在他追问我答案之前，我就改变了话题，"照片照得怎么样？"

"你要是乐意可以过来看看。"他说着便漫不经心地把相机丢了过来，我倒抽一口气，差一点没接住，"按背面的播放按钮，就能看了。你喜欢哪张，我可以传给你。"

我开始翻看照片，回顾航行以来的片段，我翻过白云和盘旋的海鸥，翻过昨晚的扑克聚会，我从照片里看到巴尔默笑着把本的薯条向他那边拉过去，拉尔斯失望着亮出两对二，本出了三个五。昨晚有一张照片几乎令我窒息。照片里的人是克洛伊，而且照片是从近处拍摄的。她的目光瞥向相机。甚至都能看到她脸上的细小汗毛在灯光的照射下反射着金色的光芒，她的嘴角挂着一抹笑容，那张照片是如此隐秘，如此敏感，我即便只是看着照片都感觉自己是个入侵者。我几乎有些下意识地看向克洛伊，想着她和科尔的关系，这时候，她抬起头来。

"怎么了？看到我的照片了？"

我摇摇头，赶快翻到下一张照片，免得她把身体探过我的肩膀，看相机的小显示屏。下一张照片是我的，是科尔昨晚拍的，当时还把我吓了我一跳，害得我把咖啡弄洒了。照片正好照到我机警地抬起头的那一刹那，看到我自己的眼神，我不由得一缩。

我按动按钮，继续看下面的照片。

其他照片都与船有关……在一张照片里，蒂娜站在甲板上，目光灼灼地盯着镜头，她的眼神犹如一只猛禽，在另一张照片里，本背着超大号的帆布背包，走上舷梯。我想到了科尔那个巨大的行李箱。那里面装了什么？他说是照相器材，但迄今为止，我只见过他用这台单反相机。

接下来是船和社交活动的照片。我正准备把相机交还给科尔，这时，我的心似乎漏了一拍，我瞬间就愣住了。屏幕上出现了一个正在吃西点的男人。

"这个人是谁？"克洛伊从我身后探过头来。跟着，她说道，"背景里不是亚历山大·贝尔霍姆吗，他在和阿切说话？"

的确如此。不过我看的既不是亚历山大，也不是阿切。

我看的是端着一托盘西点的女服务员。

她的半张脸对着镜头，一缕深色的头发从发夹里掉了出来，遮在脸上。

但我几乎可以肯定——几乎百分百肯定——她就是住在 10 号舱的女人。

# 第十八章

我小心翼翼地把相机还给科尔，双手直哆嗦，我不知道是不是该说点什么。这就是证明，而且是无可辩驳的证明，科尔、阿切和亚历山大曾与我见过的女人共处一室。我是否应该问问科尔认不认识她？

我坐在那里，一时间拿不定主意，他则关掉相机，开始打包。

见鬼。见鬼。我是不是应该说点什么？

我不知道该怎么做。科尔很可能并没有意识到他拍的那张照片有多重要。照片只拍到了那个女人的半张脸，而照片主要拍摄的是另一个人，一个我从未见过的男人。

如果科尔有意隐瞒，那我要是提起我看到了什么，打草惊蛇，可就太愚蠢了。他一定会否认，还可能删除照片。

另一方面，他也有可能根本不晓得那个女人是谁，或许愿意把那张照片传给我。但如果我现在提起这件事，除了克洛伊会听到，天知道还有谁能听到……

我想到在吃早餐的时候，比约恩神不知鬼不觉地从护墙板后面走出来，便不自觉地回头看。我最不愿意的就是这张照片像睫毛膏一样人间蒸发。我不会同一个错误犯两次。如果我决定和科尔挑明此事，那我就该找个没人的地方去干。直到现在为止，那张照片都很安全地待在科尔的相机里，在未来应该也不会有问题。

我站起来，双膝忽然开始颤抖。

"我……我其实还不饿。"我对克洛伊说,"我该去找本·霍华德了。"

"噢,我都忘了。"她漫不经心地说,"他来过这里找你。我从护理室出来时见过他。他说他有很重要的事要告诉你。"

"他有没有说他到哪里去了?"

"八成是回船舱工作了吧。"

"谢谢。"

比约恩又一次从隐秘的隔板后面走出来,像精灵一般。

"您需不需要喝点什么,布莱克洛克小姐?"

我摇摇头。"不用了,我忽然想起要去见一个人。能不能送一个三明治去我的船舱?"

"当然可以。"他点点头,我向科尔和克洛伊抱歉地一点头,便离开了房间。

《《《

我快步沿走廊向船尾的船舱走去,我转过一个弯,正好和本撞了个满怀——这么说一点也不夸张。我们砰的一声撞在一起,撞得我连气都喘不过来了。

"洛!"他一把抓住我的手臂,"我正到处找你呢。"

"我知道。你去护理室干什么?"

"你没听到我说的吗?我在找你啊。"

我注视着他,只见他一脸无辜,位于黑胡子上方的眼睛瞪得溜圆,看起来很急切。我能相信他吗?我的脑袋里一片空白。换作几年前,我会说我自己是本肚子里的蛔虫,但后来他离开了我,我就对他一无所知了。现在,我知道我甚至都不能完全相信我自己,更别说其他人了。

"你进过我的护理室吗？"我突然问道。

"什么？"他看起来有片刻的迷惑，"没有，当然没有。他们说你正在做泥膜。我估计你肯定不愿意我闯进去。他们叫我去找一个叫乌拉的女孩，但她不在，我就写了张纸条，从门下面塞了进去，然后我就走了。"

"我没看到纸条。"

"反正我是留了纸条的。怎么了？"

我感觉胸腔里像是有什么东西爆炸了，恐惧和挫败感向我袭来。我怎么才能知道本说的是不是实话？反正他要是在纸条这件事上撒谎，那就太蠢了，如果镜子上的那句话是他写的，那他为什么要撒谎说给我留了字条？或许真的有纸条，只是慌乱之下，我没注意到。

"有人给我留了一句话。"我说道，"就在我做护理的时候，有人进了卫生间，在满是雾气的镜子上写了一句话，'不要再追查下去'。"

"什么？"他那张很红的脸垮了下来，写满了震惊，嘴巴张得老大。如果他是在演戏，那就是他在我面前演得最好的一次。"你说真的？"

"百分百是真的。"

"但是……但是你没看到有人进去吗？卫生间还有别的入口？"

"没有。他们肯定是从船舱里进去的。我……"我忽然有些羞于启齿，但我抬起下巴，拒绝认错，"我睡着了。护理中心只有一个入口，艾娃说只有三个人下去过，蒂娜、克洛伊……还有你。"

"还有做护理的工作人员。"本提醒我，"而且，下面肯定有紧急出口吧？"

"有一个紧急出口，不过是单向的。从那个出口能到员工区，不过从另一面是打不开的。我都问过了。"

本看起来并不相信。"把门弄开应该不难吧。"

"是不难，但会拉响警报。到时候整个船上都会响警报。"

"我觉得呀，只要足够了解船上的系统，就有可能能搞定警报。不过艾娃并不是一直都在那里的，你知道吧？"

"什么意思？"

"我从下面上来之后没看到她。只有安妮·巴尔默在，正等着指甲油晾干。艾娃不在。所以，如果她说她一直在，那肯定没说实话。"

噢，老天。我想象自己半裸着躺在那里，身上包着保鲜膜和毛巾，一个人悄悄摸进来，捂住我的嘴巴，把塑料薄膜缠在我的头上……

"你找我有什么事？"我说，试着表现出正常的语气。

本看起来挺不安。"啊……那个呀。对了，你知道我们要去参观驾驶台吧？"

我点点头。

"阿切把手机弄掉了，我猜他当时正在发短信。我把手机捡了起来，结果我看到了联系人页面。"

"然后呢？"

"有个名字叫'杰丝'，照片上的女人很像你说的那个。二十七八岁，黑色长发，深色眼睛……重点是，她穿着一件印有平克·弗洛伊德乐队头像的 T 恤衫。"

我忽然感觉脊背发凉。我还记得昨晚阿切的表现，他笑着把我的手臂扭到我的后背，而克洛伊还不赞成地说了句"我开始相信关于他第一任妻子的谣言其实都是真的。"

"他是在给那个女人发短信吗？"我问。

本摇摇头。"我不知道。他把手机弄掉时可能碰到了别的按键。"

我下意识地掏出手机，准备上谷歌查一下有没有"杰丝·阿切·芬兰"这个人，但搜索框一直在转，就是没有结果显示出来。依然连不上 Wi-Fi，我也收不了邮件。

"你能上网吗？"我问本。他摇摇头。

"上不了，显然是路由器出了问题。我觉得处女航遇上困难也很正常，只是没网用真是要人命。阿切在吃午饭的时候就大声抱怨这件事来着。他为了这事，还和可怜的汉妮大闹了一场。我觉得她都要哭了。不过她还是去找卡米拉了，说是很快就能修好。至少我希望能很快修好，我还有稿子要发呢。"

我皱着眉把手机塞回衣兜。是阿切在镜子上写的那句话吗？我想到昨晚他那么有力气，笑容里夹杂着一丝凶残，一想到他趁我睡觉时悄悄从我身边走过，我就感觉恶心。

"后来我们去了轮机舱。"本说，像是能读懂我的心思一样，"轮机舱在三层甲板之下。可能距离你说的护理室紧急出口很近。"

"你有没有注意到有人离开了？"我问。

本摇摇头。"说不好。轮机舱很窄，我们排成一排轮流进去参观。等我们回到上面，才重新聚在一起。"

我忽然感觉幽闭恐怖，只觉得恶心想吐，像是船上那些令人窒息的华丽装饰正要把我吞没。

"我得出去透透气。"我说，"去什么地方都行。"

"洛。"本伸出一只手，想握住我的肩膀，但我躲开了，踉跄地向甲板门走去，把门推开。

大风吹在我的脸上，感觉像是挨了一拳，我向栏杆走去，把身体探出去，感觉到船身在不停地颠簸。深灰色的海浪一直延伸到地平线，犹如一片荒漠，根本看不到陆地和其他船只。我闭上眼睛，脑海中闪现出 Wi-Fi 信号搜索图标徒劳旋转的画面。我现在真是求助无门了。

"你还好吗?"我听到有人在我身后说,只是这话被风吹散了。本跟了过来。水沫飞溅,海浪拍打着船身,我紧紧闭着眼,摇了摇头。

"洛……"

"不要碰我。"我咬着牙说,跟着,一股势头特别猛的大浪打来,船只随之起伏,我感觉胃里一阵翻腾,趴在栏杆上吐了出来,我眼里储满了泪水,吐得胃里只剩下胃酸。我看到我的呕吐物飞溅到了船壳和下面的舷窗上,心里不由得产生了一阵邪恶的快感。这下子喷漆可谈不上完美了,我用衣袖抹抹嘴,这样想到。

"没事吧?"本又在我身后问道,我紧紧握住栏杆。友善待人,洛……

我转过身,强迫自己点点头。"其实我感觉好多了。我这样是肯定做不了出色的水手了。"

"噢,洛。"他搂住我,握了握我的肩膀,我任由自己被拉进他的怀里,强忍住没有挣脱开。我需要本为我站脚助威。我需要他相信我,我需要让他以为我信任他……

这时,我闻到了烟味,随即听到高跟鞋哒哒走过甲板的声音。

"噢,老天。"我站直身体,从本的怀里出来,表现得好像是无意中这么做的,"是蒂娜来了。我们还是进去吧。我现在没法应付她。"

现在不行。毕竟我的脸上都是泪痕,我的袖子上是呕吐物。我一直想把自己打造成有抱负的专业人士,我现在的形象可是与之相差甚远。

"当然。"本热心地说,他打开门,我们匆匆走进去,这时蒂娜刚好转过弯。

外面海风呼啸,走进走廊里,突然感觉周围很安静,而且非常闷热。我们默默地看着蒂娜走到栏杆处,向前探身,她站在逆风方向,距离我刚才呕吐的地方只有几步远。

"你想知道真相吗？"本透过玻璃舷窗看着蒂娜的背影说道，"我敢打赌她一定知道隐情。她就是个冷酷无情的婊子。"

我震惊地看着他。有时候，本会对与他一起共事的女性怀有敌意，但我从未听过他的声音里夹杂着这样赤裸裸的厌恶。

"你说什么？就因为她是个有野心的女人？"

"不只是如此。你没和她一起共事过，但我有。我这辈子也遇到过不少野心家，但她可以说是心狠手辣。我敢说，只要能拿到报道或是升职，她就算杀人也在所不惜，而且她专门欺负女人。我最受不了这样的女人了。女人何苦为难女人呀。"

我没有说话。他的话和语气传递出了厌女症的意味，但与此同时，他说的与罗恩说的十分相似，这叫我心有不安，我不确定我是否可以权当没听到他的这番话。

那句话出现的时候，蒂娜也在下面的护理室。而且，今天早晨她还表现得那么心存戒备……

"我问过她昨晚的去向。"我有些勉强地说，"她真的很奇怪，表现得咄咄逼人。她说我不应该到处树敌。"

"这样啊。"本说道。他笑了，不过可算不上开心的笑容，反而显得很刻薄。"你是不可能让她就范的，不过我碰巧知道她和约瑟夫在一起。"

"约瑟夫？客舱服务员约瑟夫？你在开玩笑吧？"

"当然不是。我是在参观的时候从亚历山大那里得来的消息。他看到约瑟夫三更半夜悄悄从蒂娜的客舱里溜出来，而且，怎么说呢，他连衣服都没完全穿好。"

"啊呀。"

"确实叫人惊讶。谁能想到约瑟夫为了让乘客舒适，会付出这么多呢。他真不是我喜欢的类型，不过我很想知道能不能说服乌拉也这么做……"

我没有笑。毕竟在我们此时所站之处的几层甲板下方，就有一些没有阳光的窄小房间。

一个人为了打破局限，愿意付出多大代价？

过了一会儿，一直在栏杆边上抽烟的蒂娜转过身来，看到我和本站在船里。她把烟头弹过栏杆，冲我眨眨眼，然后沿甲板走了，一想到每一个男人都在她背后谈论她的风流韵事，取笑她，我忽然感觉他们有些卑鄙。

"说到这件事，亚历山大又有什么目的？"我指责着说，"他的船舱也在船尾，和我们的在一起。他大半夜不睡觉，监视蒂娜做什么？"

本哼了一声。"你是在开玩笑吗？那家伙肯定有三百多磅。我看他不可能把一个成年女人丢下海。"

"他没跟你们一起玩扑克，所以我们都不了解他的行踪，只知道他三更半夜到处溜达。"我忽然想到，他也在科尔的那张照片里，不由得不寒而栗。

"那家伙的体型跟海象差不多，况且他还有心脏病。你见过他爬楼梯的样子吗？更重要的是，你还没见到他的人，就能听到他的喘气声，和蒸汽火车差不多，看到他爬上楼梯顶端，你都担心他会栽倒，砸在你身上。我看呀，他如果和别人扭打，肯定赢不了。"

"她有可能喝醉了，要不就是喝了药。我敢说，任何人都能把一个意识不清的女人丢到海里，关键在于怎么用力。"

"如果她意识不清，那是谁在叫？"本说道，我忽然感觉愤怒从心底升起。

"老天，你知道吗，每个人都找我的茬儿，问我问题，好像我知道答案似的，我真是受够了。我不知道，本。我的脑袋里乱糟糟的。

可以吗？"

"可以可以。"他温和地说，"对不起，这不是我的本意。我只是无意中就把心里的想法说出来了。亚历山大……"

"你们在背后说我什么了？"走廊里传来一个声音，我们都猛地转过身。我感觉我的脸颊变得通红。亚历山大来了多久了？他有没有听到我的推测？

"啊，你好，贝尔霍姆。"本若无其事地说道。他看起来一点也不担忧。"我们正说到你呢。"

"我听到了。"亚历山大向我们走近，微微有些气喘吁吁。我这才意识到本说得对。只要稍稍一用力，他就会气喘。"但愿你们说的都是好话。"

"这是当然。"本说，"我们正说今晚的晚餐。洛就说了，说到吃，你可是个行家。"

有那么一会儿，我根本想不出该怎么接话，而且，我惊讶地发现，自从我们分手以来，本竟然变得说谎连眼睛都不眨。或者说，他一直都是个狡猾的骗子，只是我从未注意到而已。

跟着，我意识到，本和亚历山大都在等我说话，我结结巴巴地说道，"啊，是呀，还记得吗，亚历山大？你不是给我讲过河豚吗？"

"当然。多刺激的经历呀。我真觉得人们有责任尝尽人生的各种滋味，你说对吗？不然的话，这短暂的人生还有什么意思，凶险，残忍，只剩下等死了。"

他露出一个灿烂的笑容，笑起来的样子有点像鳄鱼。然后，他向上抬了抬一直夹在腋下的一个东西。是一本书，我看到作者是派翠西亚·海史密斯。

"你这是要去哪里？"本随意问道，"在晚饭前，我们有几个小时的自由活动时间，我说的对吧？"

"千万别告诉别人。"亚历山大神神秘秘地说，"我的脸色有点不正常。"他摸摸他的核桃色的脸颊，"我要去护理室做保养。我妻子总说，我的脸上要是有点血色，看起来会更好。"

"我都不知道你已经结婚了。"我说，只盼着我声音里的惊讶不会太明显。

亚历山大点点头。"宽恕我的罪孽吧。今年是我们结婚的第三十八个年头了。就算杀了人，也不可能受到比这更重的惩罚了，现在我是相信了！"

他粗声粗气地干笑两声，我则感觉有些厌烦。如果他没听到我们之前的谈话，那这句话就说得太没头没脑了。如果他听到了，那他还真是低级趣味。

"祝你做个愉快的护理。"我说，只是我的话听来很没底气。

他又笑了。"我会的。晚餐见！"

他转身要走，这时候，全凭一股我没有细究的冲动，我说道，"等等，亚历山大……"

他转过身，扬起一边眉毛。我感觉自己的勇气顿时烟消云散了，但我没有退缩。

"我……我说的话可能有点奇怪，不过我昨晚听到了怪声，是从10号舱传出来的，也就是船尾的那个客舱。那里本应该是空的，不过昨天有个女人住在里面，只是我们现在找到不她了。你昨晚有没有听到或看到什么？有没有听到溅水声？或是其他什么声音？本说你起来了。"

"我确实起来了。"亚历山大冷淡地说，"我睡不着。你知道的，等你到了我这个年纪，也会睡不好觉。换了新床，我就更睡不着了。于是我就去甲板上来了个午夜散步。而且呀，我在来回的路上，看到了不少人。我们那位亲爱的朋友蒂娜去找了体贴细心的乘务人员。还有帅小伙勒德雷尔先生，在这里鬼鬼祟祟地溜达了一段时间。我真搞不懂他来这里能做什么。他的船舱在船的另一边。我怀疑他可能是来找你的……？"

他挑起一边眉毛看着我，我的脸顿时红得像猴屁股。

"不，不是找我的。他是不是进 10 号舱了？"

"我没看清楚。"亚历山大遗憾地说，"我就看到他拐弯走了。说不定他是回船舱，为自己做的坏事制造不在场证明？"

"当时是几点？"本问。

亚历山大撅起嘴。"嗯……大概是四点到四点半。"

我和本对视一眼。我醒来的时间是三点零四分。所以凌晨四点看到约瑟夫这一点或许可以排除蒂娜的嫌疑，因为他可能一整晚都在她的客舱里。但科尔呢……他来船的这一端，究竟是为了什么？

我又一次想到了他那个由服务员磕磕绊绊拉上舷梯的巨大行李箱。

"我看到一个女人从你的船舱里走出来，是谁呀？"亚历山大看着本，顽皮地说。

本眨巴眨巴眼睛。"什么？你确定你看到的是我的船舱？"

"8 号舱，对不对？"

"我的确住在那里。"本说着不自在地笑了笑，"不过我向你保证，除了我，我的船舱里没有第二个人。"

"是吗？"亚历山大又扬起一边眉毛，咯咯笑了出来，"好吧，随你怎么说。反正当时很黑。或许是我弄错了船舱。"他又抬抬夹在腋下的书，"亲爱的，你还有其他问题吗？"

"没……没有了……"我有些勉强地说，"至少现在没有。要是我想到别的，可以去找你吗？"

"当然。我们晚饭时再见吧，到时候，我就有一身古铜色的皮肤了，绝对是个年轻的美男子，跟涂了油的圣诞烤鸡差不多。嘟嘟哒……"

他喘着粗气沿走廊走远了。我和本看着他转过弯。

"他真是无所不知呀。"本在他走远后说道。

"他……他真的知道不少。你说他是不是在演戏？还是他真的喜欢每时每刻都打探别人的隐私？"

"说不清。我猜他一开始只是装模作样，但现在这已经成了他的第二天性了。"

"他妻子……你见过吗？"

"没见过。但是确实有这么一个人。她应该是个很凶的女人。她老爸是德国的一个伯爵，而且她年轻时很是标致。他们在南肯辛顿有一栋豪宅，里面摆满了艺术品，有鲁宾斯的，提香的，全是不可思议的好东西。他们的家还上过《你好》杂志，而且有传言称，他们其实是洗劫了纳粹的财宝，他们和国际艺术研究基金会交情不错，不过我认为这全是胡说八道。"

"我拿不准他说的话有没有用。"我用手搓搓脸，希望把开始像乌云一样笼罩着我的疲倦搓掉，"他说的关于科尔的那些话，很奇怪吧？"

"是有点。但如果是四点左右，那不正好给我们提供了一个证据？而且，老实说，我现在开始怀疑他是在胡编乱造，好加深别人对他的印象。他说有个女人在我的船舱里，纯属就是胡说。你相信我吧？"

"我……"我感觉喉咙里像是出现了一个硬块。我太累了，已经筋疲力尽。但我不能休息。老天，这次上船，我能不能有个好的表现，对我的事业来说太重要了。如果我再这样制造麻烦，那到最后，我的通讯簿上只会剩下敌人，而不是联系人了。"是的，我当然相信。"我说。本看着我，像是在评估我说的是不是实话。

"太好了。"他终于还是说道,"我发誓,我的船舱里没别人。当然了,除非是有人趁我出去时进去的。"

"你说他听到我们说的话了吗?"我问,与其说这是在改变话题,还不如说我真想知道答案。"我是说我们刚才说的话。他是突然转弯过来的,你根本想不到他那么一个大块头会这样突然出现。"

本耸耸肩。"我对此表示怀疑。我觉得他不是那种会记仇的人。"

我没说话,但在我心里,我并不确定我同意本的看法。在我看来,亚历山大就是那种爱记仇的人,而且,他也很享受这种记仇的滋味。

"你现在想怎么做?"本说,"要不要我和你一起去找巴尔默?"

我摇摇头。我现在必须回船舱吃点东西。再说了,我并不百分百确定我想要本陪我去见巴尔默勋爵。

# 第十九章

我的船舱门是锁着的，但我走进船舱，就看到梳妆台上放着一个托盘，托盘上有个单片三明治，还有一瓶矿泉水。瓶身上凝结的水珠都流了下来，由此可知，这些食物已经送来一段时间了。

我并不饿，不过自从吃完早餐，我还没有吃过任何东西，况且我把大多数早餐都吐了出去。于是我坐下来，强迫自己吃下三明治。三明治是用一片很厚的黑麦面包、对虾和水煮蛋做的，我边吃边凝视窗外的海浪起起落落，波涛不断涌动，我心中也是思绪万千，二者正好相呼应。

科尔、亚历山大和阿切都曾和那个女人同处一室，对此我几乎可以肯定。她的脸并没有直对镜头，我也很难记住昨晚我从打开的船舱门看到的她的样貌，但我一看到那张照片，就立即认出了她，感觉像是遭到了电击，我必须紧紧抓住这份确定。

至少阿切有不在场证明，但我开始意识到，那个证明完全建立在本的证词上，而且，本有他自己的原因希望那个船舱不存在问题。不管怎么说，他都是在故意骗我。如果不是意外听到科尔说的话，我可能永远都不知道本也离开过船舱。

但是本？本？肯定不会。如果这艘船上有可以让我信任的人，那一定是他，对吗？

我再也无法确定任何事了。

我咽下最后一块面包，用餐巾擦擦手指，站起来，感觉船身在我脚下来回摇摆。在我吃三明治的时候，海雾飘散进来，整个船舱变得更昏暗了，于是我打开灯，查看手机。没有任何新内容。我刷新一下，绝望地盼着有人给我发来邮件。我都不敢想朱达，更不敢想一直以来他的杳无音信意味着什么。

"连接失败"这句话跳了出来，恐惧和放松两种感觉同时向我袭来。放松是因为朱达或许正试着联络我，表示他的沉默不是我害怕的那个原因。

但我恐惧的是，断网的时间越长，我就越开始怀疑是有人故意不让我上网，我真的很担心。

《《《

和其他客舱的门一样，1号诺贝尔客舱安装的也是毫无特色的白色木门，但船头只有这一扇门，我们身后的走廊没有其他客舱，由此可知，这个客舱肯定不同一般。

我谨慎地敲敲门。我不肯定我盼着见到谁，是理查德·巴尔默，还是女佣，这二者都不会让我惊讶。但当门打开，安妮·巴尔默站在门口时，我却情不自禁地大吃一惊。

她显然是哭过了，她的眼周是红的，有很深的黑眼圈，她那消瘦的脸颊上还留有泪痕。

我眨眨眼，我是来求人家的，我在脑海里彩排了无数遍该如何请求，但此时此刻，我乱了头绪，什么都说不出来。很多话闪现在我的脑海里，却都很不合时宜，不能说出口——你还好吗？出什么事了？我有什么可以帮你的？

这些话我统统都没有说出来，我只是一个劲儿地大口吸气。

"有事吗？"她说，声音里夹杂着一丝挑衅。她拿起丝绸长袍的一角，擦擦眼睛，然后抬起下巴。"需要帮忙吗？"

我又吞吞口水，说道："我……是的，我的确需要帮忙。很抱歉打扰到你了，做了一上午的护理，你肯定累了。"

"没什么。"她说，语气相当不耐烦。我咬着嘴唇。或许提到她的病并非明智之举。

"我其实是有事找你的丈夫。"

"理查德？恐怕他现在很忙。可不可由我代劳？"

"我……可能不行。"我尴尬地说，琢磨着是该找托辞离开，还是该留下来解释。我很不愿意打扰到她，但敲完门又马上离开，看起来同样唐突。我会感觉不安，一方面是因为她在哭，我是应该离开，让她独自悲伤，还是应该留下来安慰她一番？另一方面，是因为她那张憔悴光滑的脸让人不安。她在其他方面看来是那么无懈可击。安妮·巴尔默是特权阶级，拥有能用钱买到的所有优势，比如最先进的药物，最好的医生和治疗，可亲眼看到她像现在这样挣扎求生，真叫人于心不忍。

我很想转身跑开，但那个认知强迫我留在原地。

"真抱歉。"她说，"或许你可以过一会儿再来？你有什么事，我可以先知会他一声。"

"我……"我绞动着手指。我要怎么说呢？我不可能向这个病快快的脆弱女人吐露我的怀疑。"我……他答应接受我的采访。"我想到吃完晚餐后他随口说出的话，我便这么说道。毕竟这也算是实话。"是他让我今天下午来船舱找他的。"

"噢，"她的脸色顿时开朗了，"我很抱歉。他肯定是忘了。我想他现在是和拉尔斯几个人去了按摩浴缸。你可以在吃晚饭的时候去找他。"

我等不了这么久。但我没有把心里的想法说出来，只是点点头。

"我……你会去吃晚餐吗？"我问道，不禁为自己的磕磕巴巴感到难堪。看在老天的份上，她又不是麻风病人。

她点点头。"我也希望我可以去。我今天感觉好了一点。我是挺累的，但每次都让我的身体获胜，那就太糟糕了。"

"你还在接受治疗吗？"我问道。她摇摇头，包在头上的柔软丝绸头巾随之沙沙作响。

"现在没有。我做完了最后一轮化疗，反正暂时不需要任何治疗。等回去后我会接受放射治疗，看看效果如何。"

"那祝你好运。"我说道，随即便皱起了眉头，我这么说虽然没有恶意，听来却好像她能不能活下来，得全靠运气，"那个……谢谢。"

"不要紧。"

她关上门，我转身上了楼梯，往顶层甲板走去，感觉我羞愧得脸上火烧火燎的。

我没去过按摩浴缸，不过我知道它的位置，就在顶层甲板，在林格伦休息室的上方，挨着护理接待室。我走上铺着厚地毯的楼梯，向甲板餐厅走去，希望能再一次感受到阳光和宽敞的空间，但我忘了这会儿正在下雾。我来到通往甲板的门边，只见舷窗外面灰蒙蒙的雾气如同一堵墙，大雾像是给船盖了一条毯子，站在甲板的一端，根本看不到另一端，给人一种很奇怪的压抑感觉。

下雾后，天变冷了，我手臂的汗毛上落了一层细腻的水珠，我站在门口的背风处，心里充满了不确定。我冻得瑟瑟发抖，试着打起精神。这时候，我听到了一声长而悲怆的雾号声。

一切都笼罩在白茫茫的雾气下，看起来非常陌生，我花了几分钟寻找通往顶层甲板的楼梯，最后终于意识到顶层甲板肯定在我的右边，需要继续向船头走。我真没法想象有人喜欢在这种天气下待在按摩浴缸里，有那么一刻，我琢磨着是不是安妮·巴尔默弄错了。但我绕过玻璃餐厅后，就听到有人在笑，我抬头，看到雾气之中，顶层甲板上有灯光闪烁。看样子虽然天这么冷，还是有人疯狂到把衣服脱光。

要是带件外套出来就好了，不过现在回去拿也没有意义，于是我双臂抱怀，走上又高又陡又滑的楼梯，向着说话声和笑声的方向走去。

甲板的中间摆放着一扇玻璃屏风，我绕过屏风，看到拉尔斯、克洛伊、理查德·巴尔默和科尔坐在一个我见过的最大的按摩浴缸里。那个浴缸足有八英尺乘十英尺见方，他们向后靠在浴缸上，只有肩膀和脑袋露在外面，水里冒着气泡，散发出浓重的水蒸气，一开始，我根本看不清谁是谁。

"布莱克洛克小姐！"理查德·巴尔默热情地喊道，他的声音很洪亮，盖过了哗哗的水流声，"你昨晚还好吧？"

他伸出一只古铜色的强壮手臂，被冷风一吹，他的手臂上冒着热气，起了一层鸡皮疙瘩，我握了握他那只滴着水的手，又抱住我自己，感觉他的手带来的热气立刻就消散了，风吹到我被水打湿的手上，感觉很冷。

"来泡一会儿吧？"克洛伊笑着问道，挥挥手，示意我也下到冒着泡的大浴缸里。

"谢谢。"我摇摇头，强忍着不让自己颤抖，"不过确实有点冷。"

"告诉你吧，水里暖和点。"巴尔默眨眨眼，"这是热水按摩，那是冷水浴……"他指指按摩浴缸一侧，那里有一个侧边敞开式淋浴室，那是一个很大的冷水淋浴室，底部有一个底盘。淋浴室里没有温控装置，只有一个钢制按钮，按钮的中心是蓝色的，一看到这个冷水淋浴室，我就情不自禁地打了个寒颤，"……然后直接去洗桑拿浴。"

他用大拇指指了指玻璃屏风后面的一个木船舱。我伸长脖子，看到一扇布满水珠的玻璃门，透过水纹，我看到木船舱里有一个闪烁着火光的炭火盆。"最后再冲洗一下。只要心脏受得了，大可以多重复几次这个过程。"

"对此我可真不感兴趣。"我尴尬地说。

"你还没试过，就别轻易说不行。"科尔说。他咧开嘴笑了，露出尖尖的门牙，"我只能说，从桑拿浴室一出来就去洗冷水浴，真是个不可思议的体验。那些让你死不了的事，只能让你变得更强壮，对吗？"

我一缩。"谢谢，不过我觉得我还是不要洗了。"

"随你吧。"克洛伊笑着说。她伸出一只软绵绵的手臂，科尔的相机就摆在下面的地上，她手臂上的水滴落在相机上。她从浴缸旁边的小桌上拿起一杯凝结着水汽的香槟。

"那个，"我做了个深呼吸，试着不去理会其他几个饶有趣味看着我的人，直接对巴尔默勋爵说话，"巴尔默勋爵……"

"叫我理查德好了。"他打断了我的话。

我咬着嘴唇点点头，试着不让自己的脑袋变得一片空白。

"理查德，我有事想和你谈谈，不过现在可能不是时候。我能不能稍后去你的船舱找你？"

"为什么要等那么久？"巴尔默耸耸肩，"我在生意场上学到了一条经验，那就是眼下永远都是正确的时机。审慎不过是变相的懦弱，反而会导致别人捷足先登。"

"那么……"我没有说下去，不确定该怎么做。我其实很不愿意当着其他人的面说起那件事。"捷足先登"这句话让我很不放心。

"来杯喝的吧。"巴尔默说。他按了按摩浴缸边缘的一个按钮，一个女服务员默默地凭空出现。是乌拉。

"有什么需要，先生？"她礼貌地说。

"给布莱克洛克小姐来杯香槟。"

"好的，先生。"她马上就走了。

我深吸一口气。现在别无选择了。除了巴尔默勋爵，没人可以让这艘船掉头，如果我现在不说，那就永远都没有机会了。即便有其他人在场，现在说也强过……我把指甲扣进手心，拒绝去想另一种可能性。

我张开嘴。"不要再追查下去。"那个声音在我的脑海里厉声道，但我还是强迫自己说话。"巴尔默勋爵……"

"理查德。"

"理查德……不知道你和保安主管约翰·尼尔森谈过没有。你今天见过他吗？"

"尼尔森？没有。"巴尔默皱起眉头，"他的直系上司是船长，不是我。为什么这么问？"

"那个……"我想接着说，不过乌拉打断了我，她端着一个托盘走到我的身侧，托盘上有一个香槟杯和一瓶放在冰桶里的香槟酒。

"啊，谢谢。"我不确定地说。我并不肯定我现在想喝酒，一方面是因为尼尔森说了那些刻薄的话，另一方面，我到现在还在因为昨晚的宿醉而难受，而且，对于我接下来要说的话，我喝酒也不合适。但我再一次感觉到我的理由有些站不住脚，我是巴尔默的客人，是《旅行风尚》杂志的代表，我应该凭借我的专业让这些人眼前一亮，用我的魅力让他们拜倒，可现在我却来指责他的员工和客人。所以，我应该礼貌地接受他的香槟。

我拿过酒杯，试探性地喝了一小口，尽量整理思绪。香槟有股酸味，我喝了之后哆嗦了一下，我刚想皱皱眉，突然意识到那样一来，巴尔默肯定会觉得我很粗鲁。

"我……我不知道该怎么说。"

"尼尔森。"巴尔默说道,"你问我是否跟他谈过。"

"是的。那个……我昨晚打电话给他。我……我听到隔壁船舱有声音。就是 10 号舱。"我说完停了下来。

理查德一直认真听我说,其他人也在听我说,拉尔斯听得尤为认真。我现在没有选择,不过,或许我可以利用这一点,让其转化成我的优势。我飞快地看看他们的脸,试着分辨他们的反应,看看他们的表情中是否流露出丝毫的内疚或焦虑。拉尔斯那潮湿红润的嘴唇噘着,像是一点也不相信我,克洛伊好奇地瞪着一双绿色的眼睛,只有科尔看起来很担心。

"帕尔姆格伦船舱。"巴尔默说。他皱着眉头,有点糊涂,不晓得接下来要说什么,"我想那个船舱是空的。索尔伯格取消了行程,是吧?"

"我去了观景台。"我说,像是找到了动力。我又环顾了一下我的听众。"我看了一下,没有发现有人,但玻璃安全护栏上有血迹。"

"老天。"拉尔斯说。他笑了起来,甚至都不再试着掩饰他的怀疑了。"真像小说里的情节。"

他是有意破坏,让我自乱阵脚?还是这就是他平时的做事风格?我也说不清。

"继续。"拉尔斯挖苦说道,"你还真是会吊胃口呀,快说后来怎么样了。"

"你手下的保安主任让我进了 10 号舱。"我对理查德说,此时,我的声音更坚定,语速也更快了,"不过里面是空的。而玻璃围栏上的血迹……"

只听叮咣一声,紧跟着一声溅水声,我住了口。

我们都转身看着科尔,只见他正把什么东西举到按摩浴缸外面。

他的手在向下淌血，鲜血顺着他的手指滴落在浅色的木甲板上。

"我没事。"科尔颤巍巍地说，"对不起，理查德，我也不知道是怎么回事，但我弄翻了香槟……"

他伸出手，露出手心里带血的碎片。

克洛伊大口大口地吸气，紧紧闭着眼。"啊！"她的脸一下子就变成了青白色。"老天，拉尔斯……"

理查德连忙放下酒杯，从按摩浴缸里出来，他那几近全裸的身体在寒风中散发着热气，他从长凳上的一堆白色浴袍中抓起一件。有那么一刻，他什么都没说，只是冷静地看着科尔手上的血落在甲板上，跟着，他看了看像是马上就要昏倒的克洛伊。接下来，他发出了一系列命令，很像一名外科医生在手术室里指挥若定。

"科尔，看在老天的份上，赶快把那堆碎玻璃放下吧。我打电话叫乌拉来清理一下。拉尔斯，带克洛伊去躺一会儿，她的脸色白得像纸一样。如果有必要，给她吃一片安定。药物都是艾娃负责的。至于布莱克洛克小姐……"他扭头看着我，停顿一下，似乎是在一边系浴袍的腰带，一边小心权衡下面要说的话，"布莱克洛克小姐，请你去餐厅里坐一会儿，等我处理好这边的事，就去听你讲你到底听到和看到了什么。"

# 第二十章

一个小时过后，我明白了理查德·巴尔默为什么能拥有现在的地位。

他并不只是让我把事情原原本本地讲了一遍，他让我把每一个字都说清楚，询问了时间和细节，还问到了一些我觉得我甚至都不知道的细节，比如玻璃护栏上那块血迹的具体形状，以及血迹是蹭在玻璃上的，还是喷上去的。

他没有推测，没有试图引导我，也没有说服我不要相信我并不肯定的细节。他只是坐在那里，一边抿着滚烫的黑咖啡，一边向我抛来各种问题，他的一双蓝眼非常明亮：几点？多久？那是什么时候？声音有多大？她长什么样子？在他说话的时候，他那口模仿伦敦方言的口音，变成了纯粹的伊顿公学口音，而且是百分百公式化的口吻。他的注意力高度集中，绝对专注于我说的话，脸上没有流露出丝毫表情。

要是有人从外面的甲板上走过，朝舷窗里面看，他们绝对想不到我正在给他讲一件事，而这件事可能对他的生意造成致命的打击，我的话还可能让他觉得很可能有个精神病患者登上了这艘小船。我把那件事一一讲出来，我想到他可能会像尼尔森那样苦恼，也可能像那些合起伙来否认的女服务员，不过我仔细端详巴尔默的脸，却发现他并没有像他们那样，我看不出他有任何打算指责我的意思。从他表现出的情绪来看，不知道的还以为我们是在玩填字游戏，我情不自禁地佩服他的沉着冷静，只是作为他的谈话对象，我感觉怪怪的。面对尼尔森的怀疑，的确让人感觉很不爽，但他做出的至少是人的正常反应。但面对巴尔默，我真的说不出他在想什么。他是愤怒，恐慌，还是善于掩饰？又或者，他表里如一，真的是这么冷静沉着？

终于，我们一五一十地细究了当时的情况，我再也想不出任何细节，巴尔默垂着头坐了一会儿，皱着眉思考。然后，他看了一眼戴在黝黑手腕上的劳力士手表，这么对我说：

"谢谢你，布莱克洛克小姐。我认为我们已经说得够多了，而且我看到服务员很快就要摆桌准备晚餐。我很抱歉你经历了一件痛苦可怕的事。如果你允许的话，我想去和尼尔森、拉森船长谈谈，确保一切都安排妥当，我们明天一大早见面，商量下一步怎么办。与此同时，虽然发生了这样的事，但我还是望我们能放松下来，享受接下来的晚餐和夜晚的大好时光。"

"下一步要怎么办？"我问道，"我知道我们是要去特隆赫姆，不过有没有更近的地方可以停船？我觉得应该尽快向警方报案。"

"应该有比特隆赫姆更近的地方。"巴尔默说着站了起来，"不过明天一早我们就能到那里，所以那里依然是最佳目的地。如果我们半夜停船，我觉得不太可能找到依然在办公的警察局。不过我会和船长商量一下，看看最合适的行动方案是什么。如果这件事发生在英国或公海，那挪威警方或许什么都做不了，这是司法管辖权的问题，你知道的，不是他们想调查就能调查的。我们得依法办事。"

"如果我们是在公海海域呢？"

"这艘船是在开曼群岛注册的。我必须去问一下船长这一点对现在的事有何影响。"

我感觉心直往下沉。我看过对在巴哈马群岛等地注册的船只进行调查的报道，巴哈马群岛派出一个警察，这个警察草草出一份报道，就快刀斩乱麻结了案，而这都还是针对有确凿证据的失踪案件。那这起案子呢，唯一证明那个女人存在的证据都消失了，他们会怎么处理？

然而，和巴尔默谈过之后，我还是感觉好了很多。至少看起来他和尼尔森不一样，他是相信我的，真的把我说的话当回事。

他伸出一只手，表示要离开，他那双犀利的蓝眼睛与我四目相对，他头一次露出了笑容。这个笑很怪异，极不对称，一边脸比另一边脸高，但这样的笑很符合他的风格，显得既是在挖苦也是在同情。

"还有件事你应该知道。"我突然说。

巴尔默挑起眼眉，放下手。"什么事？"

"我……"我吞吞口水。我本不想提起这件事，但他去找尼尔森，反正也会知道。由我来告诉他反而更好。"前一天晚上，我喝酒了……就是在那件事发生之前。我还服用了抗抑郁症的药物。自从我二十五岁以来，我吃这种药很多年了。我……我有神经衰弱。而且尼尔森……我觉得他认为……"我再次吞吞口水。巴尔默把眉毛挑得更高了。

"你的意思是，因为你服用抗抑郁药物这件事儿，尼尔森怀疑你说的话？"

他说起话来这么坦率，我觉得很难为情，但我还是点点头。"他倒是没有直说怀疑我，但就是那个意思。他说吃药后不能喝酒，所以我觉得他认为……"

巴尔默没有发表评论，只是冷漠地端详着我。我又慌乱地说了起来，几乎像是在为尼尔森说好话了。

"就是在我上船之前，我家被盗了。有个人……偷偷溜进我的公寓，还攻击了我。尼尔森知道了这件事，我觉得他认为……他虽然并没有觉得是我编造了 10 号舱女人的故事……却觉得我反应过激。"

"船上的工作人员让你有这种感觉，我真的深感羞愧。"巴尔默说。他握住我的手，他的手像是老虎钳一样有力，"请相信我，布莱克洛克小姐，我会极为认真地去处理你说的事。"

"谢谢。"我说，但这短短的两个字根本不足以表达出终于有人相信我之后所体会到的轻松。而且，他可不是一般的人，他是理查德·巴尔默，是"北极光"号的主人。如果有人有能力解决这件事，那必定非他莫属。

《《《

我向我的船舱走去，用手捂着眼，感觉我累得连双眼都刺痛不已，跟着，我去衣兜里摸索手机，想看看时间。都快五点了。时间都到哪里去了？

我下意识地打开邮箱刷新，却依然连不上网络，我开始发慌。网络中断的时间也太长了吧？我真该和巴尔默提一下这件事，但现在已经太迟了。他已经走了，消失在了屏风后面一个令人不安的隐蔽出口里，应该是去找船长谈话或是通过无线电联络陆地。

如果朱达发了电子邮件呢？说不定他还打了电话给我？不过我想我们并没有靠近陆地，所以接收不到信号。他是不是依然不想搭理我？有那么一刻，我清晰地想到他的手抚摸着我的背，我的脸贴在他的胸口，感觉着他温暖的 T 恤衫，强烈的渴望向我袭来，我的脚步几乎有些踉跄。

明天就到特隆赫姆了。到时候，没人可以阻止我上网。

"洛！"我身后有个声音响起，我转过身，就见本沿着狭窄的走廊向我走来。他算不上身材魁梧，却依然占满了整个走廊，这很像

《爱丽丝漫游仙境》里的视觉假象，让整条走廊都收缩，而本越是靠近，就变得越大。

"本。"我说，尽量让我声音里的愉悦显得令人信服。

"怎么样？"他和我一起向我们的船舱走去，"你见到巴尔默了吗？"

"见到了……我觉得还不错。反正看样子他是相信我的。"我并没有提到理查德走后我心里的想法，我觉得他并没有对我倾心相待。和他见完面，我觉得很有把握，得到了安抚，但我回想了他说过的话，这才发现他其实并没有做出任何承诺，事实上，他也没有说过会无条件支持我。他说了很多次"如果你说的是真的"和"如你所说"，但仔细想来，他的话都是含含糊糊，没有任何实质内容。

"真是好消息。"本说，"他会让船掉头吗？"

"不知道。他似乎认为掉头也是无济于事，他还说反正明天一大早就能到特隆赫姆，所以最好还是按原定计划去那里。"

我们走到船舱，我从衣兜里拿出房卡。

"老天，但愿今晚能别再吃八道菜了。"我一边疲倦地说，一边打开门锁，推开门，"我只想好好睡一觉，明天好去特隆赫姆见警察。"

"那么说，这依然是你的计划了？"本问道。他把手搭在门框上，这下子我既不能走开，也不能关门，不过我觉得他并不是有意这么做的。

"是的。船一靠岸，我就去报警。"

"能不能靠岸，不是要看船长说船的方位合不合适吗？"

"或许吧。我想巴尔默正在和他谈这件事。但不管怎么样，我都想向官方报备这件事，就算他们不调查也无所谓。"我的话越快被记在官方档案中，我就感觉越安全。

"有道理。"本轻松地说，"不管明天早晨发生什么，你都要重新和警方讲述这件事。你一定要只讲事实，要像你和巴尔默在一起时一样，思路清晰，保持冷静。他们一定会相信你的。你没有理由撒谎。"他放下手臂，向后退了一步，"如果你需要我，知道去哪里找我吧？"

"知道。"我露出疲倦的笑容，就在我准备关上门的时候，他又把手放在门框上，我要是关门，肯定会夹到他的手指。

"噢，我差点忘了。"他故作随意地说，"你听说科尔的事了吗？"

"你说他的手？"我几乎忘了他的手受伤了，但此时，当时那令人震撼的情形清晰地闪现在我的脑海里：鲜血缓慢地滴落在甲板上，克洛伊吓得脸色发青。"可怜的家伙。需要缝针吗？"

"我不知道，不过可不止如此。他还把相机碰到了热水浴缸里，他都发狂了，说是真不明白怎么会把相机放在这么靠近边缘的地方。"

"你是在开玩笑吧？"

"不是。他说镜头没事，但相机的机身和记忆卡都报废了。"

我感觉船舱在变，距离我远了一点点，像是所有的一切都时隐时现，我痛苦地回想起从小屏幕上看到那张照片，现在，那张有那个女人的照片多半是彻底损毁了。

"喂。"本笑着说，"用不着哭丧着脸吧！我肯定他上了保险。只是那些照片可惜了。吃午饭的时候，他还给我们看了。拍得挺不错。有一张是昨晚给你照的，漂亮极了。"他停了下来，伸出一只手要摸我的下巴，"你没事吧？"

"我很好。"我猛地一歪头，躲开了他的手，跟着，我尽量挤出一丝看似发自内心的笑容，"我只是……我看我再也不会上游船了，真的不适合我……你知道的……大海……船上又这么狭窄。要是现在能到特隆赫姆就好了。"

我的心突突狂跳，我恨不得本马上把手从门框上拿下来，赶快离开。我现在需要整理思绪，需要将这件事好好想一想。

"你……介意吗？"我冲本那只仍扶在门框上的手一点头，他轻松一笑，站直身体。

"当然！不好意思，我不该在这里闲扯起来没完没了。你要想换衣服去吃饭了吧？"

"是的。"我说。我的声音听起来尖尖的，显得很假。本挪开手，我歉意地对他笑笑，便关上了门。

他走了之后，我插上锁定插销，背靠门板跌坐在地上，我把膝盖弯到胸口，把额头搭在双膝上，闭上眼，一个画面清晰地出现在我的眼前：克洛伊伸手去拿香槟杯，而她手臂上的水滴落在科尔那架放在甲板上的相机上。

科尔或其他人是不可能把那架相机撞到浴缸里的。相机又没有摆在浴缸的边缘。是有人利用我讲那件事和摔破杯子时带来的混乱，从甲板上捡起相机，丢进了浴缸里。而且，我不可能知道那个人是谁。这件事随时都可能发生，甚至有可能是在我们都离开甲板后。有可能是客人干的，也有可能是工作人员干的，还有可能是科尔自己干的。

房间墙壁似乎在向我靠拢，既闷热又不通风，我知道我必须到外面去。

我站在观景台上，海雾依然笼罩着船身，但我大口大口呼吸，冷风灌进我的肺，我感觉精神多了，让我一下子就甩脱了恍惚的状态。我必须思考。我感觉所有拼图碎片都摆在我的面前，只要我足够努力，我肯定能把它们拼凑起来。但要是我的脑袋不那么疼就好了。

就像昨晚一样，我把身体探过观景台，昨晚的事清晰地浮现在我的脑海里：观景台的门悄悄关闭，巨大的溅水声，我在一片沉寂中惊醒过来，玻璃护栏上的血迹，忽然，我完全肯定我不是想象力丰富，那一切都不是我想象出来的。睫毛膏不是。血迹不是。10 号舱那个女人更不是。为了她，我不能让这件事就此了结。因为我了解她的感受：半夜惊醒，发现有人闯进来，确定会发生可怕的事却孤独无助，根本不可能阻止这件事的发生。

九月夜晚的风吹来，我感觉寒冷彻骨，我想到此刻我们肯定就快到北极圈了。我哆嗦起来。我从衣兜里掏出手机，再一次检查网络信号，我把手机举高，仿佛这么做就能神奇地加强信号，只可惜连一格信号都没有。

或许明天就好了。明天我们就能到特隆赫姆，不管怎么样，到时候我就下船，直接去最近的警察局。

# 第二十一章


我在脸上涂了一层又一层化妆品，这才能让自己戴上冷静专业的面具，安然熬过晚宴。

我真的很想蜷缩在羽绒被下面。一想到我即将见到的那群人里有一个杀人犯，或是昨晚杀害了一个女人的人在为我们准备食物，我就特别害怕，感觉很离奇。

但是，固执的那部分我拒绝屈服。我面对卫生间的镜子，涂抹从克洛伊那里借来的睫毛膏，我发现自己正在从镜中那个女孩的身上寻找曾经的我，十五年前，我还在上大学，是那么愤世嫉俗，怀揣远大理想，开始了我的记者生涯，我还记得我的梦想是成为调查记者，改变世界。可结果呢，我只能靠在《旅行风尚》写旅行文章来养活我自己，而且，我竟然几乎不由自主地开始享受这份工作，我甚至开始享受这份工作带来的特权，梦想着能像罗恩那样，成为杂志社的头头儿。那也无所谓，我并不羞于成为我现在成为的记者；和大多数人一样，我做了一份我能找到的工作，并且尽力把工作做到最好。可是，如果我都没有勇气走到外面，去调查一件让我寝食难安的事，那我怎么能直视镜中那个女孩的眼睛？

我想到了我很欣赏的那些女记者，她们在全世界的战区进行报道，揭露腐败政权，深入监狱去保护消息提供者，冒着生命危险去发掘真相。我根本无法想象玛莎·盖尔霍恩会乖乖听话——"不要再追查下去"，我也想象不到凯特·艾蒂因为害怕不知道会发现什么，就躲在酒店房间不敢出来。

"不要再追查下去"。镜子上的那句话已经深深镌刻在了我的记忆中。我涂了润唇膏，总算完成了妆容，然后，我在镜子上哈了一口气，在模糊了我的映像的雾气上写了两个字：绝不。

我走出卫生间，关上卫生间的门，穿上晚宴鞋，这时，一小部分比较自私的我小声说，只要有人在我身边，我就是安全的。有一屋子证人呢，没有人能伤害我。

我刚把晚礼服抚平，就传来了敲门声。

"谁呀？"我喊道。

"我是卡拉，布莱克洛克小姐。"

我打开门，发现卡拉站在外面，她面带笑容，还是惊奇中略带焦虑的样子。

"晚上好，布莱克洛克小姐。我是来提醒您，晚宴在十分钟后开始，林格伦休息室有酒水饮料，您随时都可以过来。"

"谢谢。"我说，跟着，在她转身要走的时候，我一时冲动，便喊道，"卡拉？"

"怎么？"她回转过身，挑起眼眉，圆圆的脸看起来几乎有些惊慌，"还有什么我可以帮您？"

"我……我不知道。只是……"我深吸一口气，琢磨着该怎么说，"今天早些时候，我在员工区和你见面的时候，我感觉……我感觉你可能还有别的话对我说。可能你不想当着利德曼小姐的面和我讲。我只是想说，我明天要去特隆赫姆，把我看到的都告诉警方，如果你有话告诉我，不管是什么，现在就是个很好的机会。我可以保证不对外透露你的姓名。"我又想到了玛莎·盖尔霍恩和凯特·艾蒂，又想到了我曾经想要成为的那种记者。"我是个记者。"我尽可能用有说服力的语气说道，"你很清楚这一点。我们会保护提供消息的人，这是交易的一部分。"

卡拉没有说话，只是不停地扭动手指。

"卡拉？"我追问道。有那么一会儿，我好像看到她的蓝色眼睛里噙满了泪水，但她眨眨眼，把泪水忍了回去。

"我不……"她说，然后，她用她的母语小声说了什么。

"没事的。"我说，"告诉我吧。我保证不会再纠缠你。你是不是害怕什么人？"

"不是的。"她苦恼地说，"我伤心是因为我很替您难过。约翰说那件事是您编的，他说您……那个词怎么说来着？啊，妄想狂，他说……您总是编故事，好寻求关注。反正我是不相信他。我觉得您是个好人，我相信您说的都是真的。但是布莱克洛克小姐，我们需要我们的工作。如果警察说这艘船上发生了不好的事，那就没人愿意和我们一起旅行了，而且找别的工作或许也不太容易。我需要这份工作的薪水，我儿子艾瑞克还很小，他和我妈妈一起在家里，我得寄钱回去，不然他们就没饭吃了。或许是有人让朋友用了那个空船舱，这也不表示有人被害，是不是？"

她说完转身就走。

"等等。"我伸手拉住他的手臂，试着阻止她，"你在说什么？真有个女人在船上？是有人偷偷把她带上船的吗？"

"我什么都没说。"她挣脱我的手，"布莱克洛克小姐，根本就没有任何事情发生，所以请您不要惹是生非。"

她说完就沿着走廊跑开，输入进入员工区大门的密码，走远了。

《《《

　　我一边向林格伦休息室走，一边回想与卡拉的对话，希望能理出一个头绪。她是不是看到10号舱里有人，或是怀疑有人在那里？还是她一方面很同情我，一方面又害怕如果我说的是真的，会有什么事情发生？

　　我站在休息室外面，偷偷检查了一下手机，现在距离陆地近了，或许就能接收到信号，可手机毫无反应。我刚把手机放在晚装袋里，卡米拉·利德曼就悄无声息地走了过来。

　　"我帮您拿着吗，布莱克洛克小姐？"她指指我的晚装袋。我摇了摇头。

　　"不用了，谢谢。"我设定了手机模式，只要连接到漫游网络，手机就会嘟嘟响。如果真有信号，我希望手机就在我手边，那我就能立即与外界联系。

　　"那好吧。您需要来杯香槟吗？"她指着入口边一张小桌上的托盘，我点点头，拿了一杯。我晓得我应该保持清醒的头脑，迎接明天的到来，但喝一杯酒壮胆，应该不会有害处。

　　"对了，通知您一下，布莱克洛克小姐，"她说，"今晚关于'北极光'号的推介会取消了。"

　　我茫然地看着她，意识到我再一次忘记了查看预定行程。

　　"本来预计在晚餐后举办关于'北极光'号的推介会。"她看到我的表情后解释道，"由巴尔默勋爵来介绍，再播放勒德雷尔先生拍摄的照片，可很不幸，巴尔默先生去处理紧急事件，勒德雷尔先生伤了手，所以推介会改到了明天，等大家从特隆赫姆回来之后再举办。"

　　我又点点头，扭头去看还有什么人不在。

正如卡米拉所言，巴尔默和科尔都不在。克洛伊也不在，我向拉尔斯打听她，他说她有些不舒服，在客舱里睡觉。安妮在，不过她的脸色苍白，就在她把酒杯举到唇边的时候，她的长袍向下滑开，我看到她的锁骨上有一块深紫色的瘀痕。她看到我先是看了她一眼然后赶快别开眼，便难为情地笑笑。

"我知道，看起来很可怕，是吧？我在卫生间里摔了一跤，我现在只要磕一下碰一下就会挫伤。现在比之前看起来还要严重。真不幸，这就是化疗的副作用。"

我们就座，准备用餐。我看到本指指他旁边的座位，而那个座位对面的人是阿切，但我假装没看到，便坐在距离我所站位置最近的椅子上，而坐在我旁边的是欧文·怀特。他正在滔滔不绝地和蒂娜聊他的金融权益和他在他工作的那家投资公司里的地位。

我一边听他们两个聊天，一边注意桌边的其他人，这时候，我听到他们的话题变了，他开始小声嘀咕，像是不愿意被别人听到。

"……老实说吧，不。"他悄悄地对蒂娜说，"我并不完全相信那个方案是一劳永逸的，那个投资领域很有赚头。但我觉得巴尔默可以轻易从其他地方得到好处。当然了，他财力雄厚，或者说是安妮有的是钱，所以他才承担得起，等那个合适的人上船。真遗憾索尔伯格来不了，这是他擅长的领域。"

蒂娜精明地点点头，跟着，他们改换了话题，一会儿聊到他们都去过的度假地点，一会儿又猜测我们面前的盘子里摆放的一块方块状荧光绿色胶状物是什么，胶状物两侧各有一团我觉得很像海藻的东西。我环顾整个房间。阿切正在和本说着什么，说着说着放声大笑起来。他看起来有了几分醉意，脖子上的领结都是歪的。同一桌的安妮正在和拉尔斯说话。我下午看到她在哭，现在一点也看不出来了，但她的表情有些许异样，她听到拉尔斯的话后直点头，但她的笑容非常紧绷。

"你在打量女主人吗？"一个低沉的声音在桌对面响起，我扭过头，就看到亚历山大正拿着杯酒小口抿着，"她是个谜一样的人，是吧。看起来弱不禁风，可有人说，理查德事事都要听她的。你可以说她就好像一只戴着丝绸手套的铁拳。我觉得呀，在一般孩子还流着口水吃玉米片的年纪，她就拥有了富可敌国的财富，这人呐，肯定就变得铁石心肠了。"

"你很了解她吗？"我问。

亚历山大摇摇头。"我以前从没见过她。理查德半辈子都是在飞机上度过的，但她几乎没离开过挪威。我是不太明白她那种生活，你知道的，我是为旅行而生，我真没法想象把自己困在像挪威一样的弹丸小国是什么感觉，毕竟全世界有那么多美食餐馆，那么多漂亮的首都，就等着我去呢。尝不到斗牛犬餐厅乳猪的美妙滋味，更是体会不到曼谷噶干（Gaggan）餐厅的辉煌文化！不过呢，我觉得她这是对她的童年经历做出的反应，在她八九岁时，她父母在一次空难中去世了，后来，她的祖父母让她辗转上了欧洲好几家寄宿学校，她就是这么度过剩下的童年时光的。我觉得这样一来，等长大以后，她肯定会选择另一种生活。"

他拿起叉子，我们吃了起来，此时，门边传来一阵嘈杂，我抬起头，就看到科尔摇摇晃晃地向餐桌走来。

"勒德雷尔先生！"一个女服务员快步走过来，从休息室侧面的一排备用椅子中抽出一把。"布莱克洛克小姐，能否请您……"

我微微挪动盘子和椅子，她为科尔把椅子摆在桌子的首位，科尔扑通一声坐在上面。他的手上缠着纱布，看样子已经喝多了。

"不，我不喝香槟。"他对轻轻端着托盘走过来的汉妮说道，"我要苏格兰威士忌。"

汉妮点点头，快步走开，科尔背靠在椅子上，用一只手抹了抹长满须茬的脸。

"你的相机毁了，真遗憾。"我小心地说。他皱起眉头，我发现他其实已经喝醉了。

"真他妈是个噩梦。"他说，"最糟糕的，那都是我自己的错。我真该留个备份才对。"

"所有照片都没了？"我问。

科尔耸耸肩。"不知道，不过可能是的。我在伦敦有个熟人，他或许能恢复一些数据。不过我把卡插在电脑里时什么都看不到，甚至都读不了卡。"

"那真是太遗憾了。"我说。我的心跳开始加速。我也不肯定我这么说理智与否，但我觉得我现在已经没什么可失去的了。"都是跟船有关的相片吗？我好像看到一张别的地方的照片……？"

"是的，我把记忆卡交换了，有几张照片是我几个星期之前在麦哲伦拍摄的。"

我很了解麦哲伦俱乐部。这是一家全男性会员俱乐部，位于皮卡迪利大街，是外交官和俱乐部口中那些"绅士旅行家"的聚会地点。他们不接受女人成为会员，不过会接待女性客人，曾经有一两次我代替罗恩去那里参加过宴会。

"你是会员吗？"我问。

他哼了一声。"不是。那里不符合我的风格，就算他们让我加入，我也不乐意，况且他们也不太可能让我加入。他们那里太粗率无礼了，只要有地方不让穿牛仔裤，就都不合我的口味。锋线俱乐部就比较对我的脾气。不过亚历山大是会员。我想巴尔默也是吧。你知道的，就是那么回事，要么是长得帅，要不就腰包鼓，幸好我二者都不是。"

他说到最后，周围的交谈声正好停下，因此，在一片沉寂中，他的声音显得特别响亮，他的话却是含糊不清的。我看到几个人转过头来，安妮看了服务员一眼，冲她点点头，意思是先送食物，再送酒。

"那你去那里干什么？"我压低声音说，仿佛我能潜移默化地说服他降低音量。

"为《哈珀斯》杂志拍照片呀。"服务员为他端来菜，他开始胡乱叉着食物，然后颤颤巍巍叉起一小块塞进嘴里，似乎连味道都没有品尝就吞下去了，"可能是什么首创活动吧。记不清了。老天！"他低头看着他的手，叉子正好碰到了纱布，"他妈的疼死了。我明天是不可能去特隆赫姆的大教堂转转了，我得去找医生检查一下，开点管用的止疼药。"

《《《

吃完晚饭，我们拿着咖啡去了休息室，我走过去站在欧文·怀特旁边，我们两个都望着落地窗外的迷雾。他礼貌地冲我点点头，但似乎并不急于打开话题。我琢磨着罗恩会怎么做。迷倒他？还是不搭理他，去找一个对杂志社更有用处的人？或许我该去找阿切？

我回头看了一眼阿切，发现他已经烂醉如泥，正把汉妮困在休息室一角，她背靠在窗户上，他人高马大挡在她前面，她根本无法脱身。汉妮用一只手端着一壶咖啡，面带礼貌的笑容，但看得出来她很警惕。她说了什么，又指指咖啡壶，显然是要找借口离开，但他哈哈一笑，伸出一只粗壮的手臂搂住她的肩，一副慈爱的姿势，看得我直起鸡皮疙瘩。

汉妮又说了什么，我没听清楚，然后，她老练敏捷地从他的手臂下方钻了出来。有那么一刻，阿切的脸上露出了窘迫和愤怒，可跟着，他似乎对这件事不屑一顾，走过去和本聊了起来。

我扭头看着欧文·怀特，叹了口气，不过我也说不准我是为汉妮松了口气，还是因为我遵从内心，即便是为了我的事业，也不会去和我不喜欢的人打交道。

相比之下，欧文看起来就显得无害可靠。我暗地里看着他在雾蒙蒙漆黑窗户上的映像时，才意识到我根本就不清楚他对杂志社有没有用。本说过他是个投资人，不过这一路上，怀特不喜欢交际，我实在想不起他都做过什么。如果杂志社的老板决定进入一个更有赚头的领域，那他对集团来说或许就是个完美的天使投资人。不管怎么样，我都无意到休息室的另一边去。

"那个……"我尴尬地开口道，"我们好像还没有正式认识过。我叫劳拉·布莱克洛克。我是个旅行记者。"

"我是欧文·怀特。"他只是这么说，不过他的语气中没有丝毫不屑，我觉得他是个沉默寡言的人。他伸出一只手，我笨拙地伸出左手和他握了握手，虽然我用左手拿着一块花色小蛋糕，不过这也比用右手与他握手强，因为我的右手拿着一杯热咖啡。

"你为什么会上'北极光'号，怀特先生？"

"我为一家投资集团工作。"他说着喝了一大口咖啡，"我想巴尔默很希望我能推荐'北极光'号，说这是个投资的好机会。"

"但是……听你对蒂娜说的话，好像这不是你的理由吧？"我谨慎地说，不知道承认偷听会不会显得我很不礼貌，但我控制不了我自己。他点点头，似乎并不觉得受到了冒犯。

"的确如此。我必须承认，那不是我擅长的领域，不过有人请我免费旅行，我还是很高兴的，而且我这人贪财，不可能错过这么一个好机会。就像我对蒂娜说的，索尔伯格没来真是太遗憾了。"

"他本应该住在10号舱的，对吧？"我问。欧文·怀特点点头。

我忽然想到，我到现在还不知道这位神龙见首不见尾的索尔伯格是何许人物，也不知道他为什么没来。"你……我是说，你认识他吗？我指的是索尔伯格。"

"我们是老熟人了。我们都是一个圈子的。他在挪威，我的总公司设在伦敦，不过我们那个圈子很小。大家对彼此的竞争者都心知肚明。我想旅行杂志这个行业里肯定也是这样的。"他笑着把一块花色小蛋糕塞进嘴里，我也对他笑笑，承认他说的是事实。

"如果他对这次游轮行感兴趣，那他为什么不来？"

欧文·怀特没说话，有那么一刻，我琢磨着我是不是说得有些过分，是不是问得太直接了，不过看到他把食物咽下去，我才意识到他只是吞咽蛋糕时说话有些困难。

"发生了盗窃事件。"他含着一嘴坚果，又吞了下去，"我估计是他家遭贼了。他的护照被偷了，不过我觉得这只是一部分他不来的原因，当时他的妻子和孩子都在家，据我了解，他们都吓坏了。那些斯堪的纳维亚企业，怎么说好呢……"他再次停顿，把食物吞下去，这次他咽得很费劲，"他们真的知道家人的重要性，永远都把家庭摆在第一位。哎呀，听我的吧，除非你牙好，否则千万别吃这种奶油杏仁糖，我觉得我补牙的填料都给咯松了。"

"可别把罪名安在奶油杏仁糖头上！"我正琢磨他说的话，却突然听到有人在我身后这么说道。我猛地转过身，就看到亚历山大向我们两个走过来，"欧文，快告诉我你说的不是奶油杏仁糖。"

"我就是在说它。"欧文喝了一大口咖啡，在嘴里漱漱，微微皱起眉头，"抱歉。"

"至少应该在这东西边上摆个'注意牙齿'的牌子。至于你，"他指着我说，"需要的则是一份调查报告。《旅行风尚》杂志毫不留情地揭露理查德·巴尔默与牙科整形美容行业有着不光彩的联系。再加上另一件事，我觉得这艘游轮以后的乘客会很难买到医疗保险了，你说是吗？"

"另一件事？"我厉声说道，试着回想我都对亚历山大说过什么。我很肯定我并没有把那件事原原本本地告诉他。是不是拉尔斯把我们在热水浴缸边上的对话告诉他了？"你说的另一件事，指的是什么？"

"啊。"亚历山大说，他夸张地张大眼睛，"当然是科尔的手呀。你以为是什么？"

《《《

喝完咖啡，大家就散开了，欧文没打招呼就悄悄消失了，拉尔斯拿克洛伊开了个玩笑，之后也走了。巴尔默依然不见踪迹，安妮也不见了。

"要不要去酒吧喝一杯。"就在我把空咖啡杯放在边几上的时候，蒂娜对我说，"亚历山大要去那里演奏钢琴。"

"我……我不去了。"我说。我还在思考欧文·怀特在喝咖啡时对我说的索尔伯格家里遭贼的事。那是什么意思？"我想去睡觉了。"

"本，你去不去？"蒂娜柔声说道。

他看着我。"洛？要不要我送你回船舱？"

"不用了。我没事。"我说着转身就走了。我就快走到大门的时候，感觉到有只手抓住了我的手腕，我连忙转过身。原来是本。

"喂。"他轻声说，"出什么事了？"

"本。"我扫了一眼他身后的其他客人，看到他们有的在笑，有的在聊天，都无视周围的情况，而女服务员则在他们身边收拾杯子，"在这里还是不要说这件事了。没出什么事。"

"那你吃饭时怎么表现那么奇怪？你看到我给你留了椅子，可你故意不理我。"

"没事。"我感觉有什么东西在挤压我的太阳穴，疼痛难忍，好像我一整晚都在压抑的怒气正要挣脱束缚。

"我才不信你。得了，洛，说来听听吧。"

"你骗我。"我愤怒地小声脱口而出，然后才想到指责别人要讲究方法。本看起来有些震惊。

"什么？我才没有！"

"真的？"我厉声说道，"那么你们打扑克的时候，你从没离开过船舱？"

"没有！"现在轮到他扭头看其他客人了，蒂娜看向我们，他扭过头来，压低声音，"没有，我没有……啊，不，等等，我确实出去拿了一趟钱包。但我这可不算是撒谎……不完全是。"

"不算撒谎？你信誓旦旦地说没人离开过船舱。后来我从科尔那里打听到，不光你出去过，而且，在你不在的时候，其他人也很可能出去过。"

"但那不一样。"他喃喃地说，"我是出去了。老天，我也说不好当时是几点，不过应该不太晚。和你说的时间不一样。"

"那你为什么要撒谎？"

"那不算撒谎呀！我就是没想起来。老天，洛……"

但我没有让他说完。我从他的手中抽出我的手腕，快步穿过大门，走进走廊，任由他在我身后目瞪口呆地望着我。

我一边琢磨本的事一边往前走，一转弯，我不小心撞到了一个人。是安妮。她正靠在舱壁上，仿佛是在做思想准备，不过我可拿不准她是在决定要回派对，还是回船舱。她看起来极为疲倦，脸色灰暗，眼周的乌青比以前都要深。

"噢，真对不起！"我气喘吁吁地说，跟着，我想到她锁骨上的瘀伤，"我没弄伤你吧？"

她对我笑笑，嘴唇周围的细嫩皮肤起了皱纹，但她的眼中没有丝毫笑意。"我没事，就是有点累了。有时候……"她吞吞口水，有那么一刹那，她的声音变得有些沙哑，她那口完美无瑕的英式英语出现了短暂的混乱，"有时候，就是感觉很难承受……你明白我的意思吗？必须做样子给别人看。"

"是的。"我充满同情地说。

"我先走了，我要去睡觉了。"她说，我点点头，转身走我自己的路。我走下楼梯，向船尾的船舱走去。

我就快走到我的客舱门时，一个愤怒的声音在我身后响起。

"洛！洛，等等，你不能指责完我掉头就走。"

见鬼。本。我真想赶快走进船舱关上舱门，但我还是把后背靠在舱壁的镶板上，强迫自己转身面对他。

"我没有指责你。我只是说出了别人告诉过我的话。"

"那你就是在暗示你怀疑我了！我们都认识十几年了！你难道不清楚，你像这样指责我撒谎，我心里有多难受？"

从他的声音里，我听出他真的很伤心，但我拒绝心软。我们在一起的时候，每次吵架，他都喜欢用这一招，不再提让我生气的事，而是说我伤害他的感情，是在无理取闹。于是，我就一再地因为我伤了他的心而向他道歉，而我自己的感情则遭到了忽视。这样一来，我们总是非常激动，就忘了一开始引起我们吵架的问题。这一次，我不会重蹈覆辙。

"我没有伤害你的情感。"我说，努力维持平稳的声音，"我只是在陈述事实。"

"事实？你别这么荒谬了！"

"荒谬？"我双臂抱怀，"什么意思？"

"我的意思是，"他急躁地说，"你现在的一举一动就是妄想狂的表现。你觉得每个拐角后面都藏着一个妖怪。或许尼尔森……"

他猛地住了口。我紧紧抓着我那个精致的晚装袋，摸到了光滑亮片下的坚硬手机。

"接着说呀？或许尼尔森……怎么样呢？"

"没什么。"

"或许尼尔森说得对？或许这一切都是我的想象。"

"我可没那么说。"

"但你就是在这么暗示。"

"我只是想请你退后一步，看看你自己，洛。我是说，要理性地看待这件事。"

我强忍怒气，露出微笑。"我很理智。不过我倒是很高兴退后一步。"说完，我就打开船舱门，走了进去，使劲儿把门摔在他面前。

"洛！"我听到他在门外大喊，还猛地敲门。跟着，他停顿了一下。"洛！"

我没说话，只是插上插销，挂上锁链。除非拿大锤子把门砸烂，否则没人能进来。至少本·霍华德进不来。

"洛！"他又使劲儿敲门，"能不能和我谈谈？就算事情真的已经失控了。那你至少也得和我说说，你明天要怎么和警察说呀？"他停顿下来，等我回答，"你在听吗？"

我不搭理他，把手袋丢在床上，脱掉晚礼服，走进卫生间，关上门，我打开浴缸水龙头，让水声盖过他的声音。等我终于进入滚烫的热水，关掉水龙头时，我能听到的唯一声音便是排风扇的轻柔嗡嗡声。谢天谢地，他八成终于放弃了。

《《《

　　我把手机放在卧室了，所以我也不知道我是几点从浴缸里出来的，但我的手指都泡得皱皱巴巴，我感觉睡意沉重，不过有一点很不错，那就是我不像前几天那么紧张疲倦又急躁了。我刷了牙，擦干头发，系上白色毛巾浴袍的腰带，我觉得我今晚一定能睡个好觉，我还想了想我带着逻辑头脑小心彩排过的明天要对警察说的话。

　　然后……老天，一想到这个，我就倍感轻松。和警察说完，我就坐上巴士、火车，反正特隆赫姆有什么交通工具，我就坐什么，去最近的机场，坐飞机回家。

　　我打开卫生间的门，不由得屏住了呼吸，原以为本会再次猛砸门，大声叫喊，不过四下里寂静无声。我悄悄走到门边，我的双脚踏在浅色厚地毯上，悄无声息，我打开窥孔盖，看向走廊。外面没人。至少在我能看到的范围内没人。虽然是鱼眼镜头，但我依然只能看到一部分走廊，不过除非本躺在门下方的地上，否则他就是真的走了。

　　我叹了口气，拿起被我丢在床上的手袋，我想用手机看看几点了，还要设定明天的闹钟。我不愿意等卡拉打电话叫我，我想要尽快起来，离开这艘船。

　　但我的手机不见了。

　　我把手袋颠倒过来，把里面的东西都倒了出来，但我知道这样做也是徒劳，手袋又小又轻，任何比明信片还重的东西都不可能藏在里面。手机也不在床上。是不是掉到地板上了？

　　我试着清晰地思考。

　　我有可能把手机落在餐桌上了。但我一直没把手机拿出来，而且，不管怎样，我都清晰地记得我在和本争执之际，摸到手机就在晚装袋里。我把手袋丢在床上，要是没有了手机，我肯定能感觉到手袋重量不对。

我去卫生间找了一下，以免我下意识地把手机拿了进去，但我找了半天也没找到什么。

我开始更卖力地找，我把羽绒被丢在地上，把床推到一边，这时候，我看到了什么。

那是一个脚印。一个湿脚印，就在观景台门旁边的地毯上。

我霎时间就愣住了。

是我的脚印？是我从卫生间出来后留下的？

但我知道那不可能。我在卫生间里就把脚擦干了，再说我也没靠近窗户。我走到近处，用指尖抚摸那个冰冷潮湿的脚印，然后我意识到，那是个鞋印。还可以看到鞋跟的形状。

只有一个可能。

我站起来，滑开观景台的门，走到观景台上。我把身体探过护栏去看我左边的空观景台。两个观景台之间的磨砂玻璃隔板很高，几乎是垂直的，但要是胆量大，不怕高，而且不担心有可能掉进海里淹死，就有可能爬过来。

我情不自禁地打了个寒颤，我的浴袍无法抵御北海的寒风。但有件事我必须要做，如果事实证明我错了，那我肯定得后悔得肠子都青了，而且会把自己当成傻瓜。

我小心翼翼地关紧观景台的门。

然后，我试着看能不能把门拉开。

门开了，而且是很容易就打开了。

我走进船舱，把门关上，检查了窗锁。跟我想的一样，没有任何办法可以锁紧观景台的门，从而阻止别人从外面进来。现在一想，这倒也是合理的。应该出现在观景台上的人只有客舱里的住客而已，不可能冒险让客人无意中在风雨交加的天气里把自己锁在外面，却无法进屋发警报，或是让淘气的孩子把父母关在外面，然后又打不开锁。

而且，说真的，有什么可怕的呢？观景台面朝大海，是不可能有人从外面进入观景台的。

除非……除非有人胆子又大人又蠢。

现在我明白了。要是有人能进入没人住的 10 号舱，就能发现从阳台能摸进我的船舱，而且这个人同时又有足够的臂力将自己拉升起来，那这世上的锁呀，插销呀，"请勿打扰"的标志呀，就都成了摆设。

我的船舱不安全，自始至终都不安全。

《《《

我回到船舱，穿上牛仔裤、靴子和我最喜欢的连帽衫。然后我检查了船舱门的锁，蜷缩着躺在沙发上，把一个靠垫抱在胸前。

现在我想睡也睡不着了。

任何人都有可能进入那个空船舱。从那里只要爬过玻璃隔板，就能进入我的船舱。工作人员拿着通行证就能进入 10 号舱。至于客人……

我想到了船舱的布局。我的右边是阿切住的船舱，他是一名退役的海军陆战队队员，拥有强大的上肢力量，我回想起这一点，不由得一蹙眉。在我的左边……我的左边就是空无一人的 10 号舱，而 10 号舱的另一边是本·霍华德的船舱。

本。他故意引起尼尔森对我的怀疑。

本。他胡乱编造他的不在场证据。

而且，他在我之前就看过了卡尔相机里的照片。我迷迷糊糊地想起他说过的话，犹如在梦中一般："他在吃午饭时给我们看过照片了。有些拍得很不错……"

本·霍华德。我以为在这艘船上，我能相信他。

我想到了我的手机，我想到有人胆子又大，脑子又蠢，趁我洗澡的时候进来偷走了我的手机。为了偷手机，他可是冒了很大的风险，问题是，为什么？为什么是现在？但我想我知道答案。

答案就是特隆赫姆。只要船上的网还是坏的，那个行凶者就没什么可担心的。而且，我要是打电话，就必须经过卡米拉·利德曼。但随着我们靠近陆地……

我把靠枕紧紧地抱在胸前，我想到了特隆赫姆、朱达、警察。

我现在要做的就是熬到天亮。

《谁是凶手》：为安乐椅神探提供一个讨论的地方

请先阅读版规，再发帖子，慎重发表可能对真实案件不利和（或）构成诽谤的帖子。违反这一指导准则的帖子将被删除。

9月28日，星期一，10:03：失踪的英国人

**我是福尔摩斯** 嗨，各位，有没有人关注罗拉·布莱克洛克失踪的案子？好像已经发现了尸体。

**简·马普尔**[1] 我想失踪人员的名字其实是叫劳拉·布莱克洛克。是的，我一直在关注这个案件。这件事的确悲惨不幸，不过谈不上不同寻常，我从别处看到过，几年来，共有160多人在船上失踪，这些案件几乎都没有告破。

**我是福尔摩斯** 是的，我也听说过这种事。我在《每日邮报》中看到她的前男友上船了。还有一个对他的采访，看了叫人心酸呐，他说他非常担心。他认为她是自愿下船的。他会不会就是那个嫌疑犯？不是有人说过吗，三分之一的女人都是被她们的现任或前任伴侣杀死的？

---

1 阿加莎·克里斯蒂笔下的一位乡村女侦探。——译注

**简·马普尔** "三分之一的女人都是被她们的现任或前任伴侣杀死的？"我觉得你的意思是，在女性被杀的案件中，三分之一的受害者是被她们的现任或前任伴侣杀死的！而不是所有女人！不过没错，这个比例貌似合乎情理。当然了，还有现在这个案子里的男朋友。他说的一些话听起来很假，而且他当时人在国外……嗯……很方便呀。乘飞机去挪威应该不难吧？

**匿名知情人士** 我是《谁是凶手》的常客（不过我换了名字，免得暴露我自己的真实身份），其实对于这件案子，我知道一些内情，我是失踪人士家里的朋友。我不想说太多，否则就会暴露我的身份或是暴露他们家里的隐私，但我可以告诉你们，朱达因为洛的失踪已经崩溃了，你们说话小心，不要暗示这件事是他干的，不然这个帖子很可能会被删除。

**简·马普尔** 匿名，如果你能摘下面具，那我会觉得你的话更有信服力，而且，不管怎么样，我在上面所说的内容并不涉及诽谤。我说的是我个人并不认为他的话可信。你倒是说说我哪里诽谤了？

**匿名知情人士** 简·马普尔，我没有兴趣和你争论这些，但我很了解他们一家人。我和劳拉是同学，而且，我可以告诉你，你攻击错了目标。如果你一定要知道的话，洛遇到了一些很严重的问题，多年来，她一直在服用抗抑郁药物，她一直都很……我觉得用"不稳定"这个词比较合适。我想警方会关注这一点。

**我是福尔摩斯** 你的意思是自杀？

**匿名知情人士** 我实在没有立场去推测警方的调查，不过是的，这就是我对这件事的解读。不知你注意到没有，他们很小心，并没有在新闻中将这件事称为谋杀调查。

**朱达·刘易斯01** 一个朋友对我说起了这个帖子，我便注册来发帖，和"匿名知情人士"不一样，这是我的真名。"匿名知情人士"，我不知道你是谁，老实说，你可以滚了。没错，洛是一直在服用药物（仅供参考，那些药物是治疗焦虑的，而不是抑郁，如果你真是她的朋友，就会知道这一点），但几十万人都在服用这种药物，如果按你所说，服药就会导致她"不稳定"，或是自杀，那可就太他妈无礼了。是的，我当时是不在国内。我在俄罗斯工作。是的，他们是发现了一具尸体，不过尸体不是洛的，因此，在现阶段，进行的仍是失踪人口调查，所以你才没有看到他们将这起案件列为谋杀调查。你们是否能记住一点，那就是你们在谈论的是一个实实在在的人，而不是《她书写谋杀》里的情节？我不知道这个该死的帖吧管理员是谁，但我举报了这个帖子。

**我是福尔摩斯** "和'匿名知情人士'不一样，这是我的真名"。我不是要说笑，但你所说的也只是你的一面之词。

**雷森女士（管理员）** 嗨，各位，抱歉，我们同意刘易斯先生的意见，这个帖子中含有一些令人相当不愉快的推测，所以我们将删除这个帖子。显而易见，我们不愿意阻止你们讨论新闻里的内容，所以请自由地在别处讨论，但请严格遵守报道中的事实。

**督察员沃兰德** 那这个挪威警方扫描员的博客呢，上面说正在对劳拉的尸体进行阳性鉴定?

**雷森女士（管理员）** 现在要删帖了。

| 第六部分 |

# 第二十二章

我被关了起来。我不肯定我被困在哪里，也不知道我是怎么被困住的，但我很清楚这一点。

这个没有窗户的房间很小，叫人感觉窒息，我躺在一张双层床上，闭着眼，用手臂搂着头，尽量不被我心里越来越强烈的恐慌感征服。

我在越来越强烈的恐惧阴云中肯定把发生的事想了无数遍了。当时，我坐在沙发边缘，等着特隆赫姆和黎明的到来，而敲门声一次次地在我耳边响起。

敲门声虽然不是十分响亮，但船舱里寂静无声，所以听来很惊人，如同枪声一般。我猛地抬起头，怀中的靠垫掉在了地上，我的心狂跳不止。老天。我发现我一直在屏住呼吸，我强迫自己缓慢地深深呼气，然后吸气，同时在心里数秒。

那声音又来了，不是粗暴的"砰砰"声，只是很轻的"铛铛"声，然后，隔了很久，又响起最后一声"铛"的声音，像是事后又想起来还要敲一下，而且最后这一声比前面的声音都要响亮。随着最后一声"铛"的声音，我站起来，尽可能悄无声息地向大门走去。

我先用手捂住窥视孔，免得从里面透出去的灯光泄露我的存在，我悄悄地把窥孔的小钢盖滑开。跟着，当我的脸足够贴近窥孔，可以遮挡从窗户照射进来的灰暗黎明的光线，我便收回手指，从窥孔向外张望。

我不知道我盼着见到谁。或许是尼尔森。要不就是本·霍华德。就算是见到巴尔默，我也不会有半点惊讶。

但是，我做梦也想不到竟然是那个人站在外面。

是她。

10号舱的女人。那个失踪的女人。她就这么站在外面，像是什么都没有发生过。

我就这么站了一会儿，不由得倒吸一口气，像是肚子上挨了一拳。她还活着。尼尔森说对了，一直以来我都是错的。

跟着，她转过身，开始沿着走廊向通往员工区的门走去。我必须拦住她。我必须在她消失在那扇上锁的门之前拦住她。

我飞快地拉开锁链，打开插销，猛地打开门。

"喂！"我喊道，"喂，你，等等！我必须和你谈谈！"

她没有停下，甚至都没有回头看，这会儿，她已经走到通往下层甲板的门边，正在输入密码。我来不及细想。我只知道这一次，我决不能让她消失得无影无踪。我跑了起来。

我刚跑到走廊的一半位置，她却已经走过员工区的大门，但就在门即将关上的一刹那，我一把扶住门的边缘，我的手指被夹得生疼，但我还是用力把门拉开，从打开的缝中钻了进去。

那里面很黑，楼梯顶部的灯泡烧坏了。但后来我想，灯泡可能是被人拆掉了。

大门在我身后关闭，我停下脚步，试着找准方位，想看看楼梯顶端通往何处。正在此时，有人伸出一只手从后面扯住我的头发，又用另一只手把我的手臂扭到我的身后，在伸手不见五指的黑暗中，有人死死抓住我的手臂。有那么一会儿，我气喘吁吁，惊恐万状，用指甲扣进了一个人的皮肤，我把没被控制的那只手伸到后面，想去抓那只揪住我的头发的瘦而有力的手，然而，那只手更用力了，狠狠地向后扭我的头，随即把我的头向前一推，猛地去撞已经锁上的门。我听到我的脑袋咔嚓一声撞在金属门框上，跟着，我就不省人事了。

《《《

我一醒来就在这里了，躺在一张双层床上，身上盖着一条薄毯。我的头疼痛难忍，跳动着作痛，所以我总感觉房间里的暗淡灯光歪歪扭扭，异常明亮，还觉得灯光周围有一圈奇怪的光环。对面的墙壁上挂着窗帘，我哆哆嗦嗦地从床铺上下来，半走半爬地来到窗帘边上。我挺直身体，靠着上铺支撑身体，我拉开很薄的橘色窗帘，发现后面并没有窗户，只有一扇空白的奶油色塑料墙壁，墙壁上有细微的纹路，像是在模仿带有纹理的壁纸。

墙壁似乎在向我合拢过来，整个房间像是在缩小，我感觉我的呼吸变得急促。

一、二、三。吸气。

见鬼。我感觉我开始哽咽，好像就快窒息了。

四、五、六。呼气。

我被困住了。老天，老天，老天……

一、二、三。吸气。

我用一只手扶着墙，颤颤歪歪地走向房门，但我尚未尝试开门，就知道就算我去开门也没用。因为门锁上了。

我拒绝去想那是什么意思，我又去试另一扇倾斜着嵌在墙壁里的门，不过我把门打开，发现里面是一个小卫生间，空空荡荡，只有一只死蜘蛛蜷缩在洗脸盆里。

我摇摇晃晃地退回到第一扇门边，又试了试，这次我更加用力地拉门，绷紧了我的每一块肌肉，还把门拉得叮咣响。我拼命拉扯门把手，弄得我自己气喘吁吁，我猛地撞在门上，感觉眼前金星乱转。不，不，不可能啊，可我真的被人关起来了吗？

我站起来，环顾四周，想找个东西把门撬开，只可惜我什么都没找到，这个房间里的所有东西不是固定住的，就是用布做的。我又用力去拉门把手，尽量不去想我被关在一个四英尺乘六英尺、没有窗户的小牢房里，而且还可能是在海平面之下，上千吨的海水就在薄薄的一层钢铁之外。但房门纹丝不动。唯一改变的就是我的头开始剧烈疼痛，最后，我只好踉跄走回床铺，爬上床，努力不去想沉重的海水包围着我，只是把注意力都集中在我的头疼上。这会儿，我感觉头疼欲裂，我都能感觉太阳穴在跳动。啊，老天，我真是太蠢了，竟然直接从船舱跑进了陷阱……

我试着思考。我必须保持冷静，必须克服如潮水般向我涌来的恐惧。我要保持理智。我要控制我自己。我必须这么做。今天是星期几？我根本不知道已经过去了多久。我感觉四肢发僵，好像我以那样的姿势在床铺了躺了很久，我虽然很渴，但还没到口干舌燥的份上。如果我昏迷了很长时间，那我醒来之后，一定会严重脱水。这表示今天依然是星期二。

不管怎么样……本知道我要在特隆赫姆上岸。他一定会来找我……是吧？找不到我，他是不会让船重新起航的。

可跟着我意识到发动机一直在运转，而且我能感觉到船随着海浪起起伏伏。要么是船根本没靠港，要么就是船已经离开港口了。

噢，老天。我们这是要重返法海了，而大家都以为我仍在特隆赫姆。如果他们要找我，那就彻底找错地方了。

要是我的头能不那么疼，要是我的思绪没有这么纷乱纠缠，该有多好……要是四壁不像棺材一样不断向我逼近，让我喘不上气，难以思考，该有多好。

护照。我不知道特隆赫姆港有多大，但肯定会有海关检查点或是入境护照检查关口。肯定会有船上的人在舷梯上值班，负责记录上下船的乘客。他们肯定不会冒险在有人失联的情况下就开船。肯定会有记录显示我没有下船。肯定会有人意识到我还在船上。

我必须相信这一点。

但这么做很难，毕竟整个房间里只有一个灯泡，灯光很昏暗，时不时还闪烁一下，感觉好像随着我每呼吸一次，房间里的空气就减少一点。噢，老天，太难了。

我闭上眼睛，不去看正在向我逼近的舱壁，不去看让人感觉幽闭恐惧的扭曲灯光。我把薄毯子拉过来盖在身上，试着集中注意力。我注意贴着我的脸颊的扁平柔软的枕头，注意我自己的呼吸声。

但我总是想起那个女人，我想到她若无其事地站在我房门外的走廊里，双手叉腰，然后款款地向通往员工区的大门走去。

怎么会？怎么可能？

她是不是一直藏在船上？说不定就藏在这个船舱里？但是，即便我没有睁开眼睛环顾四周，我也知道没人住在这里。这里没有有人居住过的气息，地毯上没有污渍，塑料架子上没有咖啡痕迹，也没有淡淡的食物、汗水和人类呼吸的气味。就连蜷缩在脸盆里的那只蜘蛛也表示没人使用过脸盆。那个女人生机勃勃，那么活泼，如果她真住在这里，肯定会留下痕迹。不管她住在哪里，都肯定不是这个船。

这个地方犹如一座坟墓。或许，这是给我准备的墓穴。

# 第二十三章

我也不肯定我是什么时候睡着的，头痛和引擎的隆隆声让我疲惫不堪。此时一声咔哒声把我吵醒了。

我一下子坐起来，结果脑袋撞到上铺，随即向后栽倒，不由得呻吟起来，我的耳边嗡嗡直响，我赶紧抱住头，感觉脑海深处响起一声尖叫。

我躺在床上，疼得紧紧闭上眼睛，当我的头疼终于稍稍缓解了一些时，我立即翻身侧躺着，睁开眼睛，在昏暗的灯光下眯起眼睛。

地上有一个盘子和一个杯子，杯里装的好像是果汁。

我拿起杯子，闻了闻。看起来和闻起来都很像橙汁，但我不敢喝。我强忍疼痛站起来，打开通往小卫生间的门，把果汁倒在水槽里，并在水龙头下接了一杯水。水是温热的，很不新鲜，但我渴坏了，就算是再坏的水我也会喝。我咕咚咕咚把水喝下去，又接了一杯，一边慢慢地小口喝着，一边缓缓走回床铺。

我的脑袋像是要炸开了一样，要是有止疼药就好了，但我感觉很不舒服，浑身发抖，很虚弱，像是得了重感冒。说不定是饿的，我已经有好几个小时没吃东西了，血糖肯定降到了最低点。

我真的很想躺下，缓解剧烈的疼痛，但我的肚子咕噜噜直叫，只好去查看地上的那盘食物。看起来很正常，有酱汁肉丸、土豆泥和豌豆，边上还有一个圆面包。我知道我应该吃，但之前我就觉得一阵恶心，把果汁倒了，现在我又觉得更恶心。那些人先是把我锁在地下牢房，又给我送吃的，感觉太不对劲了。食物里什么都可能有，老鼠药，安眠药，甚至是更厉害的毒药。但我没有选择，只能吃。

忽然之间，一想到要把一勺肉汁送到我嘴里，我就感觉心里发慌，很不舒服，我真的很想像倒掉果汁一样，把那些食物都顺着下水道冲走，但我刚想站起来，准备去拿盘子，我就意识想到了一件事，又带着颤抖双腿，缓缓地坐下了。

他们无需下毒害我。他们为什么要这么做呢？如果他们想要我的命，大可以把我饿死。

我试着清晰思考。

如果把我带到这里的人要杀我，那他们早就下手了。不是吗？

没错。他们可以暴打我，也可以趁我昏过去时用枕头蒙住我的脸，还可以用塑料袋勒住我的脖子。而他们没有。他们只是费了很大劲，把我拖来这里。

所以，他们的目的不是让我死。反正暂时就是这样。

我就吃一粒豌豆。只吃了一粒有毒的豌豆，是死不了的，对吧？

于是我用叉子叉起一粒豌豆，端详起来。完全正常呀。没有任何粉末。没有奇怪的颜色。

我把豌豆塞进嘴里，缓慢地把豆子在嘴里滚动，试着尝尝有没有任何怪味。没有。

于是我把豆子吞了下去。

没什么感觉。没有我预料中的结果，我对毒药了解不多，不过我觉得能在几秒钟要人命的毒药很少，而且很难得到。

我开始觉得很饿。

我又叉了几颗豌豆，吃了起来，一开始我吃得很谨慎，之后我觉得吃了东西感觉好多了，便飞快地吃了起来。我叉起一颗肉丸。肉丸的香气正常，吃起来也很正常，并且微微带着为一大群人准备的食堂饭菜的味道。

最后，我吃光了盘子里的东西，然后我就坐在那里，等人来收盘子。

我现在就只剩下等待这一件事可做。

等待。

《《《

时间很有弹性——在一个没有阳光、没有时钟、没有任何计量时间流逝工具的环境下，这是人们首先意识到的一点。我试着数数、数秒、数我的脉搏，但我数到两千下就数不下去了。

我的头很疼，但我更担心我的四肢软绵无力，而且在颤抖。一开始，我觉得这是低血糖造成的，后来我吃了饭，我又担心或许食物里真的有毒物，但现在回想起来，我开始琢磨我有多久没吃药了。

我还记得，在星期一早晨我见过尼尔森之后，我从那板药里拿出了一片。但我没有吃。我当时太蠢了，我想证明我并没有依赖那些并不违禁的白色小药片，所以我没有吃。我把药留在台面上，我既不能让自己把药吃下去，也不能把药丢掉。

我并不是要停止服药。只是要告诉别人……我也不知道我要告诉别人什么。或许是告诉别人我很理智。虽然毫无意义，或许我还想告诉尼尔森"去死吧"。

但后来我和本吵了起来，就把吃药的事忘得一干二净。我没吃药就去做护理了，后来又出现了那句话……

也就是说，我至少有四十八个小时没吃药了。或许都超过六十个小时了。一想到这个，我就很不舒服。事实上，不只是不舒服，我还很害怕。

《《《

我第一次发作恐慌症时只有……我不知道，可能是十三岁吧？也可能是十四岁？反正我当时还是个青少年。恐慌症发作了……然后症状消失，我却陷入了恐惧之中，吓得魂不附体，但我没对任何人说起这件事。看起来只有怪胎才会得这种病。正常的人过日子，是不会发抖和难以呼吸的，对吧？

有那么一段时间，情况还好。我考到了普通中等教育证书，又参加了英国大学入学考试的甲级考试。正是在那个时候，事情开始恶化。恐慌症再次发作，一次，两次。过了一段时间，应对焦虑似乎成了我的全职工作，墙壁开始向我逼近。

我去看过一个治疗师，事实上，我见过好几位治疗师。我母亲从电话簿里选了一位"谈心疗法"治疗师，此人是个女人，老是板着一张脸，戴着眼镜，留一头长发，她恨不得让我透露一切黑暗的秘密，说什么要治好我的病，这是关键，只可惜我没有黑暗的秘密。有些日子，我琢磨着是不是可以编出一个黑暗的秘密，好看看这样是否能让我感觉好点。但我还没来得及想出一个好故事，我母亲就跟她闹翻了（也不要她开的药了）。

还有个时尚又年轻的社区领袖，他为一群年轻姑娘治疗，那些女孩有的得了厌食症，还有的自残。最后就是认知行为治疗师巴里了，是我的医生把他推荐给我的，就是他教我呼吸和数数，搞得我一见到秃头的人说起话来很温柔、爱给人鼓励，我就神经紧张。

这些治疗师都没能把我治好。或者说，他们都没能把我彻底治好。不过我可以保持冷静地通过了各种考试，我还去上了大学，我感觉好了很多，看起来好像……好像我长大了，恐慌症就不知不觉地好了，比如我长大了就不再喜欢超级男孩组合，也不再喜欢樱桃味的润唇膏。好像我把恐慌症和我童年里的其他东西，都留在了父母家的卧室里。大学生活是丰富多彩的。我带着新拿到手的闪亮学历离开大学，自觉已经准备好征服全世界。后来，我遇到了本，在《旅行风尚》找到了工作，在伦敦有了立足之地，所有的一切似乎都渐入佳境。

就是在那个时候，我崩溃了。

《《《

我曾经试着摆脱对药物的依赖。当时，我正处在生命中的最好阶段，我还很爱本（噢，老天，我当时爱死本了）。我的医生把剂量降到了每天二十毫克，后来又降到了十毫克，再到后来，因为我的表现很好，我开始每隔一天吃十毫克，最后，我停止服药。

我坚持了两个月，然后再次崩溃，那个时候，我瘦了二十多磅，还很可能丢掉在杂志社的工作，不过他们并不知道我为什么不去上班了。到了最后，莉茜给我母亲打了电话，她又带我去看医生，那个大夫耸耸肩，说可能是停药的缘故，或许对我来说现在还不是摆脱药物的合适时间。他又让我每天吃四十毫克——刚开始，我就吃这剂量——没过几天我就感觉好了很多。我们同意过段时间再停药看看，只是那个日子从未到来。

现在也不是合适的时间。这里更不是合适的地点，毕竟我被关在海平面下一个六英尺见方的钢铁盒子里。

我试着回忆上一次发病时，过了多久我才开始觉得很不舒服。我记得并不太久。四天？或许更短。

事实上，我能感觉到恐慌就像冰冷微弱的电击，开始一点点侵占我的身体。

你将死在这里。

而且没人知道你死在这里。

噢，老天。噢，老天。噢，老天……

这时候，舱门忽然响了一下，我立刻停下……停止呼吸，停止思考，停止恐慌。我只是呆呆地坐在那里，背靠在床铺上。我是不是应该猛扑过去，发动攻击？

门把手开始转动。

我的心像是要跳到嗓子眼了。我站起来，渐渐向后退，背靠在最远端的舱壁上。我知道我必须战斗，但我做不到，毕竟我压根儿就不知道谁会从那扇门走进来。

恐怖的画面闪现在我的脑海里。尼尔森。戴着橡胶手套的厨师。穿着印有平克·弗洛伊德乐队头像 T 恤衫的女人，手里拿着一把刀。

我吞了吞口水。

然后，我看到一只手从打开的门缝伸进来，去摸盘子，只不过是一眨眼工夫，门就关上了。灯光熄灭，船舱一下子就陷入了黑暗中，黑暗是那么浓重，我几乎都可以尝到它的味道。

该死。

《《《

我什么都做不了。我躺在无法穿透的黑暗中，感觉像是躺了好几个钟头，但也可能是几天或几分钟，我时而清醒，时而迷糊，每次睁开眼，我都希望能看到什么，哪怕只是从走廊里传来的淡淡光亮，好证明我真的在这里，证明我确实存在，并没有迷失在我自己想象出来的地狱里。

到最后，我肯定是睡着了，因为过了一会儿，我惊醒过来，心扑通扑通狂跳，在我的胸腔里毫无规则地乱颤。船舱里依旧黑得伸手不见五指，我躺在那里，浑身发抖，出了一身的冷汗，我刚刚做了一个很长时间以来我记得的最恐怖的噩梦，所以我紧紧抓住床铺，像是抓着一个救生筏。

在梦中，穿平克·弗洛伊德乐队头像 T 恤衫的女人在我的船舱里。光线暗淡，但在昏暗中，我能……虽然看不清她，但我能感觉到她。我就是知道她在，她就站在船舱中间，而我无法动弹，黑暗犹如有了生命一般，压迫着我，蹲伏在我的胸口上。她越走越近，最后距离我只有咫尺之遥，她的 T 恤衫拂过她那修长匀称的大腿。

她笑了，跟着，伴随一个柔软的动作，她脱掉了 T 恤衫。我看到她的身体骨瘦如柴，肋骨、锁骨和骨盆十分突出，她的肘关节比她的前臂还要粗，她的手腕瘦骨嶙峋，像是孩子的手腕。她低头看看她自己，随即摘掉胸罩，这个动作很慢，像是在跳舞，只是这一幕一点也不香艳，她的乳房又小又瘪，她的肚子也很瘪，所以毫不性感。

但是，我躺在床铺上，气喘吁吁，吓得连动也不敢动，她却没有停止。她一直在脱。短裤从窄小的臀部脱下，堆在她的脚边。她把头发连根拔下。她揪光了眼眉，又扯掉了嘴唇。她把鼻子扯下，丢在脚边。她慢慢地拔掉一个个指甲，像极了一个女人在把晚装手套拉得松一点，只听咔哒咔哒几声，指甲掉落在地上，跟着，她开始拔牙齿，嗒……嗒……嗒……一颗颗牙齿也掉在地上。最后，也是最恐怖的，他开始剥她的皮肤，像是在脱一件紧身晚礼服，到最后，她只剩下一副血淋淋的躯体，纹理、肌肉、骨架和肌腱都暴露在外，活像一只被剥了皮的兔子。

她趴在地上，向我爬过来，她那没有嘴唇的嘴巴张得老大，露出一抹歪歪斜斜的笑容。

她越爬越近，我不断地向后退，一直退到床铺倚靠的后壁上，再也没有退路。

我呜咽起来。我很想说话，但我变得哑口无言。我想动，但我已经吓得动弹不得了。

她张开嘴，我知道她是要说话，但跟着她把手伸进嘴里，把舌头拉了出来。

《《《

我醒了过来，直喘粗气，心里满是恐惧，黑暗犹如一只拳头，将我握在它的手心里。

我很想尖叫。恐慌在我心里越积越深，犹如一座火山，要透过发紧的喉咙和咬紧的牙关爆发出来。随即我在错乱的精神状态下想，如果我叫了，最糟糕的情况会是什么？有人会听到？那就让他们听好了。让他们听见，他们说不定会来救我出去。

于是我放声尖叫起来，尖叫在我心里蓄势待发，不断膨胀，冲出我的嘴巴。

我叫呀，叫呀，不停地叫。

我不知道我哆哆嗦嗦地在那里躺了多久，我紧紧握着薄而柔软的枕头，我的指甲扣进下面裸露的床垫里。

我只知道直到最后，小船舱里也静悄悄的，只能听到低沉的引擎声，和自我那刺痛嘶哑的喉咙里发出的呼吸声。

没有人来。

没有人来敲门问出了什么事，或是威胁我闭嘴，不然就杀了我。没有人采取行动。我八成是在外太空，正对着无声无息的真空尖叫。

我的双手在颤抖，我总也忘不了在我梦中出现的那个女人，总是想到她那没有皮肤的身体鲜血淋漓，向我爬过来，她双手紧握，如饥似渴。

我都做了什么呀？噢，老天，我为什么要这么做，为什么要一直追查，拒绝息事宁人。我拒绝忘记在那个船舱里发生的事，因此把自己变成了活靶子。然而……到底发生了什么？

我躺在令人窒息的黑暗中，用双手捂着眼睛，尝试理清楚头绪。那个女人还活着，不管我听到了什么，不管我认为我看到了什么，发生的都不是谋杀。

她肯定一直都在这艘船上。船并没有停。我们从未靠近陆地，所以从未看到过陆地。但她是谁，她为什么要藏在这艘船上？我在玻璃上见到的血迹，属于谁？

我尝试不去理会难忍的头痛，进行逻辑思考。她是船员吗？毕竟她能打开通往员工区的门。但紧跟着我想起尼尔森曾输入过密码，而当时我就站在他的后面。他没有遮住键盘。只要我愿意，要记住他输入的密码，简直易如反掌。从那扇密码门进入下面的甲板，就没有其他上锁的门了。

不过她还能进入没人的10号舱，那就需要房卡，乘客专用房卡可以，当然是专门用来开10号舱的，员工使用的可以打开所有船舱的卡也可以。我想到我曾在下层甲板的小船舱里看到了清洁工，想到她们满脸惊恐地看着我，然后关上了舱门。出多少钱，就能从她们那里买来一张房卡？一百挪威币？一千挪威币？她们甚至都不需要卖，我很肯定有地方可以复制卡。她们只需要把船舱借出去一两个小时，同时不问任何问题。我想到了卡拉，她实实在在地对我说过确有这种事情，确实有人会把船舱借给朋友。

不过不一定非要这样。就我所知，房卡可以偷，可以从网上买，不过我不晓得要怎么搞定电子锁。可能她并没有同党。

有没有这个可能，我一直在船员或乘客之间寻找罪犯，但他们其实都是无辜的？我想到了我对本的指责，我对科尔、尼尔森和所有人的怀疑，不由得感觉很不舒服。

但是，就算那个女人真的存在，并且还活着，也不可能排除其他人参与的可能性。我越想，就越肯定她在上面的甲板上有帮手，有人在护理室的镜子上写了那句话，把科尔的相机丢进了按摩浴缸，现在还偷走了我的手机。不可能都是她一个人干的。如果那个女人一直往来于整艘船，那我苦苦寻找了两天，肯定会有人见过并且认出她。

啊，我越想，头就越疼。为什么？我回答不出这个问题。为什么要大费周章地躲在这艘船上，阻止我问问题？若是那个女人死了，遮遮掩掩倒也说得通。可她明明还好好活着。肯定是她的身份很重要。她是某人的妻子？女儿？情妇？还有她想在不被查问的情况下遛出国境？

我想到了科尔和他的前妻，阿切和他那个神秘的"杰丝"。我想到了那张照片是怎么消失的。

这一切都毫无道理可言。

我翻了个身，感觉沉重的黑暗从四面八方压迫着我。不管我在哪里，都是在这艘船的深处，现在我对此十分肯定。这里的引擎声比乘客甲板要大得多，甚至都比我记忆中在员工甲板听到的引擎声还要大。我肯定我是在其他地方，说不定是在引擎甲板，这里位于船体深处，远远低于水线。

一想到这个，我再次感觉恐惧将我攫取，成千上万吨海水压在我的头肩之上，压迫这船体，船舱里的空气是循环的，而我在这里，一点点被我的恐慌窒息而死……

我的双腿在颤抖，我小心地从双层铺上下来，缓缓地向前爬去，我把双臂伸在身前，我不知道在绝对的黑暗中还有什么，不由得胆战心惊。我的想象力转移到了恐怖的童年噩梦上：巨大的蜘蛛网罩在我的脸上，张牙舞爪的恶人向我扑来，还有那个没有眼皮、没有嘴唇也没有舌头的女人。但另一方面，我也知道，这里除了我，并没有其他人，在这么狭小的空间里，要是真有别人，我肯定能听到、闻到和感觉到。

我向前慢慢地爬了一会儿，然后，我的手指碰到了舱门，我抚摸着门板。我先是拉了拉门把手，但门依然是锁着的，不过我压根儿也没想过门会不上锁。我又开始摸索，看有没有窥孔，不过门上并没有窥孔，或者说我在这块塑料门板上并没有找到窥孔。反正我不记得之前在门上见过窥孔。我记得舱门的左边有一个扁平的米色电灯开关，接下来我就去摸索那个开关。我在黑暗中摸到了开关，我按下去，与此同时，我的心在我的胸腔里突突狂跳。

没有灯光亮起。

我把开关按了回去，但这次我不抱任何希望，因为我知道他们肯定动了手脚。走廊里肯定有手动控制装置，可能是总开关，也可能是保险丝。灯灭了的时候门已经关了，而且，无路如何，在我以前住过的所有船舱里，一般都会有安全灯，所以就算灯坏了，船舱也不可能陷入绝对的黑暗中。但现在的情况有所不同，船舱里一片漆黑，只可能是电力被完全截断了。

我爬回双层铺，钻到毯子下面，我全身都在哆嗦，我不仅恐慌，还有种我以前体会过的得了感冒一样的感觉。我感觉我的脑海里一片空白，仿佛船舱里的黑暗渗透到了我的脑袋里，穿过我的神经元突出，让其他的一切都变得麻木，只剩下恐慌在我的肚子里越积越多。

噢，老天。不要。不要失控，不要现在屈服。

我不能。我不会。我不会让她赢。

愤怒将我包围，忽然之间，愤怒变成了可以让我依附的东西，在这个小盒子里，一片死寂，伸手不见五指，愤怒像是变成了有形的东西。那个婊子。那个叛徒。这就是女人和女人之间的关系。我为她而战，我拿我的信誉去冒险，忍受尼尔森的怀疑和本的探查，我做这一切到底是为了什么？为了让她背叛我，用我的脑袋去撞钢铁门框，把我锁在这个该死的棺材里？

不管我陷入了什么样的阴谋，都与她脱不开干系。

在走廊里伏击我的人绝对是她无疑。我越是琢磨，就越肯定伸进来拿走盘子的那只手也属于她，皮包骨，柔软，而且强壮。那只手也能够揪住别人的脑袋，往墙上撞。

这一切肯定是有理由的，没有人会无缘无故这么煞费苦心地伪装。是她自己伪造了她的死亡吗？她是不是有意找我当证人？但如果是这样，那她又为什么费尽心思地假装她从不曾住在 10 号舱？为什么要清理船舱，擦干血迹，毁掉睫毛膏，有意让所有的一切都与我对那晚的证词不符？

不。她不希望有人看到她。10 号舱里肯定发生了什么事，不管是什么事，都不应该被我看到。

我躺在双层床上，强忍着头疼，绞尽脑汁地希望想出个所以然，但我越是想把破碎的信息联系起来，就越是觉得这一切就像是一个有太多块的拼图，根本无从拼起。

我试着想象有哪些情况可能会引起尖叫、鲜血和掩饰。发生争斗了？被打中了鼻子，疼得尖叫，挨打的人跑到观景台上，要把血甩到海里，所以在玻璃围栏上留下了血迹……并没有人死。如果那个女人是个偷渡者，倒是可以解释他们为什么遮遮掩掩，为什么要把她转移到另一个地方，并且清理掉血迹。

但其他细节对不上。如果是意外发生了争斗，那么他们为什么会这么快地清理船舱？那天早些时候，我在 10 号舱见过那个女人，她身后的客舱里摆满了衣服和物品。如果是意外发生了争斗，那么在我给尼尔森打电话的短短几分钟里，他们是不可能把船舱收拾得那么干净的。

不，不管那里发生了什么，都是计划好的。他们事先就把船舱清理干净了，没有留下半点痕迹。而且，我开始怀疑10号舱的空置并非偶然。是的，他们有意留了一个空船舱，而这个船舱只能是10号舱。帕尔姆格伦船舱是船上的最后一个客舱，10号舱的另一边没有其他船舱，也就没有人能看到有东西飘过，消失在船只尾迹泛着泡沫的海水中。

确实有人死了。我对此坚信不疑。不过死的不是那个女人。那死者是谁？

我在黑暗中辗转反侧，聆听着在引擎的嗡嗡声之外还有什么声音，试着回答在我心里盘旋不去令我不安的问题。我感觉脑袋发沉，晕晕乎乎，但我不停地想起那个问题。是谁。是谁死了？

# 第二十四章

我醒过来，又听到了我之前听到过的金属咔哒声。灯闪了几下，节能灯灯泡的温度越来越高，发出的嗡嗡声在引擎声之外清晰可闻，与我的耳鸣声混合在了一起。我猛地跳起来，一颗心开始狂跳，跟着，就在我疯狂地四处乱看的时候，我撞倒了地上的一个东西。

我错过了机会。

见鬼，我又一次错过了机会。

我必须查出这里发生了什么，查出他们对我有什么阴谋，为什么把我关在这里。我在这里待了多久？现在是白天吗？或者说，那个女人，或是任何我把抓来的人只适合在这个时间开灯？

我回想过去。我是星期二凌晨受到攻击的。现在至少是星期三的早晨了，或许更晚。感觉我在这里已经待了超过二十四小时，甚至更久。

我走到卫生间，把水泼在脸上。我正擦着脸，忽然觉得一阵眩晕，我顿时感觉头重脚轻，像是整个房间都在摇晃颤抖。在我就要摔倒的时候赶紧伸手扶住门框，稳住我自己，同时闭上眼睛，想要甩脱那种飞快地垂直坠入漆黑水底的感觉。

终于，这种感觉消失了，我回到双层铺坐下来，把头夹在双膝之间，我不住地颤抖，既觉得浑身滚烫，又感觉满身冰凉。船在动吗？很难说清楚我为什么会头昏眼花，在甲板下方的深处，海浪为什么会如此激烈地运动。在这里，船只的运动感觉很不一样，并不是有节奏的起伏，而是缓慢的摇晃，再加上持续不断的引擎声，给人一种奇怪的催眠感觉。

床边有一个托盘，上面摆着丹麦甜糕饼和一碗洒了一些的什锦粥。肯定是我刚才跳下床碰洒的。我拿起什锦粥，强迫自己喝了一勺。我不饿，但自从星期一晚上到现在我只吃了几颗肉丸。如果我要从这里出去，我就必须战斗，要战斗，我就必须吃东西。

然而，我真正需要的不是食物。我需要我的药。我需要它们，我对药物的渴望是那么强烈，我记得自从我上一次试着停止服药后，便对药物产生了这种渴望。只是这次我知道，正如我在上一次告诉我自己的，没有药，情况并不会变好，只会越变越糟。

"要是你当时多几个心眼，该有多好。"我脑海里那个讨厌的细微声音说道。什锦粥卡在我的喉咙里，我没法把粥咽下去。

我真盼着10号舱的女人能回来。一个生动暴力的画面出现在我的脑海里：我像她揪住我的头发那样死死抓着她的头发，把她的颧骨狠狠撞在双层铺的尖锐金属边缘上，看着她的血流出来，在这个密不透风的狭小船舱里，鲜血闻起来肯定很刺鼻。我又一次想起了观景台上的血迹，飞溅在玻璃隔板上，我邪恶地盼望那就是她的血。

我恨你。我心想。我忍痛咽下没有嚼烂的什锦粥。我又舀了一勺，哆哆嗦嗦地把它送进嘴里。我恨死你了。希望你真的淹死了。什锦粥就像是水泥，我把它咽下去时感觉就要窒息了，但我还是强迫自己咽下一口又一口的什锦粥，最终我喝掉了一半。

我不知道我能否做到，但我必须一试。

我拿起纤薄的密胺托盘，狠狠砸在双层铺的金属边缘。托盘随即反弹回来，我赶忙一缩，才没有被它砸中。我忽然清晰地想起了那次入室盗窃，窃贼狠狠把门摔在我的脸上，划破了我的脸颊。我只好闭上眼睛，靠在双层铺上稳住我自己。

我并没有再这么做。我只是把托盘放在金属边缘，把我的膝盖靠在托盘最近的一边，用手按在对面的一边，并把我浑身的力量都集中在双手上。跟着，我使劲儿按了下去。一开始，托盘纹丝不动，于是我更加用力地去掰。只听如同枪声的咔吧一声，托盘一下子碎成两半，我整个人也随之趴在了铺上。但我的目的达到了，我得到了两块塑料，虽然不如剃刀锋利，但每一块的边缘都足以造成一定的伤害。

我把两块托盘都拿起来，在手里掂量一下，看怎么拿最舒服，然后，我拿着那块感觉最像吓人武器的密胺托盘，走到门边，蹲在门框边的舱壁边上。

然后，我开始等待。

《《《

那一天过得极为漫长。有一两次，我感觉自己的眼睛闭上了，我的身体在令人疲倦的刺激和恐惧中想要罢工，但我还是忍住了。坚持住，洛！

我开始数数。不过这次不是因为恐慌，而是为了让我自己保持清醒。一，二，三，四。当我数到一千时，我就开始用法语数。一，二，三。再然后，我开始用英语和法语一起数。我在心里玩一种儿童数学游戏，每到五或五的倍数，就说"嘶嘶"，每到七就说"嗡嗡"。一，二，三，四，嘶嘶，我的手在颤抖。六，嗡嗡，八，九，十——不，等等，应该说嘶嘶才对。

我不耐烦地甩甩头，揉搓着疼痛的手臂，重新开始。一，二……接下来，我听到走廊里有声音响起。是关门声。我屏息凝神。声音越来越近。我开始心跳加速。我感觉心里一阵翻腾。钥匙插进了门锁……跟着，门轻轻地开了一道缝，我猛扑过去。

是她。

她看到我向门缝扑过去，就想把门关上，但我的速度更快。我把手臂伸进门缝，这时候，门板狠狠夹在我的小臂上。我疼得大叫一声，但门向后弹开，我趁机把一半身体挤入门缝，用破托盘参差不齐的边缘刺中了她伸过来要抓我的手臂，不过，她并没有像我预料中的那样退缩，反而冲进船舱，一下子把我撞在塑料墙壁上，托盘刺进了我的手臂，感觉生疼。我站起来，发现鲜血流到了我的手背上。接着，她冲向舱门，上了锁，然后背靠门站着，把钥匙紧紧握在手里。

"放我出去。"这句话更像是野兽的低吼，而不是人类的声音。

她摇摇头。她背对舱门，脸上都是血，她很害怕，但也很激动，我能从她的眼里看出这一点。她处于上风，而且她对此心知肚明。

"我要杀了你。"我说。我是认真的。我举起染有我的血迹的托盘。"我要割断你的喉咙。"

"你杀不了我。"她说，她的声音与我记忆中的一模一样，夹杂着一丝轻蔑的挑衅，"瞧瞧你自己，你连站都站不起来，你这个可怜虫。"

"为什么？"我说，我的语气很像是一个小孩子正在发牢骚，"你为什么要这么做？"

"这都是你逼的。"她厉声说道，十分愤怒，"你没有停止追查，对吗？不管我怎么警告你，你都不肯罢手。如果你权当没看到10号舱里发生的事……"

"10号舱发生了什么？"我说，但她噘着嘴，摇了摇头。

"老天，你觉得我是白痴吗？你是不是真想找死？"

我摇摇头。

"很好。那你想要什么？"

"我想离开这里。"我说。我扑通一声坐在床铺上，我的腿恐怕无法继续支撑了。

她摇摇头，这一次更加用力，我看到她的眼里再次划过一丝恐惧。"他不会同意的。"

他？我不由得激动起来，这是第一个确凿的证据，证明船上确实有人在帮她。他是谁？但我不敢问，至少现在不敢。我有更要紧的事要首先处理。

"那我要我的药。我得吃药。"

她打量着我。"你放在水槽边的药？这我倒是可以做到。那是什么药？"

"抗抑郁药。"我气愤地说，"那些药……不应该太快停药。"

"啊……"她的脸上流露出豁然开朗的神情，"所以你看起来才这么悲伤。我一开始还想不明白。我还以为我把你的头撞得太狠了。好吧。我去给你拿药。但你得保证要回报我。"

"回报什么？"

"不能再攻击我。吃那些药，就是为了让人行为规矩的，对吗？"

"好吧。"

她站直身体，拿起盘子和碗，伸出手，示意要那两块碎裂的托盘。我犹豫片刻，还是把它们交给了她。

"我现在要打开这扇门。"她说，"但你千万不要做傻事。外面还有一扇门，需要输密码。你跑不远的。所以，不要做无谓的举动，可以吗？"

"好吧。"我勉强地说。

她走后，我坐在长凳上发呆，琢磨着她说过的话。

他。

她在船上确实有同伙。根据这个"他"字，我可以排除蒂娜、克洛伊、安妮以及三分之二的员工。

他是谁？我在脑海中将船上的男人列举出来。

尼尔森。

巴尔默。

科尔。

本。

阿切。

但欧文·怀特、亚历山大、船员和男服务员都被我列为不太可能的人员。

我思考各种可能性，但我总是想起做护理时的情形和那句"不要再追查下去"。只有一个男人去过下面的护理室，只有一个男人可能写那句话，这个人就是本。

我必须停止猜测他们的动机。他们为什么这么做？我暂时没有足够的信息来回答这个问题。

但他们是怎么做到的？船上有机会写那句话的人并不多。只有一扇正常工作的门通往护理室，我确定只有本一个男人走过那扇门。

这样一来，很多事情就都说得通了。他很快就在尼尔森面前破坏我的故事。而且，船上有那么多人，只有他曾试图在那天晚上进入我的船舱，知道我锁上了浴室门，这样他就有机会偷走我的手机。

他的船舱就在空船舱的对面，他却什么都没听到，什么也没看到。

他说他在玩扑克，结果他的不在场证明都是假的。

而且，他一直在想方设法阻止我继续调查。

拼图拼凑好了，我本该很满意，但事实并非如此。毕竟我被关在这里，就算有了答案，又有什么用？我必须出去。

# 第二十五章

我侧躺着，盯着奶油色密胺树脂墙壁，这时，我听到了敲门声。

"请进。"我没精打采地说。我真想嘲笑我自己一番，都落到这份田地了，竟然还愚蠢地讲究社交上的礼节。就算我不说"请进"，他们也是想进来就进来，我说不说又有什么区别呢？

"是我。"她在门外说道，"不要再来托盘攻击那一套了，可以吗？不然的话，这就是你能得到的最后一片药。"

"好吧。"我说。我尽量不要显得太急切，但我还是坐起来，把薄毯子拉过来围在身上。自从我来到这里，就没有洗过澡，我浑身散发着汗臭和恐惧的味道。

舱门缓慢地打开了，那个女人用脚把一托盘食物踢进来，然后钻进门缝，锁上门。

"给你。"她说。她伸出一只手。她的手心里有一片白药片。

"只有一片？"我不置信地问道。

"只有一片。不过如果你表现好，我明天可以给你带两片。"

我拱手献上了最好的武器，让她来勒索我。但我还是点点头，从她手里拿过药片。她从衣兜里拿出一本书，事实上，她是从我的房间里拿来的书。是《钟形罩》。

我在这种情况下可不愿意看这本书，但有总好过没有。

"我觉得你或许想看点东西解解闷，要不然无事可做，你说不定会发疯。"她的目光瞥向那片药，随即又道："我无意冒犯。"

"谢谢。"我说。她转身要走，我赶忙说道："等等。"

"什么事？"

"我……"忽然之间，我也不肯定该怎么问出我想问的问题。我紧紧抓着药片。见鬼。"你们……你们要怎么处置我？"

她闻言脸色大变，露出了谨慎的神色，像是给一扇窗户挂上了窗帘。

"这事由不得我。"

"那由谁来决定？本？"

她听到这话，嘲弄地哼了一声。"祝你愉快。"

就在她转身离开的时候，她从挂在卫生间门背后的小镜子里看到了她的映像。

"见鬼，我的脸上有血。你怎么不早说？要是他知道你攻击我……"她走进小卫生间，用水洗脸。

不过她洗掉的不只是血迹。等她出来的时候，我愣住了。她只不过是洗了个脸，我却认出了她的真正身份。

她在擦洗血迹的同时也洗掉了她的眉毛，露出没有任何毛发的光滑额头，我只看了一眼，就知道了她是谁。

住在10号舱的女人竟然是安妮·巴尔默。

# 第二十六章


我惊诧不已，连话都说不出来。我只是坐在那里，目瞪口呆。

那个女人看看我，又看看她在镜中的映像，终于意识到她都做了什么。有那么一刻，她的脸上划过一丝恼怒，但她随即觉得无所谓，便大步走出船舱，关上了门。我听到钥匙在锁里的转动声，跟着，远处传来另一声关门声。

安妮·巴尔默。

安妮·巴尔默？

我见过安妮，和她说过话，她面色灰白，形容憔悴，而且早衰，看起来她绝不可能是 10 号舱的女人。然而，她的脸不会有错。同样的深色眼睛。同样的身高和突出的颧骨。我唯一弄不明白的就是我以前怎么没注意到这些。

如果我从未见过她原本的样貌，那我一定不会相信头发和精心画好的眼眉竟然让她的容貌大变。没有头发和眼眉，她看起来平凡无奇，面部光滑，看到她那苍白的皮肤，不可能不联想到死亡和疾病，而且她一直用头巾紧紧包着脑袋，突出了她的脆弱，凸显了她的颈部线条和突出的锁骨。

但是，有了光滑的黑色眉毛和富有生命力的浓密黑发，她就像是彻底变了个人。这样一来，她就显得年轻、健康，富有生气。

我意识到，我以前和安妮·巴尔默说话时，我只记得她病得很重，并没有注意她真正的模样。事实上，我还尽量不去仔细看她的模样。我只看到了她那件带有褶皱的与众不同的衣服，看到她没有眉毛，看到那条精致的丝巾下面光滑没有头发的头……

那头头发肯定是假发，对此我毫不怀疑。那条薄头巾可掩藏不住一头浓密的黑发。

但她生病了吗？没生病？快死了？在假装？这说不通呀。

我尝试回想本对我说过的话：她做了四年的放化疗。有的是钱请私人医生，而且每隔几个月，就能从实行一种医疗体系的国家到实行另一种医疗体系的国家，有这样的条件，真的能假装生病？或许吧。

至少这解释了她是怎么上船的，也能解释在那天晚上，溅水声响起之后，她是怎么脱身的。她只是摘下假发，戴上头巾，变回安妮·巴尔默。这也解释了她为什么能在船的各个部分来去自如，能拿到房卡，能进入员工区，能进入这个位于船只深处的带锁的秘密墓穴。毕竟这艘船属于她的丈夫，她简直可以通行无阻。

但最让我迷惑不解的就是她为什么这么做？为什么要戴上假发，穿着印有平克·弗洛伊德乐队头像的 T 恤衫，在一个空船舱里待一个下午？她在那里做什么？如果她要做的事很隐秘，那为什么又会给我开门？

随后一个问题浮现在我的脑海，我忽然想到我自己敲门时的情形：一，二，三，停顿，再敲一声，跟着，门被突然打开，像是有人一直在等待最后一声敲门声。那样敲门很奇特。只有把敲门声设定成密码的时候，才会这么做。是否有可能我无意中敲门的声音恰好符合约定好的信号，所以 10 号舱的女人，也就是安妮·巴尔默，才会来开门？

如果……如果我跟普通人一样，只敲两下门，或是只敲一下……那我就永远都不会知道她在 10 号舱，永远都不会让自己落到现在的境地，被关起来，无法发声。

无法发声。一想到这个，我就感觉很不舒服，这几个字牢牢定格在我的脑海中，像是回声一样不断地回荡。

他们肯定不会让我出去乱说。但时限呢？他们要把我在这里关多久？约定的期限是否已经过了？

还是要让我永远闭嘴？

晚餐是奶油汁白鲑鱼肉搭配煮土豆。菜都冷了，边缘都已经变硬，但我很饿。在我吃饭之前，我先看看我手里的药片，不知道该怎么做。这只是我平常吃的药量的一半。我可以现在把一整片药都吃下去，也可以把药片分成两半，作为储备，以防……以防什么呢？我根本逃不掉，而且，如果安妮决定不再给我送药，那么，等不及她同情我，我就已经崩溃了。

最后，我还是吞下了整片药，我必须先缓解之前没吃药导致的痛苦。我可以明天再把药咬成两半。我立即就感觉好了很多，不过我很清楚，从逻辑上讲，这并不药物的作用。药物不会那么快被吸收，要过一段时间，才能对身体产生影响。我现在感觉轻松，只是心理作用。不过，此时此刻，我并不在乎。我能得到的，我就会接受。

跟着，我开始小口小口地吃已经冷掉的晚餐。我坐在床铺上，缓慢地咀嚼变成胶质状的冷土豆，这样吃起来不会太恶心，与此同时，我试着在脑海里费力地把我已经拼好的拼图重新拼凑。

现在我了解那声充满嘲弄的哼声是什么意思了。

可怜的本。我忽然为了这么快就给他下定论而心怀愧疚，跟着，一阵怒火开始在我心里熊熊燃烧。我只顾着想安妮无意中提到的男性同伙，却从未想到，或许就是安妮本人趁着等指甲油晾干的时候，飞快地跑下楼梯，写了那句话。你太蠢了，洛，真蠢。

但本也挺愚蠢的。如果他这么多年来没有轻视我的话，如果他没有这么快把我的底细透露给尼尔森，而是支持我说的，那我或许不会这么仓促地下结论。

现在我知道"他"是谁了。肯定是理查德·巴尔默。这艘船是他的。在船上的所有男人中，我能想象到，他策划和执行谋杀都要比其他人更顺手。他自然是强过爱挑剔的胖子亚历山大或是动作迟缓的大块头尼尔森。

只是并没有发生谋杀。为什么我要不断地提醒自己这一点？为什么这么难理解？

因为我在这里，我心想。因为不管我看到了什么，不管10号舱发生了什么，都很重要，足以让他们将我锁在这里，阻止我去特隆赫姆报警。到底发生了什么？那件事肯定有很大的风险，所以他们才不能让我去说，他们承担不起后果。是偷渡吗？他们是不是把什么东西丢下船，扔给他们的同伙？

"下一个被丢下海的就是你了，你这个蠢货。"我脑海里的那个声音说道。我想象我坠入深海的情形，如同我的脑海深处传来了一股电流。

我皱起眉头，咬紧牙关，强迫我自己吞下另一口黏糊糊的土豆。船身摇晃了一下，我的胃里一阵翻腾，感觉恶心。

他们要把我怎么样？只有两个可能性，他们会放我走。他们也可能杀了我。不知怎的，第一个可能现在变得很小了。我知道的太多了。我知道10号舱的女人是安妮。我知道她只是在假装生病。他们不会让我出去，把事情告诉别人，说他们绑架了我，对我非法拘禁和人身伤害。再说了，会有人相信我吗？

我摸摸脸颊，她揪着我的头狠撞门框，撞破的地方已经结痂了。我忽然感觉很恶心，我感觉自己很脏，浑身都是汗，满脸是血迹。根据安妮以前来的时间，估计还要过几个小时，她才会回来。

　　我被困在这个"棺材"里，我改变不了这个现状。但我至少可以让我自己干干净净的。

《《《

　　这里的喷头可比不上我在上面客舱里的喷头。即便开到最大，也只有温热的细流流出来，但我还是在淋浴器下面站了很久，我感觉我的手指都泡软了。我手上的血迹渐渐地消失了，我闭上眼，感觉温热的水流经我的全身，深入我的四肢百骸。

　　洗完后，我感觉好了很多，更像是我自己了，我洗去了数日来一直纠缠着我的恐惧和暴力。就在我穿衣服的时候，我才意识到我有多邋遢。我的衣服都是臭的，这可是实话，因为衣服上都是血和汗。

　　我躺在双层铺上，闭上眼睛，听着持续不断的引擎声，琢磨着此时我们身在何处。现在是星期三的晚上，也可能是星期四的早晨。根据我的印象，这次旅程只剩下二十四个小时了。然后呢？当船于星期五早晨停靠在卑尔根市，其他乘客就将下船，他们一走，我的最后一点希望也将化为泡影，就再也不会有人知道发生了什么事。

　　在未来二十四小时之内，我或许是安全的。但在那之后……老天，我不能想了。

　　我用力将手按在眼睛上，耳边嗡嗡响个不停。我应该怎么做？我能怎么做？

　　如果安妮说的是实话，那伤害她就起不到任何作用。在这扇门的外面还有一扇上锁的门，而且，要想出去，很有可能到了出口，还要输入其他密码。有那么一刻，我这么想：如果我能走进走廊，我能否在她抓住我之前，找到并触发火警？但这似乎很不容易。她的力气那么大，行动又敏捷，我是不可能跑那么远的。

不。我的最好机会其实很简单，我必须说服安妮，让她倒戈。

但我要怎么做呢？我对她了解多少？

我琢磨起来：她家财万贯，她从小就非常孤单，上过欧洲的很多寄宿学校。难怪我用了这么久才想通其中的联系。那个女人瘦骨嶙峋，眼神悲伤，穿着灰色丝绸长袍，戴着名牌头巾，是的，这样的形象符合别人给我讲的安妮。但我就是无法把本口中的安妮与穿着平克·弗洛伊德乐队头像 T 恤衫的女人联系在一起，无法与她那嘲弄的深色眼睛和廉价的睫毛膏联系在一起。这就好像有两个安妮。同样的身高，同样的体重，不过她们的相似之处也只是如此而已。

跟着……我恍然大悟。

有两个安妮。

有两个女人。

灰色丝绸长袍与她的眼睛的颜色很搭调……

我睁开眼，把双腿放在床铺一侧，一想到我竟然这么蠢，不由得呻吟起来。当然了……当然了。如果我没有因为恐惧和惊慌而半死不活，没有头疼欲裂，我可能早就发现了。我之前怎么没想到呢？

当然有两个安妮。

安妮·巴尔默已经死了……自从我们离开英国的那个晚上，她就已经死了。

穿着平克·弗洛伊德乐队头像 T 恤衫的女人则好端端地活着，从那之后，她就一直在扮演安妮。

同样的身高，同样的体重，同样的宽颧骨，只有眼睛不一样，不过他们算计过了，决定冒险，赌没人会记得一个他们刚刚见过的女人的样貌。在这次航行之前，船上的人都没见过安妮。老天，理查德甚至还告诉科尔不要给她拍照！现在我总算明白为什么了。那根本不是为了保护一个对自己的样貌难为情的女人。而是为了以后不让他妻子的朋友和家人看到那些照片。

我闭上眼睛，紧紧揪着头发，感觉生疼不已，我试着分析发生的事情……

理查德·巴尔默——肯定是他——偷偷带 10 号舱的女人上了船。在我们这些乘客还没上船时，她就已经在那个船舱里了。

在开船的那天，她一直在等待命令，等待理查德的指示，去清理她的船舱并做好准备。我回想我看到的她身后的船舱：床上铺着一件丝绸长袍，化妆品，卫生间里放着薇婷脱毛撕贴。老天，我怎么这么愚蠢？她在剃光身体上的毛发，好去扮演一个得了癌症的女人。但并不是理查德按照约定好的去敲门，敲门的人是我，我无意中用了他们的信号敲门，结果我们就这样见面了。

她当时在想什么？我想起她很想关上门，我却阻止了她，结果她露出了恐惧和恼火两种表情。她急着甩脱我，但还是尽可能不引起怀疑。让我只记得一个奇怪的女人借给我一支睫毛膏，比我逢人便说一个乘客把门摔在了我的脸上，要好得多。

她的计划差一点就成功了。差一点。

她是否在见到理查德之后把这件事对他说了？我无法肯定，但我想她并没有说。在第一晚的晚宴上，他看起来很正常，表现得像个完美的主人家。再说了，她犯了大错，而他可不像那种会轻易原谅别人错误的人。更可能的是她两指交叉以求好运，希望不会有意外发生。

然后，她就打包物品，收拾船舱，等待着。

第一天晚上喝完酒之后，真正的安妮被带到了 10 号舱。她是在活着的时候，被人用荒唐的故事骗去的？还是死了之后被人运去的？

不管是哪种都不重要，因为最后的结果都是一样的。理查德回到了拉尔斯的船舱，对外说一直在那里打扑克，制造出不在场证明，而 10 号舱的女人就把安妮丢进大海，并且盼望她的尸体永远都不会被发现。

　　我被进入我家的窃贼吓得魂不附体，受到了极大的精神创伤，如果我没有听到溅水声，并且认为出了问题，他们的计划就已经成功了，那她是谁？袭击我，给我送饭，把我像头野兽一样锁在这里的那个女人，到底是谁？

　　我不知道。但我知道一点，如果我想活着离开这里，她是我最大的希望。

# 第二十七章


我一夜没睡，希望能想出接下来该怎么办。朱达和我的父母都认为我星期五才到家，在那之前，他们是不会怀疑我出了事。但其他乘客肯定会认为我没有回船上。他们会引起警觉吗？巴尔默是不是编了个故事，解释我为什么会消失，或许他会说我有事在特隆赫姆耽搁了？也可能说我临时决定回家？

我也说不好。我琢磨着谁会对我关心到去打探我的下落。科尔、克洛伊或大多数其他乘客是不会费这个事的。他们又不认识我，不知道我家人的联络信息。他们很可能会接受巴尔默编造的故事。

那本呢？他很了解我，足以知道连招呼也不打，就一大清早从特隆赫姆离开，不符合我的性格。但我也说不准。在正常情况下，他或许会联系朱达或我的父母，以示关心，但我给他留下了一个并不正常的印象。我指责他是谋杀共犯，他肯定很生气，当然，他发火也是应该的，但就算他没有生气，也不会惊讶我连再见也不说就下船。

至于剩下的乘客，最有可能的就是蒂娜了，我真希望她发现我没有回船上，就联系罗恩。但把我的性命寄托在她的身上，似乎希望渺茫。

不行。我必须把主动权掌握在我自己手里。

到了早晨，虽然我一夜没睡，但我知道我必须怎么做，等到敲门声响起，我已经准备好了。

"请进。"我说。门开了，那个女人谨慎地把头探进来。她看到我安静地坐在船上，干净整洁，把书摆在腿上。"嘿。"我说。

她把装有食物的托盘放在地上。这次，她装扮成了安妮，戴着头巾，没有画眉毛，但她的一举一动并不像安妮，她的举止就像是我见过的10号舱的女人，不耐烦地把托盘放在地上，然后直起身体，没有丝毫她在扮演理查德的妻子时所表现出来的闺秀风范。

"嘿。"她说，她的声音也变了，清晰的辅音都被略去了，"看完了吗？"她冲着那本书一点头。

"是的，能不能换一本？"

"我想可以。你想要什么书？"

"无所谓。什么都可以。你拿主意吧。"

"好吧。"她伸手示意要《钟形罩》，我把书递给她，跟着我打起精神，开始我要做的事。

"对不起。"我尴尬地说，"托盘的事，我很抱歉。"

她闻言笑笑，露出一口洁白整齐的牙齿，她那双深色的眼睛里流出顽皮的光彩。

"不要紧。我不怪你，换成我也会这么做。不过这次给你换了个橡胶托盘。作弄我一次就够了。"

我低头看着摆在地上的早餐。易碎的密胺托盘被替换成了厚塑料托盘，酒吧里端酒水用的就是这种托盘。

"我想我没资格抱怨。"我强挤出一丝笑容，"是我自找的。"

"你的药在杯托上。记住，不要出格，可以吗？"

我点点头，她转身要走。我大口大口地吸气。我必须说点什么，不能让她走。只要能不再单独在这里度过一日一夜，要我说什么都可以。

"你叫什么名字？"我急切地说。

她转过身，面露疑窦之色。"什么？"

"我晓得你不是安妮。我想起来了，是你们的眼睛。第一天晚上，我看到安妮的眼睛是灰色的。但你的眼睛不是。不过你的眼睛足以乱真了。你真是个一流的演员。"

她露出完全茫然的表情，有那么一刻，我还以为她会突然离开房间，留下我在这里再待十二个小时。我感觉自己就像个渔民，正用一根很细的线去钓一条大鱼，因为太用力，我的肌肉绷得紧紧的，但我尽量不颤抖，不表现出我很紧张。

"要是我说错了……"我谨慎地说道。

"闭嘴。"她说，就像头母狮一样凶猛。她的脸完全变形了，怒气冲冲，一对深色的眸子闪烁着敌意和怀疑。

"对不起。"我低声下气地说，"我不是……听着，这重要吗？我哪儿都去不了。我能告诉谁呢？"

"见鬼。"她愤愤不平地说，"你这是在自掘坟墓，你知道吗？"

我点点头。就这一点而言，我已经知道好几天了。不管这个女人想要告诉她自己什么，不管我想要告诉我自己什么，我要想离开这个船舱，就只有一个办法。

"依我看，理查德是不会放我走的。"我说，"你知道的，对吧？所以，告不告诉我你的名字，其实都无关紧要。"

她的脸在昂贵丝巾下变得刷白。当她说话的时候，她的声音很尖锐。

"你把事情搞得一团糟。你为什么就不能当作什么都没有发生？"

"我只是想帮忙！"我说。我没想这么说话，不过在这个小房间里，我的声音显得特别响亮。

我吞了吞口水，这次把声音放低。"我只是想帮你，你不知道吗？"

"为什么？"她说。这既是提问，也是在挫败地大叫。"为什么？

你都不认识我，你为什么要一直追查？"

"因为我了解你的感受！我知道……我知道三更半夜惊醒，知道自己危在旦夕是什么感觉。"

"但那不是我。"她吼道，她一直走到我面前，近到我可以看到在她的眼眉处刚刚长出来的短茬，"永远都不可能是我。"

"总有一天会有这个可能。"我说，我牢牢地和她四目相对，不让她别开目光。我不能让她从她所做的事情里解脱出来，那后果是我承担不起的。"等到理查德得到了安妮的钱，你觉得他下一步会怎么办？那就是保证他自己的安全。"

"闭嘴！你根本就不知道你在说什么。他是个好人。他爱我。"

我站起来，与她平视。我们牢牢地注视着对方，在这个狭小的空间里，我们两个的脸只有咫尺之遥。

"什么爱不爱的，都是胡说，你很清楚。"我说。我的手在颤抖。如果我行差踏错，她就会锁上门，再也不会回来，但我逼她面对现实，既有她的现实，也有我的现实。如果她现在转身离开，那我们两个都可能没命。"如果他爱你，他就不会为难你，逼你假扮他的亡妻。你觉得你们伪装是为了什么？是他要和你在一起？跟你无关的。如果是为了你，他就会离婚，然后大大方方地跟你在一起，但那样一来，安妮就会把钱带走。她可是数万亿英镑的继承人。他们那些人没有婚前协议，是不会冒险结婚的。"

"闭上你的嘴！"她用手捂住耳朵，拼命摇头，"你不要再胡说八道了。我们都不愿意走到今天这一步！"

"真的吗？你觉得他爱上一个和安妮这么像的人，是纯属巧合？他从一开始就计划好了。你只不过是他达到目的的工具而已。"

"你根本就不了解实情。"那个女人吼道。她转身不看我，走到原本是窗户所在的地方，然后又走了回来。此时此刻，她再也不像安妮那样疲惫平静，她的脸上只是写满了赤裸裸的恐惧和愤怒。

"只要钱，不要受制于人的生活，依我看，安妮这一病，他觉得好日子就要来了，忽然之间，他发现他很喜欢的一个前景，一个没有安妮的未来，但他要安妮的钱。后来医生说她的病有可能痊愈，但他却不希望如此，对吗？后来，他遇到了你，一个计划在他心里形成。他是在哪里遇见你的？酒吧？不，等等。"我忽然想到了科尔相机里的那张照片，"是在他参加的那家俱乐部，对吗？"

"你什么都不知道！"那个女人喊道，"一无所知！"

我还没来得及说别的，她就转过身，用哆哆嗦嗦的手打开门锁，快步离开了船舱。《钟形罩》依然夹在她的腋下。舱门砰的关闭，我听到她的钥匙颤动着插进门锁。随即又传来砰的一声，跟着，四下安静了下来。

我坐回到床铺上。我是否成功让她开始对理查德起了疑，并因此相信我？还是她会直接上去，把我们的对话一五一十地告诉他？要想知道，只有一个办法，那就是等。

但是，几个小时过去了，她一直没有回来，我开始想知道我还要等多久。

到了晚饭时间，她还是没有来，饥饿开始啃噬我的胃，我不禁怀疑我是不是犯了一个大错。

# 第二十八章

我躺了很久，一直盯着我上方的床铺，回想我和那个女人的对话，试着分析我是不是犯了一个我这辈子最大的错误。

我冒险去与那个女人建立某种联系，迫使她面对她做的事，但照现在的情形看，我是失败了。

一晃几个小时过去了，依然没有人来。我饥肠辘辘，无法集中精神。要是我没有把书给她就好了。船舱里没有任何东西来分散我的注意力。我想到了单独拘禁，想到犯人是如何慢慢发疯，听到各种声音，祈求能被放出去的。

至少那个女人没有关灯，不过我不知道她这是不是在大发善心，她离开房间时气坏了，完全可以把灯关掉，以示惩戒。她很可能是忘了。不过一想到我能选择环境，虽然只能是这么卑微的方式，但还是有帮助的。

我又洗了个澡，还舔干净了盘子上干掉的羊角面包果酱。我躺在床上，闭着眼，试着回忆我从小到大所住的那所房子的布局，回想《小妇人》里的情节，还有朱达……

不要。我拒绝那么想。我不能想朱达。在这里不行。不然我会崩溃。

到最后，我关了灯，与其说我真觉得这么做有帮助，倒不如说这是我在掌控局面。我躺在黑暗中，希望能睡着。

《《《

我不知道我是不是睡着了。我想我是打了个盹儿。又过去几个小时，或者说，感觉像是又过了几个小时。没有人来，但在漫长的黑暗中，我惊醒过来，随即猛地坐起来，心跳得飞快，试着弄清楚有什么异样。是有声音吗？还是黑暗中有人进来了？

我溜下床，摸索着来到门边，心脏扑通扑通地跳，可当我打开灯，却并未发现异样。船舱里是空的。小套间还是和以前一样光秃秃。我屏住呼吸，仔细聆听，但外面的走廊里没有脚步声，也没有说话声和任何动静。没有任何声响来划破死寂。

跟着，我意识到了：安静就是异样。所以我才会惊醒。引擎停了。

我掰着手指头数日期，尽管我说不准，我却感觉现在是 25 号星期五。这就表示这艘船到了最后一个站卑尔根。按照计划，我们应该在这里上岸，乘飞机返回伦敦。乘客们就要走了。

那之后就只剩下我一个人了。

一想到这里，恐慌再次席卷我的每一根血管。他们距离我那么近，此时，他们就在我头顶上方几英尺的地方，然而我却无法让他们听到我的呼喊。而且他们很快就要打包行李离开了，那时，只有我一个人留在这个船形棺材里。

想到会这样，我根本无法忍受。我想也不想，就抓起用来盛放昨天早餐的碗，使出吃奶的劲儿，去敲打天花板。

"救命！"我尖叫道，"有没有人来救救我？我被关起来了，救命呀，救命！"

我停下来，气喘吁吁，仔细听着，急切地盼望没有引擎声遮盖我的呼叫，会有人听到我。

没有回应我的砰砰敲击声，没有隐隐约约的叫喊声自地板传下来。但我听到了一个声音。是金属的摩擦声，像是有人在刮擦船体外部。

是有人听到了吗？我屏住呼吸，试着让我那如雷的心跳放缓，不然我都听不到船外那微弱的声音了。是不是有人来了？

摩擦声再次响起……我感觉船的一侧在颤动，我忽然意识到这是怎么回事了。是他们在降下舷梯。乘客要上岸了。

"救救我！"我大声喊道，我再次用力敲击天花板，只是这次我注意到塑料天花板是隔音的，能吸收声音。

"救救我。是我，洛！我在这里！我还在船上！"

没有人回答，只有我自己粗粝的呼吸声和耳畔的嗡嗡声。

"有人吗？快来救救我！救命呀！"

我把手放在舱壁上，感觉舷梯放下时产生的震动从船身一直蔓延到我的双手。行李手推车经过时产生的颤动……行李的颤动……乘客走下舷梯时的颤动。

我能感觉到这一切。但我听不到。我此时身在深深的水下，他们则在上面，我用塑料碗制造出的任何微弱震动都会被风声、海鸥的叫声和乘客的交谈声淹没。

我的手一松，塑料碗掉在地上，弹了起来，然后滚过薄地毯。我瘫倒在床上，蜷缩起身体，用双臂抱住头，把头按在膝盖上，恐惧和绝望之下，我放声大哭，豆大的泪珠滚落下来，我哭得几近窒息。

我以前也害怕过。我以前也吓得魂飞魄散。

但我从未绝望。然而，此时绝望却充满了我的心。

我跪在凹陷的薄床垫上，把头埋在膝盖上痛哭流涕，一幕幕画面涌入我的脑海：朱达在看报纸，我母亲用牙齿咬着舌头，在玩填字游戏，我父亲在星期日修剪草坪，哼着走调的歌曲。我愿意献出我的一切，只要能让我在这个船舱里见到他们之间的任何一个人，哪怕只有一会儿，我也可告诉他们，我还活着，我爱他们。

但我能想到的就是他们都在等我回去，并且在等不到我回去之后陷入绝望。最后，他们就会没有期限地等下去，绝望地等待这一个永远都回不来的人。

发件人：朱达·刘易斯

收件人：朱达·刘易斯；帕梅拉·克鲁；阿兰·布莱克洛克

密件抄送：（38 位收件人）

发送日期：9 月 29 日，星期二

主题：洛……新消息


各位：

很抱歉用这封邮件将这个消息发送给各位，但我肯定你们能理解，过去的这些天对我们而言是一种煎熬，所以一直没有回复各位的关心和问询。

到目前为止，我们都没有任何确切的信息可以告诉各位，而这引起了社交媒体上出现很多伤人的猜测。然而，我们刚刚收到了一些消息。很不幸，那个消息不是我们所盼望的，洛的父母帕梅和阿兰要我代表他们和我自己，把这个新消息发给她的好朋友和直系亲属，因为有些细节已经泄露给了媒体，我们不希望大家从网上知道这个消息。

要说出这个消息并不简单，今天一大早，苏格兰场要我去辨认一些从负责处理本案件的挪威警方那里收到的照片。照片中的衣物都属于洛。我只看了一眼就认出来了。她的那双靴子是复古造型，非常特别，毫无疑问就是她的。

看到这些，我们都有些六神无主，但我们还是让自己坚强起来，等待警方的进一步消息。那具尸体仍在挪威，目前我们知道的只有这些。与此同时，我们恳请各位在接受媒体采访之际一定要慎重。如果你们有调查需要的线索，我可以把苏格兰场负责本案件的警官名字告诉你们。还有一位家庭联络官在帮我们应对媒体的询问，但现在流传的一些消息并不真实，看了叫人恼火，我们恳请各位帮忙尊重洛的隐私。

出了这件意料不到的事，我们都陷入了混乱，并且尝试理清头绪，所以，请耐心等待，我们希望你们知道，一有任何新消息，我们就会告知各位。

朱达

| 第七部分 |

# 第二十九章

她没有回来。

那个女人一直没有回来。

时间一点点流逝，我分不清到底过了多久，我只知道，在这个金属棺材的另一边，人们都有说有笑，吃东西喝酒，而我则躺在这里，能做的只有呼吸、数数，熬过一分钟又一分钟，一个小时又一小时。在外面，太阳升起又落下，海浪翻滚，推动着船身，生活还在继续，而我却深陷黑暗不能自拔。

我又想到安妮的尸体，她在幽深的海里漂浮，我怨恨地想到她真是太幸运了，至少只一瞬间就结束了。只有一刻的怀疑，脑袋上挨了一下，就结束了。我开始担心我自己，他们下手肯定不会这么仁慈。

我躺在床上，把双膝抱在胸前，试着不去想腹中的饥饿，不去想啃噬我肚子的疼痛。我最后一次吃饭还是星期四早晨的早餐，我觉得现在至少也是星期五的晚些时候了。我头疼欲裂，胃部痉挛，我站起来去卫生间，感觉浑身无力，头重脚轻。

我脑海深处那个讨厌的微弱声音嘲弄道："你认为饿死是什么滋味？你觉得会死得很安详？"

我闭上眼。

"一、二、三。吸气。需要很长时间。如果你能戒酒，那恢复得会快一些……"

一个画面出现在我的脑海里：身体纤弱、脸色发白、冻得瑟瑟发抖的我蜷缩在一条橘红色的破毯子下面。

"我选择不去想那些画面。"我小声说道，"我选择去想……"我停下。什么呢？什么呢？巴里的教程可没教人在被杀人犯关起来后该想象哪些快乐的画面。我应该想我的母亲吗？想朱达？想我热爱珍视以及即将失去的一切？

"要想想快乐的画面，你这个小笨蛋。"我小声说，不过我现在的处境或许是巴里从未想到的。

跟着，我听到走廊里有声音。

我一跃而起，顿时感觉脑袋发昏，双腿发软弯曲，差一点儿就摔倒了，我只好跌坐在床铺上。

是她？还是巴尔默？

该死。

我知道我现在呼吸急促，心跳飞快，肌肉传来一阵阵麻刺感，眼前的东西开始变得模糊，只剩下黑色和红色……

然后，我周围的世界陷入了黑暗之中。

《《《

"见鬼，见鬼，见鬼……"

有人不断地这么说，说话的人听来很慌张，夹杂着哭音，而且距离我很近。

"老天，你快醒醒呀。"

"啊……"我强挤出这个字。

那个女人带着哭腔长吁出一口气。"见鬼！你还好吗？你吓死我了！"

我张开眼睛，就看到她写满担心的脸近在眼前。空气中弥漫着一股血腥味，我的肚子疼得直响。

"对不起。"她很快地说，扶我坐起来，让我靠在钢铁床铺的边缘，还拿了个靠垫垫在我的背后。我能闻到她的呼吸里有酒气，有可能是荷兰杜松子酒，也可能是伏特加。"我没想这么久都不来管你，我是……"

"……星期几？"我用嘶哑的声音说。

"什么？"

"今天……是星期几？"

"星期六。26号星期六。现在很晚了，快到半夜了。我给你带了点吃的。"

她递出一个水果，我一把抓过来，感觉此刻我饿得直恶心，我狼吞虎咽地吃了起来，直到尝到这个水果的味道，我才意识到这是颗梨子，强烈的味道几乎让我无法忍受。

现在是星期六，都快星期日了。难怪我会这么难受。难怪时间会显得那么漫长无边。难怪此时我虽然大口大口地把梨子吞下去，我的胃依然感觉火烧火燎，不时痉挛。我被关在这个地方，没有吃的，也联系不上任何人，我被关了多久？我试着计算一下。从星期四的早晨到星期六的晚上。四十八……六十……六十多个小时？这么算对吗？我的脑袋疼得厉害。我的胃疼得厉害。我浑身上下都在疼。

我的胃又开始痉挛。

"噢，老天。"我很想站起来，只是我的双腿很虚弱，颤巍巍的，"我可能要吐。"

我跌跌撞撞地向小浴室走去，那个女人伸出一只手搀扶着我穿过窄小的门口，我扑通一下跪在地上，对着蓝染马桶痛苦地呕吐起来。那个女人似乎感觉到了我的痛苦，因为她有些胆怯地说，"要是你需要，我可以再去给你拿一个。还有土豆什么的，可能对你的胃好。厨师管土豆那道菜叫什么来着。我想不起来了。"

我没有回答，只是跪在马桶边上，准备好继续呕吐。但恶心的感觉似乎消退了，终于，我抹抹嘴，缓缓地拉着扶手站起来，测试我的腿是否站得稳。然后，我趔趄着回到床铺边上，托盘里的食物就摆在那里。土豆块看起来、闻起来都很美味。我拿起叉子，吃了起来，这次我吃得比较慢，尽量不要大口大口地吃。

那个女人一直看着我吃。

"对不起。"她又一次道歉，"我不应该这样惩罚你。"

我吞下一口温热的咸土豆，感觉我的后槽牙咬在糖皮上，嘎吱嘎吱直响。

"你叫什么名字？"最后，我说道。

她咬着嘴唇，别开脸，随即叹了口气。

"我或许不该告诉你，不过又有什么关系呢。我叫卡丽。"

"卡丽。"我又吃了一口，一边嚼着一边说，"你好，卡丽。"

"你好。"她说，但她的声音里没有丝毫温暖或生气。她又看着我吃了一会儿，然后，她慢慢地走到船舱的另一边，背靠在对面的墙壁上坐了下来。

我们默默地坐了一会儿，我慢慢地吃着，试着保持节奏，她则看着我。她轻叫一声，在衣兜里摸索一番之后，掏出了什么东西。

"我差点儿忘了。给你。"是一片药，包在一张纸巾里。我拿过药，真想轻松地大笑一场。这个小小的白药片能让我觉得虽然处在现在的环境，却能感觉好点，这点希望真是太可怜了。

"谢谢。"我说。我把药片放在嘴里，喝了一大口果汁，咽了下去。

终于，盘子里的食物都被我吃光了，我意识到，就在我吃完最后一点土豆时，卡丽依然在船舱对面看着我，这是她第一次等我把饭吃完。一想到这里，我就鼓起勇气想要做点什么，或许这么说很蠢，但我还是不假思索地说了出来。

"你们打算怎么处置我？"

她没有说话，只是站起来，缓缓地摇摇头，弹弹奶油色丝绸长裤上的土。她很瘦，有那么一刻，我琢磨着这是为了扮演安妮，还是她本身就这么瘦。

"他……"我吞了吞口水。我是在冒险，但我必须知道答案。"他是不是要杀了我？"

她依然没有回答，只是拿起托盘，向舱门走去，但在她转身关门的时候，我看到她的眼眶中噙满了泪水，眼看着眼泪就要夺眶而出。她停顿片刻，门半掩着，有那么一刹那，我还以为她有话对我说。但她又摇了摇头，泪水滚落到她的脸颊上，然后，她有些愤怒地把泪水擦掉，关上了门。

她走了之后，我站起来，扶着床铺稳住我的身体，跟着，我看到地上有本书。是我的《小熊维尼》。

《《《

每每看到《小熊维尼》，我都能从中得到安慰，我一遇到压力，就会选择这本书。在我第一次恐慌发作之前，我就看这本书了，当时我最害怕的是长鼻怪[1]，而我觉得我跟克里斯托弗·罗宾[2]一样，可以征服全世界。

我并不想把它带来。但在我把衣服和鞋子都塞进行李箱时，一眼

---

1 指大象，《小熊维尼》中的角色。——译注
2《小熊维尼》中的角色。——译注

看到这本书放在我的床头柜上，于是我就把它当成护身符，来缓解这次航程的压力。

卡丽走后，我就躺在床铺上，把那本书打开，挨着我放在枕头上，抚摸着破旧的书皮。我早就把书里的内容都背下来了，可能是我对这本书已经烂熟于心，它才失去了往昔的魔力。所以，我只是一次次地回想我与卡丽的对话，想我即将迎来怎样的命运。

我离开这里时只会有两种状态：一个是活着，另一个是死了，我知道我希望是哪种状态。不管怎样，我的选择都很简单：在卡丽的帮助下活着离开这里，不然，我就只有死路一条。

换作几天之前，甚至几个小时之前，我还会毫不犹豫地说我死定了，毕竟她打了我，把我关起来，甚至还让我挨饿。但过了今晚，我却不那么肯定。她扶我坐起来，等我吃完东西，看着我一口一口吃掉食物，脸上写满了悲伤，而且，在她转身离开之际，她的眼里噙满泪水……我觉得她并不是杀手，至少她不是那种心狠手辣的人。而且，这段时间肯定发生了一些事情，让她意识到了这一点。我想到我一直在等她回来，时间显得那么漫长，如同噩梦一般，时间流逝得如此缓慢，我越来越饿，饥饿感无可阻挡。但此时此刻，我头一次想到，或许这段时间对她而言同样缓慢而煎熬，说不定她也在面对她尚未准备好面对的情况。她肯定想象我被关在这里，变得越来越虚弱，抓着门想要出去。到最后，她再也狠不下心，便偷了一盘不冷不热的食物，跑到了这里。

当她打开门，看到我瘫倒在地上，她在想什么？觉得她来得太晚了？还是觉得我昏倒可能是因为饿坏了，也可能是因为太累了？她可能忽然意识到，她受不了再有人死，不能再让一个人死在她的手里。

她并不想要我死，对此我百分百肯定。我怀疑她能否杀我，如果我一直提醒她，我之所以会被关到这里，全是为了她，因为我是为她而战，是为了想要帮她，那她就不会杀死我。

至于巴尔默……巴尔默，他强忍着陪他妻子做化疗，一边数着她的钱，一边策划着在她死后的大好生活，只是在最后时刻发现他的如意算盘打得过早了……

是的。我现在能想得清清楚楚了，巴尔默一定会动杀心。而且，他不会因为杀人而寝食难安。

他在哪里？他下船了，去创造不在场证明，同时吩咐卡丽把我饿死？我说不准。他一直很谨慎，不与安妮的死扯上半点关系，我觉得他肯定也不会与我的死有所牵连。

就在我琢磨这些的时候，我听到伴随着缓慢的摩擦声，船的引擎启动了。引擎嗡嗡响了一会儿，跟着，我感觉整条船开始摇晃，我知道船再次启动了，驶离了卑尔根港，我们向北海驶去，黑暗将船身再次吞没。

# 第三十章

我醒来之后，发现引擎又停了，但我能感觉到波涛在我周围翻滚。我很想知道此时游轮停在何处，或许已经到了峡湾。我想象着如同铜墙铁壁一样的漆黑岩石巍峨耸立，直插进蓝色的幽深大海，在峡湾之间，只能看到上方狭窄的一道如水洗过的天空。我知道，有些峡湾的深度超过一英里，有着难以想象的黑暗和寒冷。一具尸体若是沉入这样的深渊，是永远都不可能被发现的。

我正琢磨着现在是几点，就听到敲门声响起，卡丽端着一碗什锦粥和一杯咖啡走了进来。

"很抱歉只有这些。"她说着把托盘放下，"现在乘客和船员都离开了，要想既不引起厨师怀疑又弄到食物，就更难了。"

"船员也离开了？"她的话让我惊诧不已，不过我也说不准我为什么会这样。

"也不是都走了。"卡丽说，"船长和他的几个手下还在。不过平时接触乘客的员工都和理查德去了卑尔根，去搞什么团队建设回顾活动了。"

这么说，巴尔默不在船上。或许这可以解释卡丽的态度为什么会有变化。巴尔默走了……

我缓缓地吃着什锦粥，和之前一样，她仍坐在那里看着我，在光秃秃的眉毛下方，她的眼神是那么悲伤。

"你没把眼睫毛也弄光？"我边吃边说。她摇了摇头。

"没有，我实在下不去手。只要不涂睫毛膏，我的睫毛就很稀疏，不过我想好了，要是有人注意到，我就说是假睫毛。"

"是谁……"我连忙住口。我本来想说"是谁杀了她？"但忽然我无法让我自己提出那个问题。我太害怕动手的是卡丽。我的最大希望就是说服她相信并非心狠手辣之人，而不是提醒她都做过什么，并且可以再做一次。

"什么？"她问。

"我……我是说，你们是怎么对我的亲戚说的？是怎么对其他乘客说的？他们觉得我仍在特隆赫姆？"

"是的。我戴上假发，拿着你的护照下了船。我特意选了服务员都在准备早餐的时间下船，当时是一个船员在舷梯检查，幸好你没去参观驾驶台，没有见过那些船员。而且好在我们都是深色头发。我真不晓得要是你有一头金发，我会怎么做，毕竟我可没有金色假发。然后，我装成安妮，回到了船上，并且盼着他们不会注意到安妮没下过船，就从外面回来了。"

幸好。我可不会选择这个词。这么说，书面记录是完整的，记录显示我下了船，却再也没有回来。难怪警方没有来搜船。

"你们的计划是什么？"我轻声说，"如果我没有看见你，你们会怎么做？"

"那我还是要从特隆赫姆下船。"她愤愤地说，"但这次我会扮成安妮。然后我就戴上假发，换了衣服，画上眼眉，以一个普普通通的背包客的身份，消失在茫茫人海中。他们去找安妮，也只能找到特隆赫姆，她情绪不稳，眼看着命不长久，像是人间蒸发了一样……然后，等到一切都风平浪静了，我和理查德就该'相遇'了，并且坠入爱河，届时，我们会公开我们的关系，接受众人的瞩目。"

"你为什么要这么做，卡丽？"我绝望地问道，跟着恨不得咬掉我自己的舌头。现在可不是惹恼她的时候。我必须让她站在我这边，如果我让她感觉她受到了指责，那我的计划就泡汤了。但我再也忍不住了。"我就是不太明白。"

"有时候我也不太明白。"她用手捂住脸，"不应该是这样的。"

"那就给我讲讲。"我说。我几乎有些羞怯地伸出一只手，放在她的膝盖上，她马上一缩，像是以为我要打她。我这才意识到她有多害怕，而那股邪恶的力量是来自于恐惧，而不是憎恨。"卡丽？"我追问道。

她别开目光，对着橘红色的窗帘说了起来，仿佛她不能面对我。"我们是在麦哲伦俱乐部认识的。"她说，"我在那里做服务员，想着有一天能当上演员。他……我想他让我神魂颠倒了。这就好像电影里的情节，我是灰姑娘，他呢，竟然爱上了我，把我带进了我梦想中的生活……"

她停下来，吞了吞口水。

"我当然知道他已经结婚了，他对此毫无隐瞒。所以我们从未在大庭广众之下见面，我不能对任何人讲起他。他们的婚姻尚未开始就几乎已经结束了。安妮很冷酷，很有控制欲，他们并不在一起生活，她在挪威，他则在伦敦。你知道的，他这一生过得很不容易，他母亲在他还是个小婴儿的时候就走了，他还没毕业，他父亲就去世了。安妮应该是最爱他的人，却受不了和他在一起，这看起来很不公平！但她就要死了，他不能让自己和一个只有几个月生命的女人离婚，那样太残忍了，他老是说等她死了之后，我们就可以在一起了……"她的声音渐渐消失，有那么一刻，我以为她说完了，要站起来离开，但她又说了起来，这次她说得比较快，像是她无法阻止她自己。

"有一天，他出了个主意。他说，我可以装扮成他的妻子，和他一起去剧院，这样我们就能公开在一起了。他给了我一件她的和服，我看过一个她讲话的视频，所以我知道怎么扮演她，我把我的头发藏在泳帽下面，再用她的头巾包住脑袋。我们做得很成功，我们坐在包厢里，只有我们两个人，我们喝香槟，啊，真是太不可思议了。就像是玩游戏一样，我们把所有人都玩弄于股掌之上。"

"我们又这么干了一两次，不过我们只会挑选安妮来伦敦的时候这样做，免得引起别人的怀疑。几个月后，他就提出要这么干，一开始，他的计划听起来很疯狂，但他就是那样的人，你知道的。没什么是不可能的——他确实可以让你相信这一点。他说他要举办一次媒体体验旅行，安妮会出席第一天晚上的活动，但她当天晚些时候就会下船，返回挪威。他让我继续假扮她。他可以把我偷偷带上船，那样我们可以在公开场合相处一个星期。他信誓旦旦地说我一定能做到。他说船上的人都没见过她，而且他不会让人给我拍照，免得以后被人撞破。这次航行的最后一站是卑尔根，所以人们都只会以为安妮多在船上待了几天，到了最后一天，我就可以换回我自己的衣服，以我自己的身份回家。他会让一个客人不出现，这样就有了个空船舱，他说，唯一的问题就是……"她顿了顿，"唯一的问题就是我必须把头发剃光，这样才更可信。但似乎……似乎是值得的。只要能和他在一起，我什么都愿意做。"

她吞了吞口水，等她再次开口，她的语速放缓了。

"第一天晚上，我正在换安妮的衣服时，理查德来了我的船舱。他失控了。他说安妮发现了我们之间的事，而且非常生气，狠狠数落了他一通。他为了保护他自己，就推了她一把，结果她没站稳，脑袋撞在了咖啡几上。他过去想把她叫醒，却发现……发现……"她有些结巴，却还是继续说道："他发现她已经死了。"

"他不知道该怎么做。他说如果警察来调查，我在船上这件事就会曝光，他就算说他们发生了争执，也没人相信。他说到时候我们两个都会被起诉，他成了杀人犯，而我就是从犯，参与了策划好的谋杀。他说我假扮安妮的事也会败露。他说科尔拍到了我穿着安妮衣服的照片。他说服我……"她说到这里停了下来，激动得快要说不下去了，"他说服我相信唯一可行的办法就是把安妮的尸体丢下海，继续执行我们的计划。如果她在卑尔根失踪，事情就找不到我们两个头上。但事情不该是这样的！"很多异议都挂在我的嘴边，它们像是在尖叫，想要挣脱束缚。船要到第二天才到挪威，安妮怎么可能在第一天晚上就下船？她没有护照，要怎么下船？她怎么可能不让船员知道她下船？这一切都说不通。唯一的解释就是理查德并不打算让安妮出于自愿地走下梯板，卡丽肯定很清楚这一点。她又不傻。但我以前也见过有人愿意这样睁一眼闭一眼，有些女人虽然面对种种证据，却还是坚持相信她们的男朋友没有撒谎，有些老板很可怕，可还是有人愿意为他们工作，那些人说服他们自己相信他们只是听命行事，做了不得不做的事。

人们似乎都愿意相信他们想要看到的，在这个方面，人是没有底线的，如果卡丽不顾逻辑，说服她自己相信理查德讲的弯曲事实，那她就不可能听我的话。

所以我只是做了个深呼吸，问出了关键问题。

"你们要怎么处置我？"

"见鬼！"卡丽站起来，用双手搓着脸，一下子就把头巾碰掉了，光秃秃的头皮露了出来。"我不知道，别再问我了，求你了。"

"他要杀了我，卡丽。"他要杀了我们两个，我现在对此相当肯定，但我不肯定她是否准备好听这个真相。"求你了，求你了，你可以让我们两个都离开这里，你知道你能做到。我会作证的，我会说是你救了我……"

"首先,"她绷着脸插口道,"我永远都不会背叛他。我爱他。你好像不明白这一点。第二,如果我和你一起走,那我就会面对谋杀控诉。"

"但如果你说是他杀的人……"

"不。"她打断了我,"不。我不会那么做。我爱他。他也爱我。我知道他是爱我的。"

她扭过头面向门,我知道机不可失,我必须让她看清楚事实,看清楚她卷入了一件怎样的事,虽然她有可能掉头就走,而我会在这里饿死。

"他会杀了你的,卡丽。"她面向大门,我对着她的背影说道,"你知道这一点,对吗?他先杀了我,然后再杀你。现在是你最后的机会了。"

"我爱他。"她说。她的声音很嘶哑。

"爱到可以让你帮他杀死他的妻子?"

"我没有杀她!"她喊道,在这个狭小的空间里,她这声痛苦的呐喊显得异常响亮。她背对我站着,一只手握住门把手,纤细的身体不住地颤抖,像个在抽泣的孩子。"她已经死了,至少他就是这么说的。他把她的尸体放在一个旅行箱里,趁你们都在吃饭的时候,我就把旅行箱从他的船舱运到 10 号舱。我要做的就是趁他打扑克的时候,把箱子丢到海里。但是……"

她没再说下去,而是转过身,瘫坐在地上,把头搭在膝盖上。

"但是什么?"

"但那个箱子太重了。我猜里面是放了一些压舱物,就在我把箱子运到船舱里的时候,箱子撞在了门框上。箱盖砰一声弹开了,结果……"她啜泣一声,"老天,我说不上来了!她的脸……都是血,不过就在一瞬间,我……我好像看到她的眼皮动了动。"

"老天。"我吓得浑身冰凉,"你是说,你在她还活着的时候,就把她丢下海了,是吗?"

"我不知道。"她把脸埋在手里。她的声音嘶哑,带着颤音,像是很快就要歇斯底里了。"当时,我尖叫起来,我控制不了我自己。但我摸过她脸上的血,是冷的。如果她还活着,血应该是温热的,对吗?我觉得肯定是我眼花了,也可能是某种无意识的眼部神经跳动,是有这回事的,对吗?在停尸房里就会这样。我不知道该怎么做,所以我就把箱子合上了!但我没有把箱子系紧,在我把箱子扔下船的时候,搭扣弹开了,我看到了她的脸,在海里,老天!"

她没再说下去。她的呼吸变得急促,像是有些喘不过气,可就在我担心她会干出什么、并且思考该说些什么来回应她的坦白之际,她又开口了。

"从那之后,我就睡不着觉了,你知道吗?我每天晚上都躺在床上,想她,想她当时可能还活着。"

她抬头看着我,我头一次看到她的眼中赤裸裸地流露出内疚和恐惧,而自从第一天晚上以来,她就一直在迫切地掩藏这些情绪。

"不应该发生这种事的。"她伤心地说,"她应该死在家里,死在她自己的床上,我……我……"

"你不必这么做的。"我急切地说,"不管安妮是怎么死的,你现在都能阻止这一切。你真的可以忍心杀了我?死了一个人,你的良心就已经逼得你几近疯狂了,卡丽。不要再让另一个人丧命了,我求你了,这对我们两个都好。求你放我走吧。我发誓我什么都不会说。我……我会告诉朱达我在特隆赫姆上了岸,肯定是昏过去了。反正也不会有人相信我!我之前说有人把一具尸体丢下了船,不是也没人相信我吗?这次为什么会有所不同呢?"

我知道为什么:因为DNA。指纹。牙医就诊记录。安妮的血迹肯定留在了玻璃隔板和巴尔默的船舱里。

但我并没有把这一切说出来，而且卡丽似乎也没有想到这些。她刚才颤抖着说出了事情的经过，这会儿，她似乎不再慌张了，她的呼吸也放缓了。此时，她盯着我，她的脸上带着泪痕，表情却很平静，她不再歇斯底里，因此显得异常美丽。

"卡丽？"我胆怯地说，几乎都不抱希望了。

"我要想一想。"她说。她跪在地上，拿起托盘，转身面向大门。就在她转身的时候，她的脚踢到了《小熊维尼》，她低头一看，表情立即就变了，她把书捡起来，用空闲的那只手翻着书页。

"我小时候很喜欢这本书。"她道。

我点点头。"我也是。我都看了无数遍了。每次看到最后年轮的那部分，我都会哭。"

"我妈妈常常叫我跳跳虎。"她说，"她常这么说，你就和跳跳虎一样，真是一模一样，不管你摔得多痛，总会弹跳回来。"她颤抖着笑了笑，然后把书扔到床脚边，她显然是做了很大的努力，才回到现实中来。"听着，我今晚可能不能给你送晚餐了，因为厨师有点起疑了。但我会尽全力给你送来，如果我晚上真来不了，我就多给你带些早餐来，好吗？"

"嗯。"我说，冲动之下，我又说道，"谢谢。"

她走了之后，我觉得我这么说挺蠢的，毕竟是她把我关了起来，还不定时给我食物和药物，就为了叫我屈从。我是不是得了斯德哥尔摩综合征？或许吧。就算是这样，她的斯德哥尔摩综合征也比我的更严重。或许这么说比较符合实情，我们并不是掳掠者和俘虏的关系，我们只是被困在同一个笼子两个不同隔间里的野兽。只是她的隔间稍大一些。

《《《

那天过得异常缓慢，让我倍感煎熬。卡丽离开之后，我就在房间里踱步，不去理会我那越发强烈的饥饿感。要是卡丽不去面对理查德那个计划的真相，我不知道会发生什么，但我还是尽量忽略我的担心。

我百分百肯定，只要她假装安妮去了卑尔根，这之后，他是不会让卡丽活太久的。当我闭上眼睛，一个个画面在我眼前闪过：卡丽把箱子丢下船，安妮的脸出现，她双眼无神，惊恐万状，卡丽天真地走在挪威的小巷子里，一个人出现在她身后。

还有我……

我为了分散自己的注意力，就开始想家、想朱达，到最后，《小熊维尼》的书页开始在我面前变得模糊，老旧书页上那些熟悉的句子融化在了我的泪水之中，我太累了，除了躺着，什么都做不了。

我本来都不抱希望了，以为吃不上晚餐，卡丽根本拿不到食物。但就在此时，外面的那扇门传来一声响声，走廊里随即响起匆忙的脚步声。我以为她会敲门，但我却听到钥匙在锁里转动的声音，她飞快地把门打开。她一进来，我就看到她没带吃的来，但我看到她脸上那惊慌的表情，就把食物的事忘到九霄云外了。

"他就要回来了。"她脱口而出。

"什么？"

"理查德。他今晚就回来。他本该明天才回来的，但我收到了信息，说是他今晚回来。"

《每日电讯报》网络版，9 月 29 日，星期二

　　重大新闻：在搜索失踪英国人劳拉·布莱克洛克的过程中，发现了另一具尸体。

| 第八部分 |

# 第三十一章

"他……他要回来了？"我的嘴巴发干，"这是什么意思？"

"你以为是什么意思啊？大约三十分钟后，他们就会停船，去接理查德。那之后我们会把你丢下海……"

她用不着说完后面的话。我吞了吞口水，我的舌头像是黏在上牙膛上，动弹不得。

"我……怎么……？"

她从衣兜里掏出一个东西，举起来，有那么一刻，我不明白这是什么意思。原来是本护照，但不是我的，是她的。

"现在只有一个办法了。"她摘下头巾，露出下面剃光头发的脑袋，可以看到刚长出来的很短的头发，然后，她开始脱衣服。

"你干什么？"

"你装成安妮下船，再假扮我上飞机。明白了吗？"

"什么？你疯了吧。你得和我一起走！"

"我不能。我要怎么和船员解释呢？说你是我的朋友，一直藏在船上来着？"

"那就告诉他们！把真相告诉他们！"

她摇摇头。现在，她脱得只剩下内衣了，虽然这个船舱里很闷热，但她依然在发抖。

"说什么呢？我是个陌生人，你以为我是的那个女人被我推下船了。不，我不知道我能不能相信他们。说得好听些，他是他们的老板，说得不好听……"

"那怎么办呢？"我都有些发狂了，"你要留在这里，任由他也把你杀掉吗？"

"不是的，我有个计划。别再争论了，赶快穿上我的衣服。"她把衣服递过来，我把如羽毛一样轻的丝绸长袍捧在手里。她消瘦的身体在发抖，她的骨头很突出，但我无法别开目光。"现在把你的衣服给我。"

"什么？"我低头看着我自己，看着我身上布满污渍和汗渍的牛仔裤、T恤衫和连帽衫，这身衣服我都穿了快一个星期了，"这些？"

"是的，快点！"她的声音有些急躁，"你穿几号鞋？"

"六号。"我说，我正在脱T恤衫，所以我的声音有些含糊不清。

"太好了。我也穿六号。"她把她的帆布鞋推向我，我脱掉我的靴子，开始脱牛仔裤。现在，我们的身上都只剩下内衣了，我尴尬地想要遮住我自己，她却专心地穿上我脱下来的衣服。我把丝绸长袍从头上套下去，感觉到昂贵的织物贴在我的皮肤上，凉爽至极。她从手腕摘下一个橡皮筋，默默地递过来交给我。

"干什么用的？"

"把你的头发扎起来。效果不会太理想。所以你得小心戴好头巾，但我能做的只有这些了。现在来不及把你的头发剃光了，而且，如果你要拿着我的护照出境，有一头真头发，会让你更容易通过护照检查关口的检查。不可以让他们发现异样，进而仔细核对照片。"

"我不明白。我为什么就不能以我自己的身份走？警察现在肯定在找我。"

"首先，你的护照在理查德手里。他在这里有很多朋友，不光是在商界有朋友，他还认识挪威警方的高层。我们必须在他弄明白整件事之前，让你尽可能远离他。快走。离开海岸。穿过边境到瑞典去。千万不要坐飞机去伦敦。他肯定早知道你会去那里。去个别的地方，比如巴黎什么的。"

"你这么说真是太荒谬了。"我说，但她的警惕传染给了我。我穿上她的帆布鞋，把护照揣进丝绸长袍的衣兜里。卡丽拉上我那双复古皮靴的拉链。我微微有些后悔，那双靴子是我最贵的衣物。我犹豫了好几个星期，后来是在朱达的鼓励下，我才鼓起勇气买了那双鞋。这双鞋子就像是我为了活命而献出的祭品。

终于，我们都穿好了衣服，只剩下头巾摆在我们之间的床铺上。

"坐下。"卡丽生硬地说，我坐在床铺边上，她则站在我旁边，把图案精美的头巾包在我的头上。头巾是绿色和金色相间，装饰有缠绕在一起绳索和锚的图案，我忽然想到安妮——真正的安妮——在蓝绿色的深渊里漂浮，发白的四肢和无数残骸缠绕在一起，永远都无法挣脱。

"好了。"终于，卡丽说道。她用两个发夹固定住头巾的边缘，然后上上下下打量我。"不太完美，你还不够瘦，不过要是光线昏暗，你肯定能过关。谢天谢地，大多数船员都没见过我。"

她看看表，随后说道："好了。最后一件事，打我。"

"什么？"她的话很不合情理。用什么打她呢？

"打我。用我的脑袋去撞床铺。"

"什么？"我感觉自己就像个回声，但我有些情不自禁，"你疯了吗？我才不要打你。"

"快打我呀。"她生气地说，"你还不明白吗？这样才像真的。只有这样，理查德才会相信不是我把你放走的。必须像是你攻击了我，把我制服了。快打我。"

我做了个深呼吸，打了她的脸一下。她的头向后一甩，不过我的力道并不大，我看得出来，她一边揉着脸，一边没好气地盯着我。

"哦，看在老天的份上。是不是所有事都要我来做呀？"

她深吸一口气，我还没弄明白她要干什么，她就狠狠地把头撞在了床铺上。

我大叫起来。我控制不了我自己。鲜血一下子就从被金属边缘割出的一道伤口里流了出来，顺着她的——噢，不，是我的——白色T恤衫流到了地上。她踉跄着向后退了两步，疼得直喘粗气，还牢牢捂着头。

"老天。"她小声说，"妈的，疼死了。老天。"她跪倒在地，呼吸十分急促，有那么一刻，我还以为她要昏倒了。

"卡丽！"我惊慌地说，连忙跪在她旁边，"卡丽，你……"

"别跪在这里，你这个蠢女人！"她惊叫道，一把把我推开，"你是不是想毁了这一切？你不能把血蹭到衣服上！到时候船员会怎么说？噢，老天，怎么会一直流血？"

我尴尬地站起来，丝绸长袍拖在地上，我差点绊倒，我哆哆嗦嗦在那里站了一会儿，总算恢复了理智，我跑到卫生间，拿来了一大摞纸巾。

"给你。"我的声音在颤抖。她抬起头，样子可怜极了，然后，她接过纸巾，按在伤口上。她瘫坐在床铺上，面色灰败。

"我……我能为你做些什么？"我问，"我能帮你吗？"

"不用了。现在唯一能帮我的就是理查德相信你打了我，而我受伤太重，根本无力阻止你。但愿这能起作用。现在快走吧。"她用嘶哑的声音说，"趁现在他还没回来，不然这些工夫就白费了。"

"卡丽，我……我要怎么做呀？"

"两件事。"她说，她疼得咬紧牙关，"首先，给我二十四小时，然后再去报警，可以吗？"

我点点头。我本不想答应，但我觉得我至少不能拒绝。

"第二，离开这个鬼地方。"她呻吟道。她此时脸色惨白，弄得我都有些害怕，但她的表情很坚定。"你以前是想帮我，不是吗？所以你才会陷入危险之中。现在我要帮你，只能这么做。所以别搞砸了，不要浪费我的时间。离开这个鬼地方。"

"谢谢你。"我用沙哑的声音说。她没有说话，只是冲走廊摆摆手。我走到门边，她开口了。

"客舱的门卡在你的口袋里。梳妆台上有一个钱包，里面有大约五千块克朗。既有挪威克朗，又有丹麦克朗和瑞典克朗，我想那些钱相当于大约五百英镑吧。把钱包拿走。里面有信用卡和身份证。我不知道卡的密码，因为卡不是我的，是安妮的，不过可能有些地方需要你签名。你还要找人为你降下舷梯，你好下船，除非他们已经为理查德把舷梯降下来了。你就说他刚才打电话来，你要去接他。"

"好吧。"我小声说。

"然后换上你自己的衣服，尽可能快地离开港口。就这些了。"她闭上眼，仰面躺下。她按在太阳穴上的纸巾已经被鲜血染红了。"啊，你走的时候记得把门锁上。"

"把你锁在这里？你确定？"

"是的，我肯定。那样才像真的。"

"可如果他不来找你呢？"

"他一定会来。"她的语气很平淡，"如果他发现我不见了，肯定会先到这里来，看看你怎么样了。"

"好吧……"我勉强地说，"那扇门的密码是什么？"

"门？"她睁开疲惫的眼睛，"什么门？"

"你说过这扇门外面还有一扇上锁的门。而且需要输入密码。"

"我是骗你的。"她疲倦地说，"根本没有门。我那么说，只是为了不让你攻击我。你就一直向上走就好了。"

"我……谢谢你，卡丽。"

"用不着谢我。"她再次闭上眼睛，"一定要成功逃出去，这是为了我们两个好。而且，千万不要回头。"

"我会的。"我向她走去，我也不知道我要做什么，或许是想要拥抱她。但她的胸口上溅满了鲜血，她太阳穴上的那道口子依然在向外流血。而且，她是对的，要是把血染在我的袍子上，对谁都没好处，至少对她是没好处的。

要我转身丢下一个看起来很快就要失血至死的女人，而她会这样都是为了我，可是我这辈子做过的最难的事。但我知道我必须离开，这是为了我们两个好。

"再见，卡丽。"我说。她没有回答。我快步离开。

《《《

外面的走廊狭窄闷热，甚至比我刚刚离开的那个闷热的小船舱还要热。门上有个厚重的扣钩，随意地插在塑料门板中，还有一把很大的挂锁，一把钥匙插在锁眼里。我把锁扣好，努力咽下哽在喉咙里的愧疚。我握着钥匙，犹豫起来。是不是应该把钥匙拿走？但我没有。我不愿意让卡丽在这里多待一刻。

船舱门在这条灰黄色的走廊一端。另一端有扇门，上面写着"禁止入内——仅授权工作人员使用"，我穿过这扇门，看到面前出现了一段楼梯。我苦恼地回头看了一眼上锁的舱门，而卡丽就躺在门里，流血不止。然后，我向楼梯跑去，开始向上爬。

我不断地向上爬，我的心脏突突狂跳，双腿因为长久不运动而有些发颤。员工楼梯上铺着单调的地毯，边缘镶着金属。我的手心都是汗，扶在塑料扶栏上直打滑，我像是看到了炫光楼梯上令人目眩的灯光、闪闪发光的水晶灯、手指下方光亮的红木栏杆摸起来像丝绸一样顺滑。我感觉自己很想笑，这就和我在我祖母的葬礼上咯咯笑一样不合时宜，但我的恐惧已经将我逼到了歇斯底里的地步。

我摇摇头，又走上一段楼梯，穿过标有"维修室"和"员工专用"的大门。

我不停地爬呀爬呀，来到一扇巨大的钢铁大门边上，门上有一根铁棒，这里像是一扇太平门。我站了一会儿，爬了这么长的楼梯，我累得气喘吁吁，感觉我的腰背上都是冷汗。门的另一边是哪里？

在我身后，卡丽正蜷缩在一张双层床上，她待的船舱不通风，就像个棺材一样。我的胃开始翻腾，我强迫自己不去想卡丽，只是冷静且专注地看着我前面的台阶。我必须出去，而且，只要我安全了，我就可以……可以怎么样？不听卡丽的要求去报警？

我站在那里，一只手搭在门上，那晚在我公寓里发生的事再次涌入我的脑海，让我痛苦难当。我畏畏缩缩地待在我自己的卧室里，吓得不敢开门，不敢去面对门另一边的人或事。如果我能踢开那扇上锁的门，冲出去与他面对面，即便会被打，会流血，也比现在更好。我可能现在仍住在医院，等待康复，而朱达就守在我身边，我也不会被困在这个现实的噩梦中。

眼前的这扇门没有上锁。

我一推，门开了。

# 第三十二章


光。刺眼的光照射在我的脸上，感觉像是挨了一巴掌，我只觉得眼花缭乱，目瞪口呆地望着上千块散发着彩虹色光芒的施华洛世奇水晶。这扇员工大门直接通往炫光楼梯，而那盏巨大的枝形吊灯不分昼夜地亮着，像是对节约、限制和全球变暖在说"去你的"，也就更谈不上品味了。

我靠在闪闪发光的栏杆上，环顾四周。楼梯的转弯处有一面镜子，反射着枝形吊灯发出的灯光，让跃动的灯光变得更加耀眼，就在我转身的时候，我看到我在镜中的映像，有那么一刻，我有些不可置信，我的心一下子就跳到了嗓子眼，因为镜子里的那个人分明就是安妮，她的头包着金色和绿色的头巾，带着惊恐的眼神，眼周青肿。

我看起来很像我以前的样子，像个逃亡者。我迫使自己把腰挺直，缓慢而行，虽然我真的很想像只受惊的老鼠一样仓皇逃窜。

"快，快，快。"我脑海深处那个声音吼道，"巴尔默就快回来了。快点！"但我还是缓慢而稳健地走着，因为我还记得安妮——或是卡丽——走起路来总是很端庄，她会精心迈出每一步，像是在保存体力。我向着 1 号船舱所在的船头方向走去，我的手插在衣兜里，紧紧握着房卡，坚硬的卡片贴着我的汗涔涔的手心，感觉它让人很放心。

但我走到了一个死胡同，这里有段楼梯通往餐厅，却没有路通往船头。见鬼。我肯定是转错弯了。

我掉头，试着回想在抵达特隆赫姆的前一天晚上，我去见安妮——或是卡丽——时走的路线。老天，那真的只是上个星期的事吗？我感觉像是已经过了一个世纪那么久，而那时的生活与现在截然不同。等等，1 号舱应该在图书室的右边，而不是左边，不是吗？

"快点，看在老天的份上，快点！"

但我依然保持平稳的步伐，昂着头，尽量不回头，不去想象有好几只手抓住我那件飘逸的丝绸长袍，将我拖回到船只深处。我先是右转，然后左转，穿过一个储藏室。这么走应该是对的。我很肯定我记得冰川的照片。

我转了另一道弯，又碰到一个死胡同，然后我面前出现了通往阳光甲板的楼梯。我真想大哭一场。那些该死的标志牌呢？难道要依靠心电感应来找船舱？还是诺贝尔客舱有意被隐藏了起来，好让普通老百姓不打扰到贵宾？

我俯下身，把双手撑在膝盖上，感觉我的肌肉在丝绸长袍下面不住颤抖，我缓缓地呼吸，试着让我自己相信我能做到。我不能在理查德走上梯板的时候，却依旧哭哭啼啼地在走廊里瞎转。

"吸气……一……二……"巴里那有安抚作用的声音在我脑海里响起，勾起我的怒火，足以支撑我直起身体，举步向前。"干得不错，巴里。把你的积极思考用在痛苦的事情上。"

我返回图书室，这次在来到储藏室后左转。忽然之间，我看到了我想去的地方。1 号船舱的门出现在我的前方。

我在口袋里摸索房卡，感觉肾上腺素在我身体里的每一个细胞中起起伏伏。如果理查德已经回来了呢？

"不要再当个失败者，躲在门后面不敢出来，洛。你能做到的。"

我用卡片把门打开，并且做好准备，只要屋里有人，我就掉头就跑。

不过船舱里没人。灯开着，但里面空无一人，卫生间门和相连卧室的门都开着。

我的双腿再也支撑不住，我扑通一声跪在厚地毯上，呜咽声自我的喉咙里发出来。但我现在尚未稳操胜券。我甚至连一半的目标都没有完成。钱包，钱，外套，然后彻底离开这艘恐怖的船。

我关上门，脱掉长袍，现在我的动作很快，反正周围也没人看我做出各种焦躁不安的动作，我穿着胸罩和内裤，开始翻找安妮的抽屉。我试的第一条裤子是牛仔裤，但是我穿不下，只能提到大腿部位，之后我找到了一条莱卡紧身运动裤，我穿得下，我还找到了一件样式简单的黑色上衣。然后，我又把长袍套在黑色上衣外面，系紧腰带，对着镜子，把歪斜的头巾调整好。

我很想戴副太阳镜，我看了一眼窗外，只见外面漆黑一片，安妮床头柜上的时钟显示现在是十一点一刻。噢，老天，巴尔默随时都可能回来。

我又穿上卡丽的帆布鞋，然后寻找她说过的钱包。一尘不染的梳妆台上空无一物，但我随意打开了一两个抽屉，想看看是不是清洁员把钱包放在了抽屉里，以安全保管。第一个抽屉是空的。我拉开的第二个抽屉里放了几条印花头巾，我正要把抽屉关上，却注意到那堆柔软的丝绸下面有个东西，又扁又平，我把头巾拨开，顿时有些喘不过气来。

那是一把手枪。我以前从未见过真枪，我愣住了，以为就算没有人摸，手枪也会发出子弹，一连串问题涌入我的脑海。我应该把枪拿走吗？里面有子弹吗？是真枪吗？这个问题太蠢了，我想不会有人费心把一支假手枪放在船舱里的。

至于我应不应该把枪拿走……我试着想象我拿枪对着某个人，但我想象不出来。不，我不能把枪拿走。与其说这是因为我不知道怎么开枪，很可能打到我自己而不是别人，还不如说这是因为我必须让警方相信我，如果我出现在警察局，兜里却揣了一把装了子弹的枪，而且还是偷来的，那么我很可能还没讲出我经历的事，就被关了起来。

我不情愿地用头巾盖在手枪上，关上抽屉，继续去找钱包。

我终于在第三个抽屉里找到了钱包。那是个棕色皮钱包，用得很旧了，摆放在一个文件夹上面。钱包里有六张信用卡和一沓钞票，我现在没时间数里面有多少钱，不过肯定有卡丽说的五千克朗，甚至还要多。我把钱夹塞进长袍里面的裤兜，跟着最后看了一眼船舱，准备离开。除了钱包没了，一切都是我来时的样子。现在该走了。

我深吸一口气，做好心理准备，然后去开门。我刚把门打开一点，就听到走廊里响起了说话声。有那么一刻，我动摇了，不知道是否该继续下去。但随即一个声音夹杂着一丝讨好说道：“当然了，先生，我会尽全力让您满意……”

我没有再听。我悄无声息地关上门，关上灯，背靠在坚实的木门板上，站在黑暗中，我的心开始狂跳不止。我的手指冰凉刺痛，我的双腿软弱无力，但我的心失控地狂跳，让我难以承受。见鬼，见鬼，见鬼！

“呼吸，劳拉。一……二……”

“他妈的给我闭嘴！”

我不知道我是这么叫了出来，抑或那声尖叫只存在于我的脑海里，但我花了很大力气从门板上挪开身体，跌跌撞撞地向观景台走去。我推开玻璃门，来到外面，九月寒冷的晚风吹拂着我，我不由得浑身一颤，毕竟我已经好几天没有接触新鲜空气了。

我站了一会儿，背靠在玻璃围栏上，感觉我的太阳穴和喉咙直跳，我的心也在突突狂跳，跟着，我深吸一口气，一点点向一边挪去，来到观景台向船只一角延伸的地方。站在这里，没人能从窗户里看到我，我背靠冰冷的钢铁船体。我看到灯光一闪，船舱门打开了，跟着船舱里的灯也亮了起来，灯光照亮了观景台。千万别过来，千万别过来。我这样祈祷着。我缩在角落里，等待着玻璃长窗被人打开。但没有人那么做。

我能从玻璃护栏上看到室内的倒影。玻璃护栏只有齐胸高，所以我只能看到一半的影像，而且玻璃有两三层厚，所以影像看起来模模糊糊，有些重影。但我能看到有个男人在船舱里来回走动。他的深色影子向卫生间的方向移动过去，我听到水龙头的水流声和马桶的冲水声，跟着，电视机打开了，蓝白色的闪烁光芒立即出现在玻璃围栏上。除了电视的声音，我还听到他在打电话，还提到了安妮的名字，我连忙屏住呼吸。他是在询问卡丽的行踪吗？要过多久，他才会去找人？

他像是打完了电话，或者说是他不再说话了，我看到他的身影再次动了起来，他躺在白色大床上，像是一个明亮的长方形上出现了一个深色暗影。

我等待着，感觉越来越冷，只好来回倒换双脚，好叫自己暖和一点，但我不敢有太大的动作，生怕他从我用来监视他的玻璃上看到我的倒影。夜色美轮美奂，自从我来到这里，我第一次环顾四周。

我们现在正处在峡湾深处，周围都是石壁，下方的水漆黑静止，深不见底。在峡湾的另一边，我能看到小片居住区里的灯光，船上的灯光投射到海水上。天空中点缀着点点繁星，看起来晶莹剔透，闪耀着白色的光芒，异常迷人。我想到了卡丽，她被困在船身深处，血流不止，如同一只被困在陷阱里的野兽……老天，一定要有人找到她。要是她出了什么事，我肯定会崩溃。是我把她锁在那里的，任由她执行她的疯狂计划。

我无助地颤抖着，盼着巴尔默赶快睡着。但他没有，他只是调暗了灯光，电视依旧开着，闪烁的画面让房间时而变成蓝色，时而变成绿色，时而变得漆黑。我再次倒换双脚，把冰冷的双手塞在腋下。如果他开着电视睡着了呢？我怎么才能知道？可就算他沉沉地睡着了，我也不确定我能否鼓起勇气，进入一个谋杀犯所在的房间，踮着脚尖在他咫尺之遥的地方走开。

还有什么办法？等他去找卡丽？

跟着，我听到了一个声音，我的心脏随即开始狂跳起来。船的引擎发动了。

恐慌如同冰冷的海浪，一波波向我袭来，我试着思考。现在船还没有动，很可能舷梯并没有升起。如果舷梯升起来了，我肯定能听到。我还记得起航的时候，引擎嗡嗡响了很久，船才真正开动起来。但时不我待。我有多少时间？半个小时？一刻钟？或许更少，毕竟船上没有乘客，没必要逗留太久。

我站在那里，满心恼怒，一时间拿不定主意。我是否应该快步跑过去？巴尔默睡着了吗？玻璃护栏上的倒影太模糊了，我根本看不出他是不是睡着了。

我探着脑袋，尽可能轻地从观景台玻璃门的边缘向安静的室内看去，我看到他动了动，伸手去拿酒杯，随即又把杯子放下，我猛地收回头，心脏扑通扑通乱跳。

见鬼。现在肯定有凌晨一点了。他怎么还不睡觉？是在等卡丽吗？但我必须下船。必须。

我想到观景台的窗户可以从外面打开，要是有人胆子很大，也可以说是很蠢，就能够爬过观景台之间的高大玻璃隔板，去旁边的船舱。只要能到别的船舱，我就可以出去，冲到舷梯。我才不在乎等我到了那里，需要编造什么样的借口。反正我必须从这条船上下去，就算不是为了我自己，也是为了安妮和卡丽。

不，见鬼。当然是为了我自己。

我是为了我自己才下船。我只不过是在错误的时间出现在了错误的地点，但我从未做过错事，不应该落得现在的下场，如果巴尔默把我列入受他欺骗的女人名单中，那我就要倒大霉了。

我低头看着我自己，看着那身飘逸的长袍，穿着这身衣服是不可能攀爬的，于是我解开腰带，把柔软的丝绸长袍脱下。长袍落在地上，几乎都没有发出声音，我把它捡起来，尽可能紧地将它团成一团，丢过玻璃隔板的另一边，只听几乎细不可闻的沙沙一声，它落在了地上。

然后，我抬头看着矗立在我面前的玻璃隔板，吞了吞口水。

我是不可能爬过玻璃隔板的，这一点显而易见。至少要是没有好使的装备或梯子，我肯定是爬不过去的。但玻璃护栏面冲大海，我或许可以爬过去。护栏只到齐胸高，我足够灵活，可以抬起一条腿翻过护栏，跨坐在上面，然后我就可以利用玻璃隔板站起来。

只有一个问题。那时候我就悬在大海之上了。

我并不怕水，至少我以前是不害怕的。但我的视线越过边缘，我望着漆黑的波浪，只见浪涛如饥似渴地冲刷着船体，我感觉我的胃里直翻腾，但这与晕船的感觉一点也不一样。

见鬼。我真要这么做吗？显然是的。

我在莱卡运动裤上蹭蹭汗湿的手心，做了个深呼吸。那么做并不容易，我也不是在愚弄我自己，不过确实有可能做到。毕竟，卡丽就做到了，她成功地进入了我的船舱。如果她能成功，那我也能成功。

我活动活动手指，慢慢地把一条腿跨在俯视大海的玻璃护栏上，然后，我用尽虚弱的肌肉所具有的全部力量，将自己拉升起来，跨坐在玻璃护栏上。我的左边是1号船舱，窗帘拉着，任何人只要扭过头，就能从观景台的门看到我。我的右边下方就是峡湾的海水。我不知道我现在的位置距离海面有多远，但从这个角度看来，应该有两三层楼高。我不知道哪一边更加吓人，我只希望我的动作不会吸引理查德的注意。我吞吞口水，用双腿夹住滑溜的玻璃，试着鼓起勇气。我从未做过这么难的事情。现在该是面对困难的时候了。

我很害怕，再加上用力，浑身不住地颤抖起来。我把一只脚伸到身体前面，抓住磨砂玻璃隔板的边缘，就这么站了起来。现在我要做的就是一点点把我的身体绕过玻璃隔板朝海的一面，然后安全落在另一边。

"好。是的。没错。"

我深吸一口气，感觉冰冷汗湿的手指在玻璃上直打滑。根本就没有牢靠的抓握点。这艘船的其他部分都装饰奢华，难道就没剩下一些闪亮的饰物来装饰玻璃隔板？哪怕只是几颗水钻，或是一些精致的蚀刻，也可以让我抓着。

我伸出一只脚，缓缓地绕过高大的玻璃隔板……我立即就知道穿帆布鞋是个错误。

我没有脱掉鞋子，心想它们可以保护我的脚，在玻璃上有额外的抓力也不是坏事，但就在我的全部体重都悬在海水上方之际，我感觉用来支撑身体的那只脚的鞋底在尖锐的边缘滑了一下。

我不由得倒抽一口气，双手绝望地抓紧我前面的玻璃。如果只靠意志力就能让我稳住身体，那我肯定已经成功了。我的一个指甲折断了，跟着另一个指甲也折断了，忽然之间，玻璃像是被从我紧紧抓住不放的双手之间抽走了，而我什么也做不了，就连叫都没有叫出来。

在短暂又恐怖的一刹那里，我感觉到大风抽打着我的脸颊，我的头发在黑暗中飘动，我的手依然在半空中乱抓。我向下坠落，背朝下掉入峡湾深不可测的海水之中。

　　只听犹如枪声的一声爆裂声，我坠入了漆黑的海水，冲击力让我喘不过气。

　　我垂直落入冰冷的海水中，感觉肺部的空气都被挤压了出来，冰冷的海水让我觉得寒冷刺骨，我继续坠入无底的深渊，海水在我下方很深的地方抓住我的脚，将我向下拉。

# 第三十三章


我不记得沉入海底是什么滋味，只记得在我坠入海面的那一刹那，我感觉骨头都像是被撞碎了，而且海水太冷了，几乎让我的身体麻痹。但我记得在海水将我包围，扯着我向下沉时，我心中的恐慌已经到了无以复加的地步。

踢腿，我这么告诉我的双腿，感觉呼吸哽在我的喉咙里，喘不上气。在漆黑冰冷的海水中，我使劲儿踢腿。这么做首先是因为我不想死，而且，在冰冷和黑暗开始攫取我的时候，我也没什么可做，我的肺像是在尖叫，我知道，如果我不能赶快冲出水面，那我的小命就要葬送在这里了。

海水像是在用滑溜的手指拉扯我的双腿，要把我拉进峡湾幽深的海底，我不停地踢腿，心中的绝望越发强烈。我的周围黑洞洞的，都是打着旋儿的海水，几乎不可能分清楚哪边是向上。如果我是游向更深的地方呢？然而，我不敢停下。求生的本能太强烈了。"你就要死了！"我的脑海深处有个声音这么喊道。除了踢，我的双腿做不出其他反应，于是，我拼命地踢腿、踢腿。

咸腥的海水刺痛了我的眼睛，我赶紧闭上双眼，但尽管我闭着眼，却能感觉到闪耀的光线，像是在恐慌发作时，出现在我眼前的光与影。但是，令人惊讶的是，当我再次睁开眼睛，我居然能看到淡淡的月光洒在海面上。

有那么一刻，我几乎不敢相信，但月光距离我越来越近，海水拉扯我的力道放松了，然后，我冲出水面，发出的呼吸声就跟尖叫差不多，水从我的脸上往下流，我不停地咳嗽着。

我距离船体很近，近到都能感觉到引擎引起的震颤如同脉冲一样，在水里传开，我知道我必须游起来。不仅仅是因为我完全有可能在海水里患上低体温症而死，还有一个更重要的原因，那就是如果船开始启动，而我又离得这么近，就是神来了也救不了我。这些天来我的运气真是坏透了，所以我觉得要是真有神存在，那他可能不太喜欢我。

我瑟瑟发抖着开始踩水，同时还尽力辨别方向。我浮出水面的地方是在船头位置，我能看到码头区有一排灯光，好像还看到了一个黑乎乎的东西，像是一架梯子，不过我的眼睛一直在流泪，所以我也无法确定。

而且，要让我的身体乖乖听话，真的很难。我哆嗦得厉害，几乎无法控制我的四肢，但我还是强迫我的手臂和双腿动起来，我一点点地向着灯光游去，海水拍打着我的脸，我咳嗽着把水吐出来，寒意都渗透到了我的骨头里，我强迫我自己深而缓慢地呼吸，虽然在寒冷的攻击下，我的身体各个部分都很想大口大口喘气。就在我拼命向前游的时候，一个柔软却又坚硬的东西击中了我的脸颊，我浑身颤抖，与其说我是恶心，还不如说我是太冷了。快到岸边的时候，我倒是可以担心会碰到死老鼠和烂鱼。而在此时此刻，我唯一关心的就是我要活下去。

我落水的地方距离码头应该只有二三十米，但现在看来距离要远得多。有些时候，我发现岸边的灯光变得越来越远，有些时候，灯光看来近在咫尺，像是我伸手就能抓住。最后，我那已经麻木的手指终于碰到了生锈的铁梯。我爬上梯子，脚下直打滑，但我依然拖着湿漉颤抖的身体向上爬，尽量不要跌下去。

来到码头边缘，我扑通一声跌坐在水泥地面上，大口喘着气，不停地咳嗽，身体颤抖不已。过了一会儿，我趴在地上，抬起头，先是看看"北极光"号，又看看在我面前延伸的小镇。

这里并不是卑尔根。我不知道我身在何处，但这里是个比村庄大不了多少的小镇，此时正是深夜时分，四下里连个人影都没有。码头一侧的几家咖啡馆和酒吧都已经打烊了。商店的窗户传出些许灯光，但我能看到的唯一像是有人会给我开门的建筑就是一家面冲码头的旅店。

我哆哆嗦嗦地站起来，跨过用来隔开海边陡坡的低矮铁链，颤颤巍巍地向那家旅店走去。"北极光"号的引擎开始加快转动，此时，引擎声变快了。就在我穿过似无边无际的水泥码头前沿的时候，引擎声再次发出尖锐的轰鸣声，随即响起了海水搅动的声音，我担惊受怕地回头看了一眼，只见船只开始移动，船头对准峡湾，引擎轰隆隆的，船身缓慢地驶离海岸。

我赶紧回过头来，不由得紧张起来，仿佛只要我看着那艘船，就会吸引船上的人的注意。

我来到旅店的门阶上，引擎声再次加快，我使劲儿敲门，感觉两条腿发软。"有人吗，有人吗，拜托，有人吗……"然后，门开了，灯光亮起，温暖倾泻而出，我感觉有人搀扶着我，迈过门槛，进入了安全的领地。

《《《

大约半个小时后，我蜷缩在一把细柳条椅上，裹着一件红色人造毛毛毯，我坐在一个玻璃阳台上，周围光线昏暗，可以俯瞰到海湾。

我捧着一杯咖啡，但我太累了，根本喝不下去。我能听到有人在交谈，他们说的是……我觉得肯定挪威语。我已经筋疲力尽。我感觉像是已经好几天没好好睡觉了，不过确实如此。我直打瞌睡，下巴不断地碰到胸口，接下来，我开始想我是从怎样的环境中逃出来的，我猛地抬起头来。那艘船那么漂亮，在它上面发生的噩梦是真的吗？真的有一个棺材似的牢室在惊涛骇浪之下？或者，这只是一个漫长的幻觉？

我昏昏沉沉地看着漆黑沉静海湾里的灯光，"北极光"号现在变成了峡湾里远处的一个发光点，正在向西行驶，这时候，我听到我身后响起了一个声音。

"小姐？"

我抬起头。是个男人，他佩戴着一个稍微有些歪斜的名牌，上面写着"埃里克·福苏姆——总经理"。他看起来像是慌忙地从床上起来，头发乱七八糟，衬衫纽扣扣错了，他在我对面的扶手椅上坐下，一只手拂过长有胡茬的下巴。

"你好。"我疲倦地说。我已经把我的经历告诉了前台的那个人，至少说了我觉得可以对他说的，而且还要看他能听懂多少英语。那人一看就是值夜班的服务员，听口音和看长相都更像是西班牙人或土耳其人，而不是挪威人，他的挪威语似乎比英语好，不过他的常备用语说得还不错，能够应付客人入住和营业接待，不过对于我说的关于假冒身份和谋杀的故事，他就听不太懂了。

我看到他把我身上唯一的身份证——安妮的身份证——给经理看，我听到他的声音很低沉，语气谨慎，我还听到我的名字被重复了好几次。

此时坐在我对面的男人交叉手指，紧张地笑了笑。

"布莱克洛克小姐，是吗？"

我点点头。

"我不太明白,虽然我们这里的夜班经理和我解释过了,但你怎么会拿着安妮·巴尔默的信用卡?我们和安妮、理查德很熟悉,他们有时候就住在这里。你是他们的朋友吗?"

我用手捂住脸,像是可以把威胁要压垮我的疲倦压回去。

"我……这事真的是说来话长了。拜托,我能借用你的手机吗?我要报警。"

刚才,我疲惫不堪、浑身是水地靠在光亮的登记台上,我就已经下定了决心。虽然我答应了卡丽,但我只有这么做,才能救她。我打死也不信巴尔默会饶了她的性命。她知道的太多了,也搞砸了很多事。现在头巾没了,我根本没机会假扮安妮,而且没有了卡丽的护照,我也不可能装成卡丽,这两样东西都消失在了大海之中。我现在只有安妮的钱包,说来真是奇迹,我爬上梯子,离开海水,钱包却依然好端端待在莱卡运动裤的口袋里。

"当然。"埃里克充满同情地说,"需不需要我打电话给警察?现在深更半夜的,他们的值班人员可能不会说英语。而且,我必须提醒您,我们这个镇里没有警察局,最近的警察局要驱车几个小时才能到,位于……怎么说来着……位于下一个山谷。要到明天警察才能来。"

"请你告诉他们事情紧急。"我疲惫地说,"越快越好。我要一个房间。我有钱。"

"你不用为此担心。"他笑着说,"要不要再来一杯?"

"不了,谢谢。请你告诉他们赶快过来。有一个人的生命危在旦夕。"

我把头重重地搭在手上。他走回前台,这时我的眼皮都快合上了,我听到电话机被人拿了起来,一串号码键被按下,听起来像是很长一串号码。或许挪威的报警电话有所不同，或许他在打给当地的警察局。

电话响了几声。另一端有人接听了电话，他们寒暄了几句。我强忍着疲倦，听到埃里克用挪威语说了几句话，我只听懂了"旅店"这个词，跟着，他停顿片刻，然后又用挪威语说了起来。我听到了我的名字被提到了两次，他还说到了安妮的名字。

"是的，你的妻子。安妮。"埃里克用挪威语说，像是另一端的人没听清楚，或是不相信他听到的话。然后，他又说了起来，随即哈哈一笑，最后说道："谢谢，再见。理查德。"

我立即抬起头来，我忽然感觉浑身冰冷，动也不能动。

我眺望海湾里的船只，我看到"北极光"号的灯光消失在了远方。等等……那是我的想象吗？看起来好像"北极光"号停了。

我又坐了一会儿，看着"北极光"号的灯光，试着按照海湾里的地标做对比，我终于肯定了，"北极光"号不再沿峡湾向西行驶。它正在掉头。它回来了。

埃里克挂上电话，又拨了另一个号码。

"警察吗，谢谢。"他在有人接听之后说道。

有那么一刻，我动弹不得，意识到了我都做了什么。卡丽说理查德有很大的影响力，但我并不相信她的话，只以为她有些妄想，受的打击太大，不相信可以逃走。但现在……现在看来她的担心确有必要。

我轻轻地把咖啡杯放在桌上，任由红色毛毯掉在地上，跟着，我悄悄打开阳台门，走进了外面的夜色中。

# 第三十四章

我沿着小镇的蜿蜒街巷飞奔，跑得上气不接下气，感觉胸口都要炸开了，我赤着脚踩在石块上，疼得我直皱眉。街道逐渐消失，路灯也不见了，但我依然在寒冷和黑暗中奔跑，我跑过水洼、潮湿的草地、铺着碎石的小径，到最后，我的脚都麻木了，就算破了再多的口子，踩在再多的碎石上，都没有感觉了。

即便是这样，我还是一直跑，绝望地想拉开我与理查德·巴尔默之间的距离。我知道我不可能坚持太久，我迟早都会跑不动，但我唯一的希望就是尽可能跑得远一些，直到找到安全的避难所。

最后，我再也跑不动了。我气喘吁吁地放慢速度，开始摇摇晃晃地慢跑，那个小村子的灯光随着距离的拉开而变得越来越微弱，我强忍着疼，开始跌跌撞撞地走。我所在的这条公路蜿蜒着向黑暗中延伸，在峡湾一侧渐渐向上。每隔几百米，我都要回头张望，看向山谷，看到那个港口小镇里的灯光逐渐变弱，看到峡湾里的漆黑大海中"北极光"号的灯光越来越近。现在船上的灯光清晰可见。我能清楚地看到那艘船，我还能看到我上方的天空出现了亮光。

现在肯定是黎明时分了，老天，今天是星期几？星期一吗？

但有些不对劲，过了几分钟，我才意识到哪里不对劲。天上的光芒不是从东方发出来的，而是位于北方。我看到的并非拂晓的光亮，而是北极光那金绿色相间的怪异光芒。

一想到这里，我情不自禁地大笑起来，只是我的笑声听来是那么苦涩阴郁，听起来像是要窒息了一样，在这沉静的夜色中显得异常响亮。巴尔默是怎么说的来着？每个人都应该欣赏一番北极光，才不枉此生。噢，现在我欣赏到了。不过这再也不重要了。

我停了一会儿，凝视着闪动变化的北极光，但一想到巴尔默，我又走了起来。每走一步，我都记得卡丽疯狂地叫我一定要逃出去，还有她歇斯底里地说到巴尔默的势力很大。

现在看来，她的话并非疯言疯语。

要是我相信她，我就不该在那个小旅店出示安妮的身份证，更不该向埃里克透露为数不多的细节。但在此之前，我的确不相信真的有人拥有这样强大的势力，即便那人是个有钱人。现在我明白我错了。

我呻吟一声，觉得我真是愚蠢透顶。我身上的衣服很薄，又湿透了，我只觉冰冷刺骨，最重要的是，我把钱包丢在了接待台上。太蠢了，我真是愚蠢至极。那里面至少有五千克朗，虽然湿了，却还可以使用，我竟然就这么把钱包丢在那里，留给巴尔默，等他来到小旅店，就能收到我送的这个"小礼物"。我现在要怎么做？我没有身份证，没有地方睡觉，连买一块巧克力的钱都没有，更何况是火车票了。我唯一的希望就是找到警察局，但怎么找？警察局在何处？就算我真找到了警察局，我敢把真相告诉他们吗？

就在我想这些的时候，我听到身后响起了发动机的声音，我扭头看到一辆汽车正转过弯，速度飞快，显然司机没想到大半夜还有人在街上游荡。

我踉跄着躲到路边，结果没站稳，摔倒在地，从一个布满碎石的斜坡滑了下去，身上立即出现了好几道血淋淋的口子，我的短裤都撕破了。我扑通一声，摔进一条卵石遍布的沟渠里，这可能是条河沟，也可能是污水沟，通往下方的峡湾。随着一声尖锐的刹车声，汽车在我上方五六英尺处的公路上停了下来，车头灯照着山谷，排气管排出的汽车尾气在后车灯的照耀下变成了红色。

我听到我上方的公路上传来咯吱咯吱的脚步声。是巴尔默吗？还是他的手下？我必须离开这里。

我试着站起来，但我的脚踝生疼，然后，我小心翼翼地再次尝试站起来。但我的脚太疼了，我情不自禁地呜咽一声。

听到我的叫声，一个男人的身形探过公路边缘，在车灯灯光的映衬下，我只能看到他的轮廓。他用挪威语说了几句。我摇了摇头。我的双手哆嗦得厉害。

"我不……不会说挪威语。"我强忍着没有继续哼唧，"你会说……说英语吗？"

"是的，我会说英语。"那个人带着浓重的口音说道，"把手递给我。我拉你出来。"

我犹豫起来，但没人帮助，我不可能从沟里出来，如果这个人真想伤害我，大可以爬下来，在沟渠的掩护下攻击我。眼下最重要的是出去，到时候如果有必要，我至少还可以跑。

车灯照射在我的眼睛上，一时间我什么都看不到，我连忙举起手，遮住眼睛。我能看到的就是一个黑暗的身形，我还看到他戴着帽子，有一头金发。至少不是巴尔默。对此我十分肯定。

"把手递给我。"那个男人又说，这次他有些不耐烦，"你受伤了吗？"

"没有。我没……没有受伤。"我说，"我的脚踝很疼，但我觉得并没有摔断。"

"踩住那里……"他指着距离沟渠大约一英尺处的一块岩石，"……我拉你上来。"

我点点头，感觉我可能是在做傻事。我把没有受伤的脚放在岩石上，向上伸展身体，同时伸出右手。

我感觉那个男人拉住了我的手腕，他趴在沟渠边缘的一块岩石上，他的手很有力量，他咕哝一声，开始拉我。我手臂上的肌肉和肌腱都在抗议，我试着把身体的重量压在伤脚上，但我立即疼得大叫一声。随着一阵忙乱攀爬，我忍着痛，终于站起来，从沟渠里出来了，颤颤巍巍地站在路边。

"你在这里做什么？"男人说。我看不清他的脸，但他的声音中夹杂着关切，"你迷路了？还是出了什么意外？这条路直通山上，平时没有游客去那里。"

我琢磨着如何回答，但在这时，我发现了两件事。

第一，他的腰间别着一个手枪皮套，在灯光的映衬下，我能看到枪套的轮廓。第二，那辆车竟然是辆警车。我呆呆地站在那里，想着该怎么说，这时，我听到无线电的吱嘎声划破了夜空。

"我……"我张口说道。

警察向后退了一步，他稍稍扬起帽子，好更清楚地看着我，然后，他皱起眉头问："你叫什么名字，小姐？"

"我……"我说着便住了口。

他的无线电又响了一声，他竖起一根手指说："请稍等片刻。"

他把一只手放在腰间，我看到被我当成手枪的东西其实是装在皮套里的警用对讲机，旁边是一副手铐。他对着受话器说了几句话，然后坐在驾驶席，用汽车无线电说了很长时间。

"是的。"我听到他这么说，接下来的对话我就听不懂了。他说着抬起头，透过挡风玻璃看着我，他看着我的眼睛，流露出迷惑的眼神。"是的。"他又说，"的确如此。劳拉·布莱克洛克。"

所有的一切似乎都慢了下来，有一点我很确定，那就是现在该逃了，不然我永远都逃不掉了，想到这儿，我感觉浑身冰凉。现在逃跑或许是个错误。但如果我不跑，我或许都没命去发现我到底是不是犯了错，而我承担不起冒险的代价。

我又犹豫了片刻，然后，我看到那个警察放下无线电接收器，把手伸进贮物箱。

我不知道该怎么做。但我之前因为不相信卡丽，付出了惨痛的代价。

于是，我鼓起勇气去面对我即将面对的痛苦。我跑了起来，不过我没有像之前那样沿着公路跑，而是快步跑下峡湾高而陡峭的山坡。

# 第三十五章

天色渐亮，我意识到前方没有路了，而且，我已经累得超过极限，肌肉再也不听使唤。我根本不是在跑，而是开始摇摇晃晃地向前挪动，像是喝醉了一样，就在我想要跨过一根倒地的树干之际，我的膝盖连直都直不起来了。

我必须停下。如果我不停，肯定会从我所站的地方摔倒，这里是挪威乡间，或许都不会有人发现我的尸体。

我必须找地方躲一躲，只是我距离公路太远，四周根本看不到任何房屋。我没有电话。没有钱。我甚至都不知道现在是几点。

我的喉咙发干，我情不自禁地抽泣着，但在这时，我看到稀疏的树木之间有一个东西，又长又矮，不是房子，倒像是谷仓。

看到那栋建筑，我的双腿爆发出了最后一点力量，我踉跄地穿过树木，穿过一条泥土小路，走进一扇栅栏门。那的确是一栋谷仓，只是严格来说，应该把我面前的这栋建筑称作棚屋才对，木墙壁摇摇欲坠，屋顶是波纹铁皮的。

两匹毛发粗长的小马在我经过时好奇地转过头来，一匹马看了看我，就继续去喝水槽里的水，在柔和的晨光笼罩下，水的表面看起来闪着金粉色的光芒，见到水，我的心不由得一跃。

我摇摇晃晃地走到水槽边，跪在水槽边的短草草地上，把双手做成杯状捧起水，大口大口地喝下去。是雨水，里面夹杂着泥土和金属水槽的锈迹气味，但我才不在乎。我太渴了，一心只想着让水滋润我的干渴喉咙。

我喝了很多水，然后直起身体，环顾四周。棚屋的门关着，但我一拉，竟然把门栓拉开了，我小心地走进去，关上门。

里面放的是一捆捆干草和几个大桶，我想里面装的是饲料或补给品。墙上用衣架挂着两条马鞍褥。

我疲惫不堪，只能缓缓地摘下一条马鞍褥，铺在最厚的一捆干草上，我甚至都没想到这里可能有老鼠或跳蚤，也没想到巴尔默的人会不会追来。他们应该找不到我，而且，此时此刻，我什么都不在乎了，只要他们让我睡觉，就算把我带走也无所谓。

然后，我躺在这张临时床铺上，拉过另一条马鞍褥盖在身上。

沉沉地进入了梦乡。

《《《

"你好？"我脑袋边上的那个声音说道。我张开眼睛，只见光线刺眼，一张脸出现在我的面前。是个老人，留着全白的胡须，像极了伯宰船长[1]。他用一双淡褐色的眼睛注视着我，眼周带着眼屎，眼神看来既惊讶又担心。

我眨眨眼睛，爬着向后退，心跳开始加速，我想站起来，但我的脚踝立刻传出钻心的痛楚，我眼看着就要跌倒。老人拉住我的肩膀，用挪威语说了什么，我想也不想就用力挣脱开他的手，向后跌坐在谷仓地上。

有那么几分钟，我们就这样看着彼此，他看着我身上的伤口，我

---

1 一款冷冻食品的广告人物。——译注

则看着他布满皱纹的脸和那只围在他身边汪汪叫的狗。

"过来。"他终于用挪威语说道，他站起来，谨慎冷静地伸出手，好像我根本不是个人，而是头受伤的野兽，只要受到刺激，就会又抓又咬。那条狗又叫了起来，这次叫得很疯狂，老人回头喊了一句话，显然意思是：别叫了。

"你……"我舔舔干燥的嘴唇，重新说道，"你是谁？我在什么地方？"

"科拉德·霍斯特。"那人指着他自己说。他拿出钱包，翻了翻，找到一张老妇的照片，她有着红润的脸颊，一头银发梳成发髻，还搂住两个金发小男孩。

"这是我的妻子。"他缓缓地说。跟着，他指指那两个孩子，说了句我听不太懂的话。

然后，他指着谷仓门外停着的一辆旧沃尔沃汽车。

"那是我的汽车。"他说，然后又说道："过来。"

我不知道该怎么做。他妻子和孙子的照片是很让人安心，但强奸犯和杀人犯照样有孙子，不是吗？但是他也可能只是个好心的老人。说不定他妻子会讲英语。至少他们会有电话。

我低头看看我的脚踝。我没有太多选择。我的脚踝肿得厉害，我想我肯定不能比汽车更快，更何况是走着去机场了。

"伯宰船长"伸出手臂，轻轻招招手。

"可以吗？"他问道，像是在请我做选择。只是那不过是个幻觉。我根本没有选择。

我任由他扶我站起来，上了他的汽车。

《《《

汽车开了起来，我才意识到我一个晚上跑了多远。从这片树木繁茂的山坡上甚至都看不到峡湾，沃尔沃汽车肯定沿着布满车辙的小路开出了好几英里，才来到公路上。

我们来到柏油碎石路上，我注意到收音机下方的小盒子里有一部手机。手机看起来很老旧，但手机就是手机。

我伸出手，几乎难以呼吸。

"我能用吗？"

"伯宰船长"看看手机，笑了笑。他把手机放在我的腿上，但他敲敲手机屏幕，用挪威语说了什么。我一看到手机，就明白了他的意思。这里没有信号。

"等等。"他大声清晰地说，然后，他慢慢地用带着浓重口音的英语说道："等一下。"

我握着放在我腿上的手机，盯着手机屏幕，喉咙里像是卡了一个硬块，窗外的树木飞快地闪过。不过有一点说不通。手机显示的日期是 9 月 29 号。要么是我算错了，要么就是我丢掉了一天。

"这个……"我指着手机上的日期，"……今天，真的是 29 号？"

"伯宰船长"扫了一眼屏幕，点点头。

"是的，29 号。星期二。"他说，他说得很慢，发音也很清晰。星期二。今天是星期二。我竟然在那个小屋里睡了一天一夜。

我估计朱达和我父母肯定担心死了，但我尽量不去想起这些。这时候，我们转入一条车道，尽头有一座刷着蓝漆的小房子，此时，手机屏幕一角闪了一下，竟然有了一格信号。

"可以吗？"我举起手机，我的心突然猛烈地跳动，像是要从我的嗓子眼儿里蹦出来，我的话从我的嘴里说出来，感觉窒息，听起来怪怪的，"我能给我在英国的家人打个电话吗？"

科拉德·霍斯特说了几句我听不懂的挪威语，但他点点头，于是，我伸出手指，只是我的手哆嗦得厉害，几乎按不了正确的按键。我按下 +44，然后按下朱达的手机号码。

# 第三十六章

　　我们什么都没说，这是我们保持沉默时间最长的一次。我们就这么站在机场里拥抱着彼此，像两个傻瓜。朱达抚摸着我的头发、脸和脸颊上的瘀伤，简直不敢相信我回来了。我觉得我应该也抚摸了他来着，但我不记得了。

　　我唯一记得的就是我回家了。我回家了。我终于回家了。

　　"真不敢相信。"朱达不停地说，"你竟然安然无恙。"

　　我的眼泪开始汹涌而出，我就趴在他身上那件粗糙刺痒的羊毛夹克上痛哭不止，他什么都没说，只是拥抱着我，像是一辈子都不会松开我。

《《《

　　一开始，我不希望霍斯特打电话报警，但我没办法让他们明白这一点，而且，在我和朱达通过电话之后，他保证会给苏格兰场打电话，把我说的事情经过转告他们，只是我的故事看起来太荒谬了，就连我自己都不太相信。就这样，我开始接受一点，那就是就连理查德·巴尔默也不能再只手遮天了。

　　警察来了之后，先是带我去了一家卫生所，治疗我脚上的伤口和扭伤的脚踝，他们还给我开了处方药。治疗耗费了很多时间，医生们终于宣布我可以离开，于是我乘车去了山谷里的一个警察局，一名来自英国驻奥斯陆大使馆的官员正在那里等我。

我重复了很多次关于安妮、巴尔默和卡丽的故事，但每一次，这故事即便在我的耳朵听来都愈发难以置信。

"你们一定要帮帮她。"我一直在说，"卡丽……你们一定要去追那艘船。"

英国外交官和警察对视一眼，警官用挪威语说了什么。我忽然明白到，不管他们隐瞒了什么，都不会是好消息。

"怎么了？"我问道，"出什么事了？到底怎么了？"

"警方发现了两具尸体。"外交官终于说道，他的声音有些尴尬，语气很正式，"第一具是在星期一凌晨发现的，是渔船在清淤时打捞上来的，第二具是在星期二早晨晚些时候发现的，是警方的蛙人找到的。"

我用手抱住头，用力揉搓我的眼睛，我能看到我的眼前出现了很多金星。我深吸一口气。

"说吧。"我抬起头，"我必须知道详情。"

"蛙人找到的尸体属于一名男性。"使馆官员慢慢地说道，"他是被枪击中太阳穴死亡的，警方认为是自杀。他身上没有身份证，但相信此人正是理查德·巴尔默。船员报告说他从船上失踪了。"

"那么……"我吞了吞口水，"另一具尸体呢？"

"另一具尸体是一名女性，非常瘦，头发剪得很短。警方只能进行尸检，但初步鉴定结果显示她是溺水身亡。布莱克洛克小姐？"他紧张地看看四周，像是不确定该做些什么，"你还好吗，布莱克洛克小姐？能不能给她拿张纸巾来？别哭了，布莱克洛克小姐，你现在安全了。"

但我说不出话来。最糟糕的是他说得对，我确实是安全了，但卡丽却没能等到安全的一天。

　　巴尔默自杀了，这本该是个好消息，但我却感觉不到丝毫的慰藉。我只是坐在那里，用他们给我的纸巾捂着脸痛哭不止，我想到了卡丽，想到了她对我所做的一切和她为我所做的一切。不管对与错，她都付出了生命的代价。我没能来得及救她。

# 第三十七章

出租车把我们从机场送到朱达家里。我再也无法面对我的地下室公寓，但我们其实并没有谈起这件事。我已经受够了被关在暗无光线的房间里，而朱达似乎很明白我的想法。

来到客厅，他让我坐在沙发上，还拿了条毯子盖在我身上，好像我是个小孩，或是大病初愈的人，他轻轻地亲吻了我的额头，好像我一碰就会碎掉。

"真不敢相信你回来了。"他又说道，"他们给我看了一张你的靴子的照片……"

他的眼中充满了泪水，我感觉喉咙痒痒的，已然泪盈于睫。

"是她穿了我的靴子。"我的声音非常沙哑，"所以我才能假扮她。她……"

但我无法说下去。

朱达拥着我，良久，他才开始说话，"你……你有很多条留言，你知道的。人们一直给我打电话，因为你的语音信箱都满了。我把留言都记下来了。"

他在衣兜里翻找了一番，然后交给我一张清单。我扫了一眼。大多数名字都在我的意料之中：莉茜、罗恩、艾玛、珍恩……

有一两个名字很出乎我的意料。

"蒂娜·韦斯特——听到你平安无事，我总算放心了。不用回复了。"

"克洛伊·岩松——希望你没事。如果有什么需要她或拉尔斯做的，可以打电话给他们。"

"本·霍华德——没有消息。"

"老天，本！"我忽然觉得一阵愧疚，"我真惊讶他还愿意和我说话。我还指责他是幕后黑手呢。他真打电话来了？"

"不止如此。"朱达说，我看到他偷偷地用 T 恤衫擦擦眼睛，"正是他发出了警报。他从卑尔根给我打电话，问你是否安然到家了，我说我自从星期日就没收到你的消息，他就让我打电话给英国警方，告诉他们发生了紧急事件。他说自从到特隆赫姆开始，他就一直吵着要找你，但船员没一个听他的。"

"别说了，我已经很自责了。"我用手蒙住脸。

"喂，但他依然是个自高自大的家伙。"朱达说。他对我露出一个迷人的笑容，我惊讶地发现他的牙齿已经重新种植了。"他还接受了《每日邮报》的采访，真是太差劲了，他说得好像你们两个刚刚分手一样。"

"好吧。"我说着牵强地笑笑，"这样我指责他杀人也就不会感觉太糟糕了。"

"要不要来杯茶？"

我点点头，他站起来，向厨房走去。我从咖啡桌上的纸盒里拿出几张纸巾，擦擦我的眼睛，然后我拿起遥控器，打开电视，希望能回归正常的生活。

我调换频道，希望能找到熟悉且令人安心的节目，比如重播的《老友记》，或是《老爸老妈的浪漫史》，这时，我忽然停下，一颗心像是跳到了嗓子眼。

我的目光牢牢定格在电视屏幕上，而屏幕上出现的那个男人也在盯着我。

是理查德·巴尔默。

他死死盯着我的眼睛，嘴边带着不对称的微笑，有那么一刻，我还以为我出现了幻觉。我深吸一口气，正准备去叫朱达，问问他是否能看到电视上如噩梦一般正在注视着我的那张脸，但随即画面转切到了一名新闻广播员身上，我这才回过神来，这是巴尔默之死的报道。

"……重大消息：英国商人理查德·巴尔默勋爵身亡。巴尔默勋爵是陷入危机的北极光公司的大股东，他失踪前一直在挪威海岸行驶的豪华游艇'北极光'号上，但就在他失踪的几个小时后，他被发现已死亡。"

画面再次切换，这次显示的是巴尔默站在台上发表演讲。他的嘴唇在动，没有声音，播音员继续介绍，就在他的脸部特写出现在画面上的时候，我调低音量，离开沙发，跪在电视机前，我的脸与他的脸近在咫尺。

巴尔默发表完演讲，鞠了一躬，摄像机给了他的脸部一个特写，因此可以看到他直勾勾地盯着屏幕，并且对我做了个招牌式的眨眼动作，看到这里，我心中一惊，身上起满了鸡皮疙瘩。

我哆嗦着拿起遥控器，准备彻底把他这个人从我的生命中删除，但此时镜头一晃，我看到一个女人坐在前排，她笑着鼓掌，我停下，我的手指悬在"关闭"按钮上方。她是个美人坏子，留着一头瀑布似的深金色长发，颧骨很宽，有那么一刻，我想不起我在哪里见过她。之后，我想到了。

这个女人是安妮。那个时候，巴尔默还没有毁了她，那时候的安妮年轻、美丽，充满生命力。

就在她鼓掌的时候，她似乎忽然意识到镜头正对着她，她的目光瞟向镜头，我注意到了她的表情，不过我说不清那是不是我的想象。

我觉得她的表情中有一丝悲伤，夹杂着压抑和恐惧。但随即她露出了更灿烂的笑容，抬起下巴，我看得出，这个女人永远都不会屈服，绝不会放弃，她是一个会斗争到底的女人。

画面切回到了演播室，我关掉电视，回到沙发上。我把毯子拉过来盖在身上，把脸冲着墙，一边听着朱达在旁边的房间里泡茶，一边思考。

«««

朱达床头柜上的时钟显示此时已近午夜。我们躺在一起，他的胸贴着我的背，用手臂搂着我，紧紧地拥着我，仿佛觉得我会消失在黑夜之中。

我一直等到我觉得他睡着了，我才哭出来，但当我大声哽咽时，他贴着我的耳朵，柔声说道：

"没事吧？"

"我还以为你睡着了。"我正哭着，声音听来很嘶哑。

"你在哭吗？"

我很想否认，但我的喉咙发紧，我说不出话，再说了，我已经受够了撒谎和假装。

我点点头，他抬起手，抚摸着我脸上的泪水。

"宝贝。"我听到他喉咙一动，是在咽口水，"不……你用不着……"他说不下去了。

"我一直想起她。"我强忍着喉咙的疼痛说道。不看他，在安静的黑暗中说话更容易，银色的月光倾泻在地板上，"我接受不了。感觉很不对头。"

"就因为他自杀了？"朱达问。

"不仅如此。还有安妮。还有……卡丽。"

朱达没有说话，但我知道他在想什么。

"有什么话你就说吧。"我苦涩地说。他叹了口气，我能感觉他的胸口在起伏，他的温暖气息扑到我的脸上。

"我或许不该这么说，但我情不自禁地感觉……很高兴。"

我在被子下面转了个身，看着他，他举起一只手。

"我知道，这么想很不应该，但她那么对你……老实说，如果是我的话，我一定不会把她从淤泥里挖出来。我会让她留在泥里，去喂鱼和虾蟹。幸好不是由我来做决定。"

我感觉我的心里燃烧起了熊熊怒火，我愤怒是为了卡丽，因为她挨了打，受到威胁，还遭遇了欺骗。

"她是因为我才死的。"我说，"她没必要放我走。"

"胡说。你会落到那般田地，全是拜她所赐。她杀了一个女人，还把你关了起来，她不一定非要这么做的。"

"你根本不清楚。你并不了解其他人之间的关系。"

我想到了卡丽的恐惧，想到了她身上的青紫伤痕，想到她相信她这辈子都逃不开巴尔默的魔掌。她是对的。

朱达没有说话。黑暗中我看不到他的表情，但我感觉他并不同意我的话。

"怎么了？"我问道，"你不相信我？你不觉得有人会出于恐惧而被迫做一些事，或是无法看到其他出路？"

"不，不是这样的。"朱达缓缓地说，"我相信。但我依旧觉得，不论如何，我们都应该为自己的行为负责。我们都很害怕。但你不能因为自己害怕，就对别人下狠手，把他们囚禁起来。"

"我不知道。"我说。我想到了卡丽，想到她有多勇敢，又有多脆弱。我想到她戴上层层面具，来掩饰内心的恐惧和孤独。我想到了她锁骨上的瘀伤和她眼中的恐惧。我想到她为我放弃了一切。

"听着。"我坐起来，用被子裹住身体，"在我出发之前你说到有份工作。就是在纽约的工作。你拒绝了吗？"

"是的，我是说，不……我正要拒绝呢。我只是还没给他们打电话。你失踪之后，我就忘了这事。怎么了？"朱达的声音突然显得有些不安。

"我觉得你不该拒绝。我觉得你应该接受。"

"什么？"他也坐了起来，一道月光照射在他的脸上，我能看到他的脸上写满了震惊和愤怒。有那么一刻，他像是不知道该说什么，然后，他还是飞快地说了起来："怎么了？为什么？你为什么要这么说？"

"这种机会一辈子才有一次，不是吗？这不是你梦寐以求的工作吗？"我搅动着被子，直到手指都变得麻木冰冷，"而且，让我们面对现实吧，这里又没有值得你眷恋的东西，不是吗？"

"这里没有值得我眷恋的东西？"我听到他咽了咽口水，看到他的拳头一张一合，紧紧抓着白色床单，"这里有我眷恋的一切，至少我是这么认为的。我……你是要和我分手吗？"

"什么？"现在轮到我惊讶了。我摇摇头，抓住他的双手，揉搓着他的指关节，我太了解这双手了。见鬼。"朱达，不是的！我永远都不会和你分手。我是说……我只是想问问可不可以……我们一起走，一起。"

"但是……杂志社呢……你还有工作。罗恩马上就要休产假了。这可是你的大好机会。我可不能让你为了我放弃这个机会。"

"这才不是我的大好机会。"我叹口气，钻到被子下面，依然拉着朱达的手，"我是在船上想到这一点的。我在杂志社工作了将近十年，而本和其他人都在大胆尝试，去做更重要更好的工作，我却没有。我太害怕了。出了不好的事情，他们支持我，我感觉亏欠他们。但罗恩是永远都不会离开的，六个月后，她就会回来，甚至有可能到不了六个月，到时候我就会被打成原形。事实上，就算我升迁了，那也不再是我想要的了。我从来都不愿意争名逐利，我是在船上想明白这一点的。天知道我想的时间有够久了。"

"你是什么意思？自从我们认识以来，你从未谈起过这件事。"

"我觉得是我看不清我内心真正的愿望。我不愿意最终成为蒂娜和亚历山大那样的人，从一个国家到另一个国家，只为了看看五星级酒店和米其林餐厅。没错，罗恩是去过加勒比一半的豪华度假村，但她这辈子只能报道巴尔默那样的人想要她报道的故事，我不要这样，再也不想这样了。我想要写人们不愿意让你知道的东西。如果我要从底层重新开始，那我在哪里做自由记者都可以。"

我忽然想到一个主意，不由自主地大笑起来。

"我可以写本书！就叫《漂浮的监狱——海上的真实地狱》。"

"洛。"朱达握紧我的手，在月光的照耀下，可以看到他的黑眼睛睁得大大的，"洛，好了，别开玩笑了。你是认真的吗？"

我深吸一口气。然后，我点点头。

"我这辈子从没这么认真过。"

《《《

一番云雨过后，朱达睡着了，他的头埋在我的颈窝里，我知道时间一长，我的肌肉肯定会痉挛，但我不忍抽身离开。

"醒了吗？"我小声说。有那么一会儿，他没有回答，我以为他睡着了，但他动了动，开始说话。

"刚醒。"

"我睡不着。"

"嘘……"他在我怀里翻了个身，抚摸我的脸，"没事了，都结束了。"

"不是的……是……"

"你还在想她？"

我在黑暗中点点头，他叹了口气。

"你什么时候见到了她的尸体？"我问道，但他摇摇头。

"没见过。"

"什么意思？我还以为警察给你看了照片，让你认尸？"

"我没见过尸体，要是尸体就好了。如果我看到是卡丽的尸体，而不是你的，我就不可能在那两天里如坠地狱，以为你已经死了。我只看到了衣服。衣服的照片。"

"他们为什么要那么做？"这似乎是个奇怪的决定，为什么只要朱达辨认衣服，而不是认尸？

我感觉朱达在黑暗中耸了耸肩。

"我不知道。当时我觉得可能是因为尸体已经面目全非，但你打来电话后，我去找了负责这起案件的警官，质问他们为什么会犯这么大的错，他们去找了挪威警方，并且认为这是因为衣物是单独发现的。"

原来如此。我躺在床上琢磨这是怎么回事。卡丽脱掉了靴子和连帽衫游泳逃生，绝望地想要逃离巴尔默？

我有点害怕，不敢睡觉，生怕卡丽会在睡梦中责备我，但当我终于闭上眼睛，浮现在我面前的却是巴尔默的脸。他哈哈笑着从"北极光"号的甲板上跌落海中，灰白的头发被风吹乱。

我连忙睁开眼，心扑通扑通狂跳，我要自己记住他已经死了，我现在安全了，朱达躺在我的怀中，整个噩梦都结束了。

但事实并非如此。因为对于发生的事，我并不相信。

不光是因为我不能接受卡丽的死，还有巴尔默的死。这并不是因为我觉得他应该活着，而是因为他的死毫无道理可言。我或许能相信卡丽会自杀，但我绝不相信他会自杀。我无法想象他那样一个冷酷坚定的人会轻易放弃。他一直以来步步为营，沉着大胆地出每一张牌。他真的会这样退出？看似根本不可能。

但事实确实如此。我必须接受这个现实。他已经死了。

我再次闭上眼睛，不再去想他。我蜷缩在朱达身边，我精心地开始想我的未来，想纽约，想我终于要放手一搏了。

我闭着眼，眼前一片漆黑，有那么一刻，我仿佛看到一个清晰的画面：我站在一个很高很高的地方，站在栏杆上，下方是漆黑的海浪。

但我无所畏惧。我以前掉下去过，但我依然活了下来。

《标准晚报》，11 月 26 日，星期四

**"北极光"号溺亡的神秘女郎身份曝光**

海上惊现两具尸体，这件事过了将近两个月，其中一具尸体属于英国贵族商人理查德·巴尔默，挪威警方今天发表了一份声明，宣称在北海被渔民清淤时发现的尸体属于他的妻子林格斯塔德家族亿万财富继承人安妮·巴尔默。

有人报告巴尔默勋爵从奢华游轮"北极光"号上失踪，警方蛙人在挪威卑尔根附近的大海中搜索，并在距离游轮几百英里的地方找到了他的尸体。

### 并非自杀

这份英文声明正如挪威警方公布的一样，巴尔默太太是溺水身亡，而巴尔默勋爵则死于太阳穴的枪伤。然而，这份声明却推翻了此前关于巴尔默勋爵自杀的报告，只是声称根据当地病理学家的发现，死者身上的枪伤"并非是自己造成的"。

在巴尔默勋爵的尸体边上发现了一支手枪，枪支用之前被报道的失踪英国记者劳拉·布莱克洛克的衣服包着，初步推测他的死与她在几天前的失踪有关。

布莱克洛克小姐后来在挪威出现，安全无恙，但她的父母曾要求进行警方调查，因为一连数日，他们都认为尸体属于他们失踪的女儿。苏格兰场强调，那具尸体从未被确认属于布莱克洛克小姐，但他

们承认一点，在发现了布莱克洛克小姐的衣物之后，并没有向其家人"解释清楚"。他们称这都是因为"横向沟通问题"存在弱点，并称他们已经与布莱克洛克一家就此事进行了私下联系。

在接受《标准晚报》采访之际，一名挪威警方发言人称，他们问询了与该案件有关的布莱克洛克小姐，但他们认为这位英国小姐与两名死者的死亡没有关系，所以他们还将继续进行调查。

银行即时聊天记录：12 月 6 日，16:15

你好，欢迎进入客户服务即时聊天系统。
我是个人银行客服人员阿杰什。
布莱克洛克小姐，今天有什么我可以帮助你的吗？

你好，我发邮件是因为我的账户中收到了一笔来路不明的钱。我想问问你们是否知道这笔钱是谁汇来的。谢谢。

你好，布莱克洛克小姐，当然，我可以帮你查询。
我是否可以叫你劳拉？

可以。

你要查询哪笔交易，劳拉？

两天前的一笔，12 月 4 日，四万瑞士法郎。

我正在为你查询。
这笔交易的附言是"跳跳虎反弹"？

是的。

我查了一下银行代码。是一个伯尔尼的瑞士银行账户。很抱歉，我没有查到关于这个账户开户人的信息。那是一个仅以数字编号开户的账户。附言是否有用？

是的，谢谢。
我很肯定钱是我的一个朋友汇来的，我只是想确定一下。谢谢你。

没关系。今天还有什么我可以帮你的吗，劳拉？

没有了。谢谢。再见。

# 致　谢

非常感谢在我创作《10号舱的女人》的过程中所有支持我的人。写作是一个奇怪且孤独的追求，但出版则肯定需要团队合作，我很感激那些专注、幽默、直率的人参与了这本书的出版。

首先我要感谢机智老练、富于洞察力和无所畏惧的两位编辑：哈维尔·塞柯出版社的艾莉森·亨尼西和斯科特出版社的艾莉森·卡拉汉。我们三人证明了三个人的头脑绝对强过我一个人。

我需要感谢的人有很多，他们给予我支持，为我打气，但我特别感谢丽兹·福利、贝唐·琼斯·海伦·芙勒德、安妮·穆尔肯、蕾切尔·库格诺尼、理查德·凯布尔、克里斯蒂安·刘易斯、法耶·布鲁斯特、蕾切尔·鲁德布鲁克，感谢沃尔沙的精美设计，感谢西蒙·罗兹的创造，最后当然要感谢汤姆·德雷克－李和销售环节的其他人将我的书送到读者手中，感谢简·卡比、佩妮·利希蒂、莫尼克·克里斯和山姆·柯茨将我的书销往全世界。谢谢你们大力推销我的书，使我因为自己是一个作家而骄傲。

我的代理人伊芙·怀特和她的团队一直站在我的背后支持我，而且，作家们在线上线下进行了慷慨精彩的交流，对此，我在惊讶的同时也心存感激。

我的朋友和家人都知道我有多爱他们，所以我无需在此重复——但我还是重复了！